流星雨

司馬中原 著

目錄

流星雨

第一章　序曲

沒有誰鑿得透那種遠古的日子，在無邊無際的波濤裏，經由地塊的衝上運動，地盤的突變，使這個狹長的島嶼凸現出來，拱起它險峻多皺的背脊。連天接地的鹹雨，經年累月的傾瀉，瘋狂的海蝕，曲流的掘鑿，隆隆有聲的地鳴，以及火山的噴發，大自然握有它原始神奇的力量，雕出這島的特殊顏面。

沿著島軸，走著無數高峻的嶺脈，展延成片岩山地、粘板岩山地，間夾著斷崖、縱谷、盆地，散落的丘陵、扇狀平野和沖積平野，以及火山熔岩流佈成的裾野，它們曾以億萬年默守著，並且等待著人類的誕生。逐漸的，林木蓊鬱起來，歷史的痕跡刻在石層上，洪峰把石塊切成細碎的砂礫，硫磺火風打著尖銳的唿哨，紅羽鴿般的飛掠林梢，興起熾烈的焚騰，然後，新的林木仍蓊鬱如故，自然的面貌，恆在這種往復中變易著。

由於荒落與孤懸，它沒有眾多人爲的神話的裝飾，也較少穿鑿附會的傳言，大自然孕育了人類，無論是山和海，河川與平野，都具有相同的、原始性的母性，以它赤裸的胸膛、豐美的乳汁，哺育著投入的生命。巨木和峰稜知道這些，知道覆於海岸的獨木舟的來處，知道原始居民是怎樣經歷險惡的怒濤，移居、繁衍再匯成若干部落的；一些高山部落分佈在島的背脊兩側，溫厚的泰雅族人定居於島的東北，憨樸的排灣族定居於島的東南，阿美族位於正東，強大的布農族和蠻野的鄒族則偏於西境。

除了這些原始的族系，平埔族也在丘陵和河谷地帶繁衍著，在大屯火山群流佈區的裾野上，可以見到凱達格蘭人的蹤跡，蛤子難近山平野，則是卡瓦蘭族的漁獵天地，西海岸中段地區，散佈著道卡斯、巴布蘭、巴宰海和洪雅各族，更遠的焚風帶上的紅頭嶼，也有雅美族聚居。

無論中土人們將這些居民目爲島夷或是化外，而經由自然孕育的生命本身，是神奇的，值得歌讚的。他們或依山結茅，或傍溪掘穴而居，在疏林與高原交織而成的莽原上，獵逐獐麂鹿兔爲活，建立起他們社族的圖騰。

就地理形勢而論，位居琉球弧與呂宋弧會合點上的這座島嶼，距離閩粵地區兩晝夜海程，在那樣古遠的年代，風濤險惡的海洋，阻絕了內陸和海島的交通，所以，在隋代之前，這座島嶼在內陸人們的心目裏，仍然是洪荒渺昧的，僅存於似有若無的依稀想像中。

而日月梭移著，隨著文化的拓展，內陸人們逐漸將他們的活動範圍增廣，進入荒蠻和海洋的深處，有關這島嶼的名稱和傳說，便也紛紜起來。依據文獻的記載，有十多種不同的說法，但對一般早期拓墾者而言，這並不重要，重要的是這一片稀見人蹤的青山和沃野，能使他們存活，內陸沿海，尤其是漳泉一帶的人們，便紛紛浮槎東來，有的寓居澎湖，有的寓居雞籠、笨港及臺員等地，從事最初期的墾拓。

這些初期內陸移民的生活情狀，缺乏史籍記載，也很難詳細究出他們的身家世籍，以當時的船隻、航海的經驗和航海術估測，這些內陸移民冒險犯難，渡橫洋、居瘴癘、入蠻荒的精神，較之五月花號拓殖新大陸更爲偉壯。一般說來，古老中土的人們，都有著濃厚的、傳統上的守土天性，若非中土的動亂波及東南，人爲的災患加上天然的災患，使漳泉潮惠一帶地方民不聊生，他們決不會冒著埋身鹹首之險，遠渡重洋的。

事實上，黑水洋波濤的險惡，榛莽中炎熱的氣候溽濕、蚊蚋、蟲豹、陌生的環境和水土交相肆虐，極易使人葬身魚腹和病歿他鄉。有一項古老的傳說，述及漳泉人原稱這座島嶼爲「埋冤」，因爲當時涉險的移民，十九爲天氣所虐，輒染瘟疫而死，骸骨難歸，故地的父母妻子，聞及家屬音訊斷絕，客死不歸，便以埋冤稱之。……而這種自然的悲劇，實在是一般進入邊遠新墾地的人們經常遭遇到的情形，非島上一地而然。

儘管有許多的困苦和磨難，而移民們並沒有被自然災害所嚇阻，仍然逐批逐批的投身到島上來謀生，那時候，他們群聚在少數近海的沖積平原上，像北港、鯤身、大員、雞籠等地區，他們所墾拓的面積，也極爲狹小；有限的地理知識，使他們雖然身居島上，但對全島的神秘面貌，同樣茫無所知。

前人曾這樣的描述說：遠眺東方，山外青山，迤南亙北，生番出沒其中，人跡不經之地，延袤廣狹，莫可測識。當時，他們對於中央山脈，僅止於驚奇凜懼的仰望而已。不止是東部山區，草萊未闢，即使是西部較為廣闊的平原地帶，也多被山流割裂，形成若干浮嶼形的網格，煙迷迷的野林從重疊的山嶺間滾延而下，地面上熱濕蒸騰著，到處是漫過人頭的、剛勁的茅草和蛇纏般的千年藤莽，人入其間，便嗅得著一股莽腥的、荒穢的氣味；莽獷的溪流阻著通路，無橋樑，無舟渡，有些溪流，遍滾著牛大的漂石，有些溪流流過板岩區，銳角的石塊朝上壘疊著，一排排的，像是怒嗥的狼牙。潮汐之際，溪水暴漲，霪雨季節，遍地是陷人的泥淖，尤其是大甲溪以北地區，更是溪湧湖吞，盡目無人，風沙暴起，遮天蓋日，咫尺莫辨……在這種情形下，早期移民們即使同居於一島，南北仍然是隔絕的，而且單憑人力墾拓，使莽原變為良田，其艱難況味，也就可以想見了。

這情形一直延續到明萬曆年間，顏思齊、鄭芝龍率眾開闢臺灣，漳泉地區來附的有數千之眾，他們以笨港為根據地，逐步向內開拓，西部平原才逐漸的繁榮起來。……但這座初經墾闢的島嶼，很快引起了當時的海權國家——荷蘭和西班牙的垂涎，荷人自明天啓四年入侵島的西南部，據鹿耳門，並在臺灣窩築城，施行統治；同時，西班牙人也襲據了北部的雞籠和滬尾，及後，荷蘭人又逐走了西班牙人，使全島盡歸其統治，前後共歷三十八年之久。在這段異族統治的時間裏，拓荒事業仍舊是慘淡經營，並無大的開展，荷人唯一值得稱道的行政措施，就是使內陸漢族人、平埔番和部份生番，發生了進一步的接觸，他們勘測全島，分別屯區、集市和番社，使移民們對他們所居住的島嶼，有了更深一層的認識。

直至明永曆十五年，延平郡王率師至澎湖，以海船東駛，直入鹿耳門，逐走荷蘭人，墾拓事業，才有極大的進展。鄭延平深深體察到，欲保明室社稷於不墮，首先要寓兵於農，自行墾拓，做到自給自足，這才是長遠之計，他麾下精兵數萬，一時都變爲墾拓的先鋒。明鄭二十多年當中，屯墾的發展極爲迅速，南自郎嶠，北至基隆，都有了屯集和墾堡，哨棚相望，煙火相接，除了軍旅墾拓外，一般民間集衆開荒，也形成一股熱潮，他們藉著互市和原始型的貿易，和各地的平埔番交通，在府城附近的平原地區，已經是番漢雜處，彼此相安的局面了。

這時候，追隨延平郡王來到島山的甲士，業已成爲拓荒的主體，他們都曾爲存續明朝社稷，在無數次血戰中，和虜廷大軍捨命奮搏過，據漳泉、犯連江、出崇明、薄京口，撼動金陵，只可惜後來功敗垂成，使清軍據有他們的故土。他們從事屯墾，僅僅是爲了等待復國的機會，他們把當時衛國血戰的事蹟，不斷的向墾民鬱鬱吐述，那不是有意編織的、荒緲的故事，而是他們親身的經歷。

當燠熱的夏季，農作之餘，軍士和民衆圍坐在村頭或是溪邊歇涼時，這些多采而又使人痛傷的事蹟，便斷續的吐述出來了。……他們說起壬辰年間，五月天，他們隨著王爺圍漳州，猛襲虜軍，漳州那一戰，是南明阻敵最大的戰役，使一路南下、勢如破竹的虜軍心驚膽裂。他們以深溝高壘爲憑，負隅頑抗待援，但城裏米糧食盡了，殘酷的虜軍，便下令屠民爲食，當時，不分婦孺老弱，被虜軍捕來屠殺果腹的，數以千計。

南門有個姓陳的擔水伕，被虜軍抓去充當伕役，城破前，他跟守城的虜軍都很熟識了，虜軍破屋捕人屠殺果腹，竟把老陳的妻兒都捉殺了，擔水伕聽到這消息，掩面慟哭不已，一個虜兵問他爲什麼狂號得目赤聲啞？又問及他的妻兒，他說是，有什麼好問的，她們業已裝在你們的肚裏了……他說著，便用包鐵的扁擔猛挑城上的虜兵，並且大喊說：「要吃，連我也吃了罷，我有一口氣在，便要挑出你們的狼虎心肝，看看你們究竟是什麼畜牲變的？吃了人，連骨頭都不吐。」

成千成萬這種悲慘又壯烈的、抗暴的事蹟，使臺地的人心，和已經陷敵的家山故土連結起來，長遠離鄉並沒能沖淡他們對鄉土的記憶，思鄉戀土的心，反而更加強烈，更爲深沉，他們遠眺浪花洶湧的怒海，海天一線，不見家山，他們想及那山巒重疊，溪流遍佈的家鄉，吹過腥風，灑過血雨，如今在異族鐵蹄蹂躪下，家家殘破，戶戶人亡，不由不使人切齒痛恨。

延平郡王雖退居島上，但他矢志抗滿，那些對虜軍的戰績，確曾帶給墾民們太多的鼓舞。癸巳年，夏天，王爺率兵據守海澄城，虜將金固山率領精兵攻撲，雙方展開了天昏地暗的殺伐，那時刻，兩廣及黔貴一帶，南明的殘餘兵力已被虜軍漸次蕩平，唯有東南一隅，飄揚著延平王抗清的大纛，金固山想一舉擊破鄭軍，自不待言，攻撲的慘烈景況，也就可以想像了。……

據說在海澄之役，虜軍出動了近百尊火炮，成桶裝的鐵砂和黑火藥，在海澄城外的郊野上堆積成山，虜軍頭一次攻撲，以挖地穴、埋火藥的方法，轟塌了城牆一角，然後，在濃烈的硝煙裏蜂湧而上，當極端危急之際，延平王頂盔貫甲，親當矢石，督眾力戰，痛挫虜軍於陣前，金固山經此一敗，越加憤怒，隔日增調兵勇，並將百尊火炮排列在城外，發炮如雨，以壯威勢，然後揮軍再攻。

延平王練兵素以嚴名，他把麾下的隊伍編為甲士、習流（即今之水陸兩棲作戰部隊）、習馬（即今之輕裝騎兵部隊）、戈船隊（即今之海上艦隊）。而在海澄戰役的當時，他下令甘輝選年輕壯碩的士卒八千人，周身披以鋼鐵鍾煉而成的重鎧，鎧甲上面，以朱碧油彩繪成各種獰猛怪異的獸首或彪紋，這些偉軀多力的精壯之士，經過特殊訓練，成為延平用以禦敵的重裝甲部隊，延平將這支摧堅攻固的隊伍，稱為鐵人軍。

金固山揮虜軍攻城時，延平王下令，將八千鐵人分佈在第一線深壕內緣的壕壁上，交代他們說：「虜軍臨壕時，你們才能揮斧砍！」

金固山揮眾蜂湧渡壕，鐵人執巨斧挺立，迎頭猛砍，犯虜擋不得巨斧猛劈，紛紛被劈落到壕底去，這種殺喊震天的鏖戰持續了兩個時辰，整個深壕變成血河，染浸著人屍。

那年的冬天，延平王襲破漳泉各府，當地百姓聞風景從，戊戌誓師北征，除留少數部隊據守廈門外，其餘將士都爭先從行。在墾屯軍軍漢的回憶裏，當時的情景是那樣威武豪壯，出征的甲士有十七萬人、習流五萬人、鐵人八千人，習馬五千人、戈船八千人……以當時的軍力、時機、士氣，應該一舉收復金陵的，但不巧的是，在海上行程的中途，遇上了強烈的風暴，船隻翻覆的翻覆、迷航的迷航，首尾失去了連絡，總共損失了上萬人，不得已，又引還廈門，重新整備。

風暴不但阻礙了延平王復國的良機，也損耗了他部下的戰力，同時虜廷得訊，嚴加戒備，在江南一帶駐紮了重兵。等到己亥年的夏天，王爺率軍直駛崇明島，以張煌言爲先鋒，戈船將軍張亮、習流將軍甘輝、部將周瑞、陳堯英等扈從，溯江西進。

在初期的戰鬥當中，可以說仍是節節勝利，大軍先據焦山，掠取江口要地譚家洲，當時虜軍在金山和焦山之間，牽起巨大的鐵索，叫做滾江龍，是專門剋制延平水師的，但滾江龍很快就被張亮斬斷，佔據了瓜州渡口的上游。習流將軍周全斌率領銳卒，穿著鎧甲，啣著單刀浮江泅渡，人人奮勇，個個爭先，加上水師自上流夾擊，很快也就擊破虜軍，移師京口，直薄金陵。假如不是前屯主將甘輝輕敵，被虜軍所趁，決不會中途揚帆，使匡復金陵那一戰功敗垂成。

自那一戰之後，虜廷大軍紛紛南下，局勢日非，延平王爲休養生息，準備重新再舉，不得不逐走荷蘭人，暫據臺澎兩島，作長遠的計算。無論局勢會有怎樣的變化，島上的墾民們會永遠的記取這些，把它埋在心頭，化爲精神的種子，使其發芽茁長。

時間流逝過去，到了癸亥年的夏天，清降將施琅襲據了這座島嶼，清廷將它收入版圖，總計清廷統治這島嶼兩百十六年，反清抗暴的事件此起彼落，層出不窮，這不能不歸於明鄭時期那些傳說的影響。施琅和清廷，都深深憚懼臺地墾民會和內陸人士勾結，爆發更規模的抗暴事件，所以，歷康、雍、乾三朝，海禁不開，本島的居民只能回歸本籍，而內陸的人丁禁止來臺。

禁令儘管四處高懸著，但藉著探親和擅行偷渡來台的墾民人數，卻仍直線上升，有來自閩南，有來自粵江流域。這島是肥沃豐饒的，比起年年戰火、歲歲災荒的內陸，日子要好過些。隨著墾地的拓展，疆域的重劃，屯、莊和堡集的數目，明顯的增多起來。不過，這島嶼的開拓順序，是由南而北的，最先開拓地，是安平和笨港，逐漸擴展到大目降、二贊行等地（**上列兩地，亦為天興和萬年縣治所在地**），至於北部地區，除了雞籠、滬尾和八里坌之外，在明鄭時期還是煙瘴地區，將其作爲流放罪犯的地方。北部的竹塹城，是到明鄭末年鄭克爽當政時才初初開闢，仍屬諸羅所轄。

到了康熙四十七年，有個泉州籍的墾首陳賴章，請准諸羅縣，帶領一批墾民，一路跋涉北上，首次開墾臺北盆地，定名爲大佳臘保，和平埔番當中的凱達格蘭人混居，彼此互市。這樣又經過了廿年的光景，貢生楊道弘，才又領著大批新墾戶，開墾了興直堡，其後若干年間，漳州人郭元汾、林成祖，永定人胡焯猷、張必榮等人，相繼率眾北來，經營了新莊、西盛、艋舺、海山堡、新店溪一帶的地方，使盆地間墾堡林立，和滬尾、八里岔港口遙遙相接。

單就墾屯事業的進展來說，實在是快速而順利的，在不足百年的時間裏，荒穢的林莽被砍伐了，沒肩的高草被割除了，少見人跡的莽原，變成炊煙四起的村堡；當時番人的近山鹿場，變成了阡陌良田，溫厚和平的平埔各族番人，也都隨著漢化了，這不能不歸功於早期移民們堅苦的心志和奮發的精神。但在另一方面，這屯墾社會，也有著眾多的不幸與不安。所謂不幸，就是外力的侵擾，像海賊蔡牽、朱濆屢次襲據大雞籠、蛤子難和鹿耳門等地，燒殺焚掠，使眾多莊屯的墾戶，遭受到無比巨大的災劫；所謂不安，就是會黨起事抗清，——如朱一貴事件等，以及各地不斷發生的分類械鬥，而後者，更為屯墾地區動盪不安的根本原因。

內陸各地，從北方到南方，村與村，族與族之間的械鬥，淵源很深，似乎已變成農村的傳統習性之一。尤其是在清代，一方面官吏貪墨昏庸，使民間重大刑冤案件難獲公平的曲直，失去了民間的信任；同時，古老中國在社會結構上，宗族力量、會黨力量，和地域性的鄉紳力量異常巨大，人們像不同的、穴居的蟻群，直接聽於族長、總董、會主、幫首或墾頭，無論遇上土地的、水源的、碼頭的、地盤的……但凡與群體利益有關的衝突，雙方不耐於紙筆官司的拖延時日，更懶得花冤錢去忍受那些繁文縟節，久久拖宕後仍無結果，所以便撇開了衙門，採取原始激烈的手段，試圖以兵戎相見解決紛爭，而械鬥的結果，往往是雙方仇恨更烈，成見更深，紛爭更多，合上俗謂的「冤冤相報，永無寧日」了！

這種原始的械鬥，如果官府廉能，在起事初期加以化解和彈壓，並不是太難處理的，只要查出雙方衝突的根本原因，設法予以解決，就可以消弭動亂於無形。而清廷對於臺地墾民，全無信任之處，當初施琅就很明白的奏陳，說臺地墾民多爲明鄭舊部，圖謀起事的野心未戢，他力主海禁，杜絕臺地墾民和內陸漢人的連繫，就是怕全面抗清的事件爆發。不論清廷用心如何週密，而有清一代，臺地抗清舉義事件仍層出不窮，像朱一貴與林爽文事件等，迫使清廷施行「以臺制臺」的政策，這種政策，說穿了就是徹底的分化政策，和適應當時情況，充分的利用政策。

康雍乾三朝，駐臺的兵勇不過萬人左右，而各墾區的聯丁鄉勇，多至四五萬名，合約班兵的四倍有奇，每當亂起，班兵抗禦無力，即使龜縮自保，也岌岌可危。這時候，駐臺官員們不得不借重總董和鄉紳，利用民間武力去協助平亂，是以每經一次動亂，民間武力就增了幾分，清廷清楚這種情形，曉得臺地墾民如果聯合一致的抗清，駐臺班兵根本無法抵禦，所以，一當亂平，他們便施行分化的手段，先將閩粵兩省的墾民分類，暗加挑撥，使其互鬥，再就勢力強的閩省移民當中，造成漳州和泉州的分類，利用內陸人強固偏狹的地域觀念，破壞漳泉兩地人的團結，再於暗中煽火，使他們爲一些微小的事故，興起規模巨大的械鬥。

從康熙到光緒，兩百餘年的統治歲月中，這島上曾發生過一百四十多宗較大的案件裏，分類械鬥案，至少佔去半數以上，其中最明顯而又最有關聯性的五案。依次是：

一、丙午年，道光二十六年（西曆一八四六年）漳、泉分類械鬥。

二、庚戌年，道光卅年（西曆一八五〇年）淡水地區漳、泉分類械鬥。

三、癸丑年，咸豐三年（西曆一八五三年）北部四縣漳、泉分類械鬥。

四、己未年，咸豐九年（西曆一八五九年）桃園漳，泉分類械鬥。

五、壬酉年，同治元年（西曆一八六二年）淡水漳、泉分類械鬥。

由這五案綜合，可以想見當時漳、泉械鬥情形激烈的程度，它連續不絕的迸發火併，前後共達十七年之久。雙方殺伐的地區，由諸羅、竹塹、桃園、大姑陷、大加蚋一直到淡水，幾乎佔了當時屯墾區的半壁；與這時期的同時，只要有抗清性質的案件發生，清廷無不傳檄調兵，著令內陸閩粵地區全力支援，迅速予以敉平，唯有對分類械鬥案，一直採取默然放任的態度，僅在表面上空懸一紙禁令，實際上，並沒採取過積極干預的行動措施，他們很明顯的，是打著漁翁得利的算盤。可惜當時漳泉兩地的墾民們被盲目的仇恨拖陷住了，一心狂燃著洩恨報復的怒火，完全墜入清廷預行設計妥當的圈套當中，這也就是清廷能夠延續統治臺地達兩百多年的原因之一。

由史的發展縱線來看，墾拓期的不幸與不安，內外交煎的風雨，固然造成了不少的悲劇，使鑿民蒙受了若干的損失、傷害和痛苦，但這些風雨，同樣也錘煉了他們，使他們更為強固，更為堅韌。這塊由他們一手開發的土地，這塊突出於大陸棚邊緣，和中國內陸血血相連的島嶼，在悠遠歲月裏，終與他們厮守著；八十座衛星島嶼環峙在它的周圍，那些珊瑚礁和巉岩，穿著白色的浪花的長裙，在陽光和月色裏，跳著金和銀的舞蹈。海洋的腳步也就是歷史的腳步，記載著他們的生活景況，記載著他們的歡欣與悲愁，荷蘭、西班牙、英吉利和法蘭西的戰艦和兵船，都曾襲侵過這裏，但那些野心的覬覦者，都曾被迎頭痛擊，在熊熊的焚舟烈火裏海葬。

之後，東鄰狼虎，挾迫顢頇昏憒的虜廷，把這座島嶼拱手讓出，使島上數百萬民眾，忍受了整整五十年的夢魘。歷史的脈管，恆和人心相繫相連著，島上的民眾在紛亂和爭執的表態下，仍然抱持著任何力量也斬不斷的國與族的情操。日據五十年間，抗暴事件風起雲湧，他們曾以生命和熱血，表明過這種堅定不移的情操。

時光是這樣的浪湧著、推移著，當年開疆闢土的人們，如今早已物化，或埋骨郊野，或歸青山，成為他們手墾過的泥土的一部份了。但後代的人們跟著繼起，顯示了大生命的傳遞，這樣的衍傳著。綜合起若干紛繁的事件，便譜成一闋可歌可泣的詩，後世的人們，有時間從這些綿續的詩章裏學習或是省悟，哪些是可歌讚的？哪些是可嘆詠的？哪些會激發人的生命？哪些會使人憬悟昨非？沒有什麼樣的生命，能脫離歷史的揹負，一個生命在時空中站立，正如礁岩挺立在海上一樣，時時會感受浪濤的衝擊。從大生命的傳承和延續看來，個體生命的逝去，並非殞滅，而是一種完成。

認真檢視這島嶼開拓的過程，不難發現，人與自然之間的關係，是非常單純的。初期墾民們全憑一股生命的毅力，以雙手墾闢荒土，建造田園，自然帶給人們的災害總是有的，像颱風、地震、海嘯、山崩、洪水、鹹雨、突變的季候……等等，都曾使墾民們損失了無數的生命和財物，同樣的，自然也幫助他們依靠土地存活，陽光、雨水和溫風，促使一切的稼禾與果木的成長，沒有誰對自然產生仇恨與怨尤，只有從中學習，如何依據自然的法則，避過那些很難預測的災患，而在人與人的關係上，那就異常的複雜紛繁了。

一般說來，初期的墾民也好，明鄭的部曲也好，他們本身帶有極端濃烈的鄉土習性和農民習性，在這方面，他們是寬和溫厚的，懂得歌讚、懂得感恩。在島嶼發展的歷程中，他們曾高舉許多名字，供奉、祭祀，像開闢臺地的國姓爺、像興水利濟民生的曹瑾、像捨生感化兇番、廢除出草惡習的吳鳳，甚至於行政極得民心的清廷官吏李勇、王百祿、沈葆楨……等等，都在他們紀念之中，代代傳衍著，使那些先代的人升入神格，這和內陸歷史比映，實出之於同一傳統脈源。而在這種優點之外，他們也有著暴烈、無知、血氣騰湧的原始野性，視諸族與族的冤仇、憤恨，不斷爆發的分類械鬥，在發展史頁上，一路灑著鮮明的血痕，幾乎可以論定，這種原始性，實歸諸於知識的貧弱，頭腦的魯鈍，以致墜入清廷預設的陷阱之中，無力自拔。

但過去的，終竟是過去了，歷史的本身，是一面古老斑剝的銅鏡，後世人無庸苛責，只有勤加拂拭，用以鑑今，使後世人多一分省悟罷了。民族是一片浩瀚無際的海洋，它容注萬川萬壑，融而爲一，哪有什麼閩粵？哪有什麼漳泉？交通、互市、長期的婚媾，早已使血緣歸入民族，想從瀚海裏舀出一杓淡水，那必然是世上的癡人。

炎炎的夏季裏，繁密的星圖在夜空中展佈著，童稚期的孩子們，仰視星空，也會用甜嫩的嗓子，唱起那樣的謠歌來：

天上一顆星，地上一個人。

人會逝去，星也會隕落，逝去的人曾經活過，正如隕石在如雨飛墜之前，也曾吐芒閃爍，屬於那繁密的星圖，生命總是光輝的，像夏夜的星雨一樣，那長長的、拖曳的芒尾，幾乎能照得出人們仰望的容顏。

那麼，就暫時閉上眼，在誠懇的迢思裡回到往昔去罷，不必去查證史籍，史書裡只有事件的經緯和脈絡，文獻也無法抄錄下所有的碑記和墓銘，那種屬於往昔時空的、真真幻幻的情境，只歸入荒緲的傳言，一方面可替史家省卻描摹的筆墨，一方面可使人在一種真實的背景上，瞑目沉思，以感覺去遨遊。

這將是另一種流星的雨……

第二章　大械鬥

在漳泉兩州搭界的山區，白銅隘口西邊的一座小鎭上，靠街梢，有個古老的鐵匠舖，石壘的牆，石板頂子，低矮狹窄的門面，看來滿寒傖的；鐵舖只有明暗兩間屋，明間僅僅乎容得下冶鐵用的鼓風爐，兩隻立地的鐵砧，一隻浸水的鐵桶，一條寬而長的刨鐵用的作凳，許是地方太狹小的關係，屋前又搭出一座斜斜伸展的坡棚子，坡棚橫架的鐵上，掛著成排的剛剛打造妥了的鐵器，不是犁頭、耙齒、鐮刀之類的農具，而是單刀、矛頭和纓槍的槍尖。

這家鐵舖的門上端，原張著一塊木質的橫匾，黑漆底子，朱紅顏色的字跡，寫著「漳福號」三個楷體大字，因爲年深日久，漆面裂成許多條斑剝的龜紋，加上飛屑和浮塵一蒙蓋，便黯沉沉的，連字跡也難以辨認了。

屋裏的光景更沉黯了，石條嵌就的窗櫺間，透進一些灰白的光來，那種了無生氣的光，與四壁的光景融和，便像一杯白水裏滲進了泥沙，變得斑剝而混沌，污濁濁的，曖昧難分；鼓風爐沉聲的喘息著，呼嚕、呼嚕，那種欲吞欲吐的節奏，就好像孱弱多病的老年人積在喉管裏的那塊濃痰，吐又吐不出，嚥又嚥不進，只是在喉間上下滑動著，加上風箱口木板的啪噠聲，給人一種單調塞悶的感覺；隨著風箱的拍動，壘滿炭塊的火發旺起來，噴迸出紫藍色的燄舌，那種油彩般的幻光，忽明忽黯的閃動著，跳躍著，把巨大的人影描在牆壁上。

這家鐵舖裏，一共有三個漢子在忙碌著，漳福號主人——老鐵匠賴福，業已六十歲的人了，但他精赤著上身，圍著厚厚的罩裙，揮動長柄的鐵錘，錘煉鐵器時，他一點也不像是上了年紀的老人。他的臉泛著黧黑色，配上深而平板的皺褶，略顯陰鬱的濃眉，深凹的大眼，彷彿是一塊立可投入熔爐的煉鐵；他的身材並不算高大，但卻異常壯實，赤銅色的肌膚上，留有斑斑點點的熱鐵灼成的疤痕，也許長年揮錘工作的緣故，使他過份發達的胸肌和臂肌，作塊狀隆起，並且凝結著，揮錘時，那些堅實的肌塊，便興起一種串連的滾動。

站在鐵砧邊用火鉗夾鐵的，和蹲在鼓風爐一端拉動風箱的，是賴福的兩個兒子，大燧和二燧。道光三年出世的大燧，已經十七歲了，但他的身材高過他爹一個頭，骨骼和肌肉幾乎和賴福同樣的健壯，他那精赤著的軀體，虬筋蟠結，肉球滾動，但他究是年歲輕，某些肌腱看來不及做父親的那樣堅挺扎實，卻顯著一種年輕的、柔軟的、富有彈性的光澤，在紅綠交織的火燄幻光裏，更顯出他一身野性的青春。二燧跟他哥哥比較起來，就要瘦削得多，瘦削儘管瘦削，但他那張有稜有角的臉，凹而有神的眼，顯出他內在堅強的個性——有些孤僻、沉默而又倔強。

「把爐火起旺一點，二燧，」老鐵匠說：「還有一兩天，鄭大爺就要著人來取貨了，看你懶洋洋的，還有五十張刀好趕呢。」

「我沒想到，鐵匠這行飯真難吃，」蹲在鼓風爐邊的二燧說：「泉州那邊的人，跟我們有什麼仇？我們要連夜打製這許多矛頭和單刀，送給鄭士杰他們當凶器，爹，你當初就不該接這筆生意的。」

「二燧，你還在嘔你那孩子氣。」老鐵匠放下鐵錘伸伸腰，吐口吐沫在手掌心裏搓著說：「普天世下的鐵匠，沒有說不打刀的，你要曉得，漳州府的鐵舖多得很，並不只是漳福號一家，你不打，旁人照樣的打，我們就是關了舖子，歇了業，械鬥還是免不了的。」

「我們當然管不了！」二燧說：「至少，那些刀矛不是我們打的，管它打得天翻地覆，也就跟我們不相干，你說不是嗎？」

老鐵匠剛拎起鐵錘，忽然又放下來，鬱沉沉的嘆口氣說：

「孩子，也許是爹老了，想不了這許多了，我們生在這塊地方，長在這塊地方，看得慣也得看，看不慣也得看，你沒想想，鄭大爺是這一方的總董，他吩咐打製的刀矛，爹怎麼不打？……我們是靠打鐵吃飯的人。」

二燧不願意再跟做爹的頂撞，抿起嘴不說話了，用力的拉動著風箱木柄，爐裏的炭火，越加騰旺起來。

「其實，你也不能怪到人家鄭大爺的頭上，」老鐵匠年老嘴碎，又說：「人家是讀書明理的人，並不是爭著要打這場群架，上一回，泉州那邊的人湧過白銅隘口，在這邊七個村子上紮厝，又舉旗，又焚掠，鄭大爺他做總董的人，不能不糾眾防著，哪家哪戶不想保住身家性命？……你不打對方，對方偏要打你，又怎麼辦呢？」

「爹說的也不錯，」大燧開口說：「只怪我們生在這種地方，兩邊打群架，業已打了好幾代了，冤仇越積越深，只要有芝麻大的一點小事發生，立刻就會打得頭破血流，這當然怪不到鄭士杰鄭大爺的頭上。」

「我也沒說怪誰，」二燧說：「我總覺打群架打得血淋淋的，不是好事，有一天我長大了，寧願跟著海船下南洋去，眼不見，心不煩。」

父子三個人說的這些話，也只算是暫時歇一陣的時辰裏，彼此嗑嗑閒牙，當插在熔爐中的鐵塊紅熾時，大燧便用火鉗把它夾出來，老鐵匠便又揮動沉重的鐵錘，一錘一個叮噹，認真的打起刀來了。

鐵錘打在紅紅的熱鐵上，火星子便朝四面飛迸，老鐵匠自覺他的胸脯，也像鐵胚一樣，經二燧那番言語一錘擊，也迸出了無數的火花。……沒誰弄得清漳泉兩地的械鬥，究竟是何時打開了頭的？老鐵匠記得自己當孩子的時刻，就親眼瞧見過械鬥的光景，那一次是雙方糾眾搶奪隘口，銅鑼聲隨風走，鍠鍠的響遍許多村莊，人群像得了瘋魔症似的，抄起扁擔、木槓、鐵叉和斧頭，爭著簇湧出來，遠遠看上去，像出窩的螞蟻。雙方的人，在隘口附近的大石坪上相遇了，互相咒罵著，吶喊著，然後便絞纏、糾結，使用刀叉棍棒毆打起來。

他站在石崖上，看過那種激烈的群毆；人群結成半里寬長的圓陣，農具、刀矛，在太陽底下閃著奇異又淒慘的光采，人頭滾來滾去的你追我逐，兵器在人頭上不斷的舞動，那光景，就像蟻群咬鬥一樣。圓陣不斷的往覆推移著，這種推移，全看雙方的後援人力多寡而定，一會兒工夫，這邊添了生力軍，就把對方推到隘口那邊去，一會兒，那邊又添了應援的，便抖擻精神，直追向這邊來。白銅隘口附近，有些山茅結成的棚屋，也不知被誰點火燒著了，黑毒毒的濃煙在人群的上空騰湧著，那種血腥的毆鬥，變得更酣、更烈、更瘋狂了。

黑煙、紅火，嗄聲的殺喊，滾落的人的肢體，飛迸的血汁，使那塊石坪變成一座淒慘的地獄，時辰一分一分的挨過去，缺腿的、斷胳膊的、破腦袋的、拖肚腸的，被人摻著、架著，或是用門板抬著，暫時撤送到小鎮上來，遍地都是血滴子，滿耳都是呻吟的聲音，恰跟初上陣時截然不同。

他瞧見一個斷了胳膊的漢子，一把亂蓬蓬的鬍鬚，根根倒豎著，牙齒咬得錚錚響，臘黃的臉被過度的憤怒和仇恨扭曲得變了形，他在街心跳著雙腳大罵，說是：

「給我再找一張刀，我非要把對方那個黑大漢剁成八大塊不可！」

但他跳著跳著，忽然顛躓一下，一跤跌下去，渾身黏著地面上的細沙，像一條黏了麵粉待炸的死魚。照說，對方那個黑大漢子該夠厲害了，但就在當天傍晚，這邊的八個人圍住了他，八支長矛從四面八方戳進他的身體，使他站在原地，張著的嘴朝外溢血。

這種樣的械鬥，只要一打開頭，就會像野火燎原似的，無法遏止，直到雙方打得筋疲力竭了，便形成一種僵持的局面，雙方領頭的人，會到處散帖子，請他們鄰鎮的人出來應援，略獲喘息之後，接著來的，便是另一場更慘烈的拚鬥。

老鐵匠記得，自己這大半輩子，單是白銅隘口附近，就發生過六七次大規模的械鬥，滿洲韃子們的官府，對於抗錢糧、反衙門的事件，大肆鎮壓，唯獨對地方的械鬥，一向不聞不問，實在打得太兇了，便貼出一張禁令，民間既然採取械鬥方式解決紛爭，儘管越打紛爭越多，他也寧願打死了自家埋，不願經官，這樣一來，禁令便只是一紙空懸，做做樣子而已。

兩地年輕的漢子，也有許多不願拎刀叉棍棒，莫名其妙的去打這種仗，紛紛走廈門，跟著橫洋船偷渡出海，到南洋一帶討生活去了。有人那樣說，去南洋，不如去澎湖和臺灣，說是國姓爺當年開闢的島，沃野千里，地廣人稀，極易謀生。

說是這麼說，山窩裏的人，沒有多少敢冒那種越洋的風險，這只怪自己晚生了兩百年，若是趕在國姓爺率兵抗清的那個浪頭上，憑自己這身骨架，這把力氣，不要說封妻蔭子什麼的，至少也能討得個馬前卒幹幹；也只有那時刻，不分漳、不分泉，大夥兒都跟著王爺，到海外去開疆闢土，創下一番事業。

煉爐裏鐵塊燒紅了，他不得不收拾起浮騰在心裏的思緒，重新拎起鐵錘來，叮叮噹噹的打製單刀。時光流走了他的大半輩子，人事都有了很多的變遷，唯有這種記舊恨、算老帳、分地域的大械鬥，還是跟當初一樣的拉過來扯過去，像一把大鋸；自己的孩子都懂得厭惡、懂得傷心，而自己真的是老了，一顆心也老得結了繭，再磨也磨不出血來了。

屋裏正在打鐵，外面有人一路狂敲著大鑼喊叫過來了，那人嗓門子驚慌嘶啞，大喊大叫的說：

「不好啦，泉州那邊的人，打隘口漫上來啦，家家戶戶，有丁出丁，快糾聚起來堵上去啊！」

「你們不要驚慌，鄭大爺自領著籐牌隊和銃隊頂上來了！另一個人喊說：隘口地勢險要，決不能讓對方佔著。」

喊聲一路滾過去，不一會功夫，總董鄭士杰帶著這邊的莊勇奔上來了。籐牌隊算是這邊的精銳，每人一面籐牌，一柄單刀，這些人，個個年輕力壯，異常驍勇，總董鄭士杰特地延聘武術教習，訓練他們的拳腳和刀法，使他們在近身搏殺時，發揮出很大的威力；銃隊在早年械鬥時，雙方都沒曾使用過，後來，泉州那邊先買銃槍使用，在械鬥中佔了便宜，這邊跟著也買了銃槍、噴砂子和火藥，成立了銃隊。

按照原先計算，籐牌隊和銃隊都是防盜靖亂用的，但如今，雙方都把鄉丁莊勇投到械鬥裏來了。貢生鄭士杰能拉起籐牌隊和銃隊，在近年的械鬥裏穩住隘口，沒讓對方捲過來焚掠，使他在一般居民的心目裏，成了英雄人物，當地的人只要聽說鄭大爺來了，便安定下來，一剎時，街口擠滿了人群，嘰嘰喳喳的議論著。

「這樣打下去，實在不是辦法，」一個精瘦的漢子，眨著死魚似的眼，茫茫的說：「雙方打群架，打得久了，還有人出來拉彎子說話的，如今，連居中調停的人也沒有了，這要打到何時才能了結呢？」

「有什麼好說的？」一個紅臉的漢子，把兩手一攤說：「這可不是早年那種這一族跟那一族的械鬥了，當初越打牽連越多，拉拉扯扯的，把很多村落都捲進了漩渦，如今撐也得撐著，捱也得捱著，人生在世，鬥的就是這一口氣，這種辰光，由不得你打退堂鼓。」

「你這個話，不必跟我講。」精瘦的漢子說：「我並不是那種膽小如鼠、縮頭怕事的人……人，有時不能不朝遠處看，這種莫名其妙的械鬥，把我們這一輩的打光也沒什麼，可是，下一輩人又怎麼辦呢？他們一出娘胎，就要把祖上的冤仇擔子挑在肩膀上，接著打下去，打到最後，變成什麼樣的光景？你想想看好了！」

他們就在漳福鐵舖的坡棚子下面，這樣大聲的爭執起來；老鐵匠賴福又放下鐵錘來，走出去說：

「兩位千萬莫爭執，你們說的話，都有道理，其實鄭大爺也說過：誰願放著好好的日子不過，動刀動槍的打這種群架來著？群架一打打了很多年，牽扯多了，和解不成，對方打過來，這邊也不能聽任他們燒殺焚掠，……就像我，儘管不願打群架，也得打製刀矛，有什麼辦法呢？」

「這回是他們先打過來的，」紅臉的漢子說：「不論我們有多少道理，也得收拾起來，留到日後再講，要不然，只有伸著脖子挨刀了！」

他們說話的時刻，總董鄭士杰和林陳兩族的一些士紳，帶著人過來了，這些平常讀書進學的人，也掖起袍子，插著短柄火銃，顯出殺氣騰騰的樣子。

街梢的群眾，一見鄭士杰大爺過來，便紛紛圍上去問長問短，鄭士杰吹動鬍梢子說：「早先打群架，都是約妥時辰和地點的，雙方先談道理，談不妥、擺不平才開打，後來打亂了，你也傷過我的人，我也傷過你的人，雙方一見面，眼珠子都能氣凸出來，哪還有什麼道理好講？如今是他們先動，我們爲保產業和性命，這場架，也非得打下去不可了！」

「其實，如今雙方並沒發生過新的事端，」林姓的一個族長說：「就算雙方有冤仇嫌隙，也還是上一代人結下老疤痕，我們世代務農的人家，誰都不樂意像這樣打群架過日子，偏偏有魔星把人罩住了，有什麼法子？」

「我們先佔住隘口，把對方擋住，」有人說：「然後再找公親調解，不成嗎？」

「嗨！你說得像很容易，」鄭士杰說：「早先多次出面作調人的人，如今也捲在是非裏面了，東面是泉，西面是漳，誰都不是局外人，但凡兩州交界的地方，一片喊殺聲，這可不是哪一處單獨能和解得了的，上去挺住再講罷！」他轉眼看見老鐵匠賴福，拱手作了個揖說：「對不住，這些天，辛苦你們父子三個了，單刀和槍頭還得拜託你趕著打，每回群架一起，雙方不打到筋疲力竭是不會罷手的，銃槍數目有限，還得靠刀叉、纓槍和棍棒。」

老鐵匠苦笑著，嘆了口氣，沒再說什麼。

鄭士杰領著人上去了。

這只是隘口附近的一大股，其它各村落也都在鍠鍠響鑼，聚合人頭向外拉。從小鎮到隘口，只有二里路，先是下坡，再是上坡，人站在漳福號鐵舖門口，一眼可以看得見對面的任何動靜。春夏相交的季節，天色很晴和，遠近的山林都沒有霧障，老鐵匠看得見鄭士杰領著的這一股人，像一條蠕動的大蜈蚣，由各處朝隘口匯合的五六股人，遠看像五六條小蜈蚣，太陽光照在他們的刀矛和銃管上，閃爍著光彩，一聳一聳的，彷彿就是蜈蚣的腳爪。

在雙方交手前，小鎮是安靜的，幾乎所有的男人都扛著傢伙去了；安靜裏，有一種玄異的空虛，老鐵匠瞇著眼，呆站在那裏，久久的沒有動彈，那些長長的蜈蚣仍然在山嶺間朝前蜿曲的蠕動著，他半生經歷過的械鬥流血的景象，一幕一幕的在他眼裏重現著。

這不能怪旁的，命定生長在這種地方，命定要過這種日子，他既無法解釋，只有把一切都歸諸命運了。……命運又是什麼呢？在他將近暮年的生命感覺裏，那彷彿是一條紅紅的熱鐵環結成的巨大的鎖鍊，蟒蛇般的箍纏著，燒得人額頭滴汗，死命咬牙，皮青肉黑，但仍擺不脫它的糾纏，而這種緊鎖住一代又一代人的命運的鎖鍊，又全是每個人自己打成的，說它可笑麼？一想到這個，賴福便覺得自己整個心都潮濕了。

年輕的辰光，自己就該到南洋去的，管它什麼豬玀船、賣身船，人靠勞力吃苦飯，總比眼看雙方血淋淋的廝殺好，如今，那些曾經嚮往過的，不會再來了，但他能從大燧和二燧的眼神裏，看到自己年輕時的嚮往，有一天，這種蠻野的械鬥，會把他們也捲進去，吞噬或是撕裂，他沒有道理把孩子留在身邊，使他們呶著嘴，強行抑鬱著，揮錘敲擊這些械鬥使用的刀矛。依鄉戀土的心性，把他自己大半輩子自囚在這間黝黑的斗室裏，一錘錘敲迸出的火花，也是一朵朵飛昇的夢幻，但火花依然，隨著年月的流逝，夢幻已逐漸斑剝蒼黃了。鐵匠這一行，原是可靠的行業，不過，外面的天遼地闊，更適於年輕人去闖蕩，若是有機會，他決意把大燧和二燧放出去，不再用親情栓繫他們會飛翔的翅膀。

銃聲從遠遠的坡稜間直撞過來，打斷了他一剎迷惘的思緒，他抬頭朝隘口那邊望去，從泉州方面湧來的人群，都匿伏在隘口附近的山坡樹叢背後，根本看不見人影，只有一些原始的彩色旗旛，在滾延的樹杪間飄揚，可能他們已經發現這邊的人群分股拉上去，他們便開銃轟擊，隘口噴出的槍煙，自樹叢朝上昇騰，迴聲在兩山間迴盪，激出巨大的迴音。

「他們開火了！他們開火了！」街上的婦女和孩童都紛紛湧到漳福鐵舖門口的高臺地上來，有人在他們當中喊叫著。多數婦女搭起手棚，朝遠處眺望著，在雙方分出勝負之前，她們的神態，都是緊張、驚懼又憂慼的，哪一次大械鬥沒有傷亡？她們明白，在這場惡鬥開始後，不一會子，死的、傷的，就會被抬下來，誰也無法預測，那會不會是自己的親人。

老鐵匠賴福回到店舖裏，他原想繼續打鐵，但在雙方接火的時刻，他的心，始終沒法子捺定，他關照兩個孩子說：

「雙方既接了火，爭奪白銅隘口，難免要豁命，二燧把風箱停掉，你們兩個，都出來等著照料受傷抬下來的人罷。」

這時候，螺角聲嗚嘟嗚嘟的響著，兩邊的抬槍和火銃聲不絕於耳，看光景，兩邊的人業已很接近，就要展開拚鬥了。一些有經驗的婦女，把被單撕成很多裹傷用的布條子，好供受傷流血的人包紮；光是裹傷倒不算什麼，那總比敗退了，對方打進集鎮來得強。

有一年，這邊的人手不足，被對方佔據了隘口，又趁勝直撲過來，這一帶的村落都曾被對方點火燒過，人在數里之外，都看見騰滾的黑煙，這一回能不能很快把佔據隘口的泉州人打退？事先誰也沒有把握，她們不得不在緊張和焦灼裏等待著，每個女人都盼望她們的丈夫和孩子，能平平安安的回來。

驀地，喊殺聲迸發出來，銃聲反而稀疏了，這表示雙方業已糾纏在一起，展出野蠻的打鬥了。老鐵匠在坡棚下面望著，這邊五六股人業已匯合到一起，朝上仰攻隘口了，而那邊無論在旗旛和人數上，都要比這邊更多更強，雙方都揮舞著刀矛，發出捻合了的殺喊，糾纏到一起，不斷的迸鬥著了。

鄭士杰的籐牌隊，原是一股常勝的精壯，在屢次慘烈迸鬥中，從來沒曾落敗過，不過，這一回，泉州那邊是有備而來，他們使用一股人，手執長長的鐵鉤，專門用來對付籐牌隊，他們的方式是使用長鐵鉤，先將籐牌隊撥翻，使他們那一邊的護身籐牌失去較大的遮覆作用，然後就使長矛穿戳，這一來，使用短兵器的籐牌隊便吃了大虧。

兩邊的人都湧聚在隘口附近了，那就像咬鬥的蟻群，一群一簇滾成一團，刀叉棍棒在黑壓壓的人頭上飛舞，旗旛也隨著捲動，喊殺聲時起時落，有時高亢，有時嘶瘂，雙方都有人在械鬥中倒下去，而這種糾結的纏鬥，還在繼續著。雙方陸續添人增援，纏鬥的那一線，也推來推去的移動，一會好像這邊佔了上風，一會又好像那邊佔了優勢，其實這都是暫時的，像這種大規模的械鬥，一時還分不出勝敗來。

雙方打不到一個時辰，死的和傷的就陸續朝回抬了，鄭士杰這邊，光是籐牌隊就傷了廿多人，有的被單刀砍中肩和腿，有的肚腹被矛頭穿貫，連花白的肚腸都拖在外面，死的躺在門板上，一路滴著血，婦女們紛紛圍上來認人，嚎哭聲、啜泣聲、呻吟和詛咒聲交織著，使高臺地上，充滿了慘愁。

老鐵匠父子三個忙碌起來，他們把受傷的抬到坡棚和牆角，用撕妥的布條幫他們包紮傷口，有些傷者在半昏迷中喊著口渴，伸手向人討水，但沒有人敢給水給他們喝，根據一般經驗，受傷的人暫時是不能飲水的。而死的人被從門板上抬下來，排列在高臺地一邊，用大張的草蓆掩蓋著，死者的家屬和親人坐在旁邊，一面哭泣，一面焚化紙箔，紙灰被風掃起，白蝶般的飛舞著。

「剛剛還見著他們扛起刀矛打鬥前過的。」二燧朝那邊望了一眼，有些茫然的說：「這才多大的工夫？一個個就這樣躺平了。」

「兩邊都是一樣。」大燧說：「一動起刀槍來，哪有不死人的？」他一面說著，一面也忍不住扭頭朝那排被草蓆覆蓋著的屍體望了一眼，又略略仰起頭，望著隨風飄搖的紙灰，幽幽的吁著氣。

論身材，論胳膊，大燧要比這集鎮上的年輕漢子更結實強壯，假如他不是鐵匠，假如他不趕著打製刀槍，最近的幾回大械鬥，他沒有道理不參與，否則，鄰里街坊的人，就會責罵他不爭氣，責罵他是個懦夫，嚴重一點的話，人群會驅逐他離開這裡，……他懂得這個，也懂得這些死者，都是在這樣的光景中被逼出去的，人生就只是這麼一輩子，轉眼間，都像是這些紙灰的飄散了，值得麼？想想真不值得，死得這麼慘，臨死還不知爲什麼死的？也許他比二燧大上兩歲，多懂一些世故，他說話就要比二燧少更多，他明知說了也沒有用處，沒有哪一個人能隻手撐天，他算什麼呢？他只是一個年輕的鐵匠罷了。

頭一批受傷的人使他們忙碌了好一陣，有些受傷較輕的，經過包紮之後，立即抄起刀叉棍棒，要趕回隘口那邊去，他們在他們自己流滴下來的血跡上走，一點也沒覺得淒慘悲愁，他們的臉，被無端的憤恨扭曲著，他們用極污穢的言語咒罵著對方，可見不拘是誰，心裏一點燃起恨火來，那就非燒得皮焦肉爛不可了。

他們剛一走，第二批死傷的又抬了下來，這一回，大燧認識有好些熟悉的街坊鄰舍在裏面，不久前，坐在坡棚下面爭執的兩個也被抬下來了，精瘦的漢子傷在腿上，下半身全部變成紅的；紅臉漢子渾身都是好好端端的，只是被砍掉了一隻手。

「我要用一隻手幹掉那個麻臉！」紅臉的咬著牙說：「這隻手，就這麼白丟嗎？」他把那隻沒有手的血腕子舉起對著他的眼，顫慄的搖晃著，額上青筋暴起，兩隻眼珠，也紅紅的凸露出來。

「不白丟又怎麼辦呢？」精瘦的漢子哼著說：「除非你想把另一隻也送上。」

「放屁！」紅臉漢子說：「那麻臉從我身後斜竄出來，砍了我的黑刀，若是明打明幹，他決不是我的對手，哪會有半分便宜給他佔？……我這個人，一生從沒吃過這種虧，不去報仇行嗎？」

「話不是這麼說，」精瘦的漢子用手抹著他額頭上滾下的虛汗：「也許沒等你裹了傷再回去，那個砍你的人，早又被我們這邊砍倒了，你找誰報仇啊？」

他是這樣瘂聲的發著狠，但鮮血不斷從他光禿的斷腕間流溢出來，使他語音透著虛弱，說著說著，他的眼就在溫熱的陽光下面緩緩闔上了。倒是那精瘦的漢子有耐力，雖然傷腿流血，但他精神還好，能夠半躺著，勉力的撐持那種熬人的創痛。

老鐵匠問起他隘口那邊的情形，精瘦的漢子不斷的搖頭說：

「不成，他們好像是蓄意過來紮厝的，一股又一股的朝上湧，兩邊一比，我們這邊的人手就顯得太單薄了！虧好鄭士杰總董還能挺得住，我們的人才沒被衝散，但究竟還能撐熬多久？誰也不敢說。」

「這一仗打得實在苦透了！」另一個用布包裹著受傷的額頭的中年漢子說：「對方的銃槍數目要多過我們三倍，假如我們不衝上去，貼近了打，我們更會吃大虧，但這樣人貼人的纏鬥也不成，他們人多，我們人少，就拿傷亡來說罷，一邊死傷一個，這樣耗下去，也會把我們這邊的人頭耗光的。」

「實在不行，只有朝後撤啊！」二燧說。

「你說撤？小兄弟！」中年漢子說：「我們轉身一撤，他們的銃隊早就列陣等著了，雙方一拉開，他們便會百銃齊發，那不會打得我們皮開肉爛？」

「看著罷！另一個躺在牆蔭下面的人說：「能熬到黃昏日後，雙方息鼓收兵的時刻，就有轉機了！……」

「聽說鄭大爺業已差人到岩溪、田頭那一帶，約人助陣去了，明天咱們的人手就會多起來啦！」

事實可不如他們所想的那麼順利，隘口附近的纏鬥打到正午時，率領這邊人群的鄭總董被對方砍殺了，這邊的人群頓時大亂，從隘口附近潰退下來，他們這一退，對方的銃隊便開銃猛轟，同時喊殺震天，一路追了下來。

「快逃啊！泉州那邊的人捲過來啦！」

奔逃漢子們一路倉惶的喊叫著，一街的婦孺老弱也跟著朝西南方向跑，有人還拎著早已繫妥的細軟包裹，有人卻連什麼也沒有帶，紛紛的爭著逃命。

老鐵匠看出光景不對了，他迎向一股拖著刀矛敗退的漢子們說：「你們不能光顧著逃命，把這些拐腿斷胳膊的都扔在我的門口不管。……沒人幫他們的忙，他們是逃不動的，該他們蹲在這裏白送死，算怎麼一回事兒？」

「算啦，賴大叔，不用一袋煙的工夫，那邊就追到鎮上來啦，」一個說：「哪有許多門板，消消停停的抬運他們，你管你自己罷！」

「雙方打群架，不會殺害受傷的，你不必操這個心。」另一個說：「你再不逃，可就來不及了。」

「要逃，你們逃你們的。」鐵匠賴福拗上來了：「叫我睜著兩眼，把這些受傷的人扔在這裡，我是寧死也不幹！……我一時救不了這許多人，留下來照應他們總成！我這把老骨頭不值幾文錢，他們要砍要殺，我一個人獨擋著！」他說著，望了兩個兒子一眼說：「你們兩個，用不著留在這裡陪我，你們自管走你們的，我這一輩子開鐵舖，揮錘打鐵，從沒跟人祖過袖子，勒過拳頭，諒想對方也不能把我怎樣的。」

大燧和二燧一聽做爹的不肯走，把臉全嚇黃了，他們生在這種多事的兩搭界上，自小就聽過許多大械鬥的事情，一般說來，械鬥原就是逞血氣、賭剛強的事，雙方初初爲某種原因起爭執，彎子拉不直，道路擺不平，最後只好訴諸武力，約期舉行械鬥。械鬥初起時，一切還能按照規矩行事，諸如在何時何地見高低？雙方打傷認了命，打死了活該，但在分出高低之後，敗的一方就得履行事先約定的退讓和賠償條件，同時，離開械鬥場之後，雙方不再起零星的打鬥等等……實際上，這種情形根本維持不了很久，一場接一場的打鬥，增添了雙方死傷的數目，見血流紅，使雙方的仇恨結得更深，這樣一來，不論是口頭或書面的約定條件，全不管用了。

人說：仇人見面，分外眼紅，真是一點不錯，他們除了集體殺傷之外，打勝的活捉住打敗的，便擄了當做人質，拷打、盤問、侮辱，什麼樣的凌虐都會加在被擄者的身上，有時爲了洩忿，佔了對方的村鎮，就拚命的損毀對方一切的財物，焚燒對方的房屋，這樣還算好的，據傳鄰省山地裏，族與族的械鬥更爲野蠻，他們一捉住對方，便把對方剁殺掉，把屍體像切紅燒肉似的，切成無數塊，抬出大鐵鍋，用山石當成野灶，架上柴火煮人肉，同時，要他們族裏十二歲以下的男童圍繞著那口鍋，每人端著竹根製成的竹碗，接受一杓煮人肉，據他們迷信意味極濃的古老傳說，說是凡吃過煮人肉的男童，日後長大了，在械鬥時才會有膽量，肯豁命，勇猛如虎。

不用說那種令人駭怖的事了，單拿眼前來說，雙方死傷很多，對方一旦打過來，報復洩忿是免不了的，做爹的偏好在這種危急的辰光留下來，只怕連性命都難保得住了，這怎麼成呢？

「爹，您就聽聽旁人的勸罷，」大燧哀懇說：「對方若真擄人洩忿，您留下，只是他們多擄一個，繩捆索綁的把您囚進土牢去，您一樣幫不了這些受傷的忙，您何必白擔這番驚險呢？您明知這是沒用的。」

「做阿爹的，難道還要聽兒子的教訓嗎？」老鐵匠賴福說：「論起打群架，我最瘟，論起救人，我絕不願拋下這些受傷的，一走了之！沒時間了，你替我好生聽著，你若認我這個爹，就得聽爹的話，帶你兄弟二燧逃命去！他們即使一時佔上風，在這邊埋旗紮營，也不會佔據太久，等他們退走，你倆個再回來！」

無論老鐵匠賴福再怎樣催促，兩個兒子就是不肯走，撲通跌跪下來，各捉住做爹的一隻胳膊，要拖他走，連帶傷的人看了也感動。紅臉漢子說：

「賴大叔，不要爲我們受拖累，爲難了您的兩個孩子，您還是走罷。」

敗退的人群越湧越多，有的灰頭土臉，有的血跡斑斑，他們聚集在鎮梢的高臺地上，利用這一段上昇的斜坡，暫時穩住了陣腳，他們抬出了四尊紅衣子炮，十多桿抬槍，朝對面的追者轟擊著，陣腳一旦穩住，人便湧聚得更多了，有些原已逃離的，得訊又兜轉回來，防守這個鎮市。但這種暫時的阻遏，終難擋得住對方潮湧的人群，泉州人分成很多股，繞過設防的鎮梢，朝西直漫過來。

小鎮是當夜陷落的，腳步聲踏踏的在街上奔跑，月色暈朦，也不知誰在追逐著誰？螺角嗚咽著，殺喊聲在四周暴起，直有千軍萬馬的氣勢，即使是不願離鎮的老鐵匠，在這種辰光，也不得不籌謀脫身了，老鐵匠胡亂的抓了一把單刀，揹著一個受傷的小夥子，當先竄出後門，大燧和二燧弟兄倆，也帶著傢伙，照應七八個輕傷的，摸黑跟了下去，紅臉漢子扶著精瘦的漢子，也都跟著這趟人群裏面，一歪一拐的奔逃。

「你兩弟兄還是單獨快逃罷！」精瘦的漢子說：「事機急迫得緊，你陪伴著我們，根本沒有脫身的機會，——我們都走不動，逃也逃不遠的。」

「不要緊。」二燧說：「屋後下了斜坡，不遠就是龍眼樹林，只要能進林子，就不愁了。天這麼黯，他們最多也只能搜查街屋，不會趁夜進林子的。」

街屋著火了，人聲在前街鼎沸著。他們照應著一些受傷的，你攙我扶，下了那道斜坡，進入高臺外緣的環形狹谷，走不上一會兒，狹谷靠東南面的坡地上，亮起好幾支搖曳的火把來，不用說，那準是對方在搜尋這邊逃散的人。大燧和二燧不得不和受傷的人，利用坡壁的遮覆，蹲匿在陰影裏，不敢動彈。好在天色沉黯，火把的亮光照不了多遠。從黯處望亮處，一眼能望出很遠，而打著火把的人，從亮處望黯處，眼便像被障住了似的，根本看不見什麼了。

倆弟兄和受傷的人爬進了龍眼樹林，他們在昏黑混亂中彼此分散了，大燧找不到二燧，也不知爹走到哪兒去了?他們略略喘息一會兒，仍然不敢在原地停留。這裡的龍眼林雖很茂密，但離鎮太近了，泉州府那邊湧來的人太多，天一放亮，他們就會過來搜索的；大燧發現鎮上的火勢在蔓延著，而且越燒越旺了，火光一陣亮，一陣黯，紅光像無數針刺般的透過林葉，射到林叢的深處來。

「火是他們放的，」一個受傷的說：「乾燒著，沒人去灌救，……這條街算是完了！」

「沒有什麼好埋怨，這算是一報還一報。」精瘦的漢子說：「你們不記得前年冬天嗎？我們糾集了一千多口人，衝過隘口，火燒了他們七座莊子，一晝夜大火不滅，你以為他們會把那事忘掉？」

「不用再空談那些了！」紅臉的漢子說：「說那些都是廢話，沒有用的，你就是不願打這個群架，他們捉住你，也不會讓你好過，我們如今最要緊的，就是商量怎樣逃脫出去，該朝哪個方向走，才不會被他們截住！」

「斜朝西北角走，然後再轉彎向西南，這樣就能到岩溪鎮了。」大燧說：「也許天一亮，就能遇上由岩溪拉過來應援的人。我估量泉州人無法在這裏紮厝生根，至多三兩天，各處應援的人，就會把他們逐過隘口啦！」

大燧這樣一說，大夥的心裏略爲安定了一點。

他們分散後，只落下五個人，由大燧在前面帶頭著，穿經濃密的林叢，斜向西北角攀行，草葉割打人的臉和手背，多稜的石塊刺戳著他們的腳和膝蓋，人，就是這樣，一到危急的時辰，便顧不得疲勞、困頓和渾身的傷痛了。

爬行是緩慢的，約莫經過一個更次，他們才翻過一個稜背，再沿著那道稜背縱走，逐漸遠離身後著了火的小鎮。在那裏，他們遇上了二燧和另外兩個受輕傷的人，有一個傷在腰眼，業已倒在地上起不來了。

「你見著爹沒有？二燧。」做哥哥的說：「他揹著一個人，拎著一柄單刀，走在前頭的。」

二燧搖搖頭說：

「我曉得，我一直朝前追，也沒見著，也許爹走上另一條路，只好等到天亮再說了。」

在這種混亂的黑夜裏，跟爹分散開來，大燧的心裏很焦灼，又很惶亂，但他和二燧兩個，無法在中途離開這些行動不便的傷者，只有耐著心腸，喘一陣、歇一陣，繼續翻山，朝岩溪方向摸索。

天初放亮，便和從岩溪出發的大隊聯勇遇上了。在這種多山的地帶，民性也極為強悍，他們把隘口失守當成極嚴重的事，最先敗退的人，傍晚前把消息散佈到附近的鄉鎮去，他們便趁夜鳴鑼聚眾，村和村、鎮和鎮相互連絡，集成千人以上的大隊，朝隘口方面拉了過來。

隘口的收復，只是兩天後的事，泉州方面的人，這一回只是為了報復較前一些日子械鬥的潰敗，越界焚掠，當漳州赴援的大隊紛紛到達，他們就見機退走了。

大燧和二燧兩兄弟回到鎮上，發現這座他生活了多年的小鎮，已全被焚毀了，漳福號鐵舖，也地塌土平，只落下一座冶鐵爐和一個鐵砧立在荒墟裏面，最可怕的，倒不是店舖被焚毀，而是他們的父親——老鐵匠賴福，被人捆在一根立柱上，他顯然是被對方捉去後，捆在木柱上，四周架上柴火燒死的，他從沒參加過一次械鬥，若說他真有什麼罪名，那就是他出生在隘口的這一面。

兩兄弟痛哭著，把做爹的埋葬在屋後龍眼林邊的山坡上，入葬很草率，在這回械鬥中，死的人太多了，老鐵匠的屍骸是用草蓆捲的，連一口薄木棺全沒買著。

「大燧，你們弟兄倆算是見著了！」鎮上老一輩的人，跑來跟他們說：「你爹一輩子都是個爽直平和的老好人，他沒參與過打群架的事，更不該死得這樣慘！俗說：殺父之仇，不共戴天，你們弟兄倆，得要爭口氣，替你爹報仇啊！」

話是說得有頭有腦，振振有詞，報仇！報仇！找誰去報得這個仇？除非也掄起單刀，裹在人群裹，衝過隘口，在那邊的村鎮上立根紮厝，攫著泉州人，不管是誰，也閉上眼揮刀砍殺，即使砍倒風馬牛不相及的，也強作冤仇得報的想法，用這種自欺的方法求得一時的心安，否則，在鄉親鄰舍的議論裏，就會把兩弟兄看成毫無血性的儒夫，無數手指戳著兩人的前額，使兩弟兄今生今世都無法抬起頭來！

含著熱刺刺的淚水，年輕的鐵匠賴大燧苦想過這些，在這個時辰，這個地方，分地域、爭利害，業已把人都逼成了血氣湧騰的瘋漢了。這邊死了一堆，要找那邊報復，那邊死了一堆，何嘗不咬牙切齒，立誓要找這邊算賬？總之，一個人活在一群人裏面，就得無可奈何的把自己的心意摺摺收起來，跟著大夥人走，要不然，只好離開這裡，到外埠去另謀活路，雖不能說是同旁人沒有牽扯，至少能活得略爲寬鬆一點，不至於連氣都喘不出來。……

這種朦朧的想法，剛在腦子裏打盤旋，一心便灌滿了森冷的寒意，他和二燧兩個人，在這裏生，在這裏長，從沒出過遠門，近山的高臺地上不產稻米，有人常說這裡是貧瘠的地方，而這裡果蔬產量多，滿山的龍眼和荔枝年產所得，儘夠一般家戶維生的，氣候多雨霧，儘管地高，並不苦旱，山上泉水多，湧匯成條條山溪，流向九龍江裏去，山上有燒不完的柴火，溪心有捕不盡的魚蝦，誰也不能說這裡不是謀生的好地方。

再好的地方又怎樣？那得看人想怎麼活了！若是彼此和睦相安，各種各的田地，各做各的營生，就不會有這樣多的波瀾了，硬要順順當當一長串日子，拿來扭結成一大把死疙瘩，人不死就解不開它，這有什麼樣的意義呢？

——人是一口氣，佛是一爐香！這句流傳的俗話，並不能給人們帶來任何好處，再好的地方，也被人給糟蹋得不成樣子！

儘管這樣，一想到離開這裏，森寒便在心裏擴大，陌生的異地是重重疊湧的黑波黑浪。鎮上人，到過遠方的不多，有關外地的傳言，也都是輾轉相傳的一星半點，人到外地去，怎樣落腳？怎樣生根？這些事，沒人能打商量，只好跟二燧說了。

二燧倒是倔強得很，他說：

「走就走，這裡還有什麼好留戀的？我不信活人嘴上會長青草，我們年輕結壯，能苦能掙，有兩隻胳膊在，還愁沒有一碗飯吃？」

「好！二燧。」作哥哥的凝視著二燧的臉說：「爹雖枉枉屈屈的死了，但他老人家的心思很明白，他不願讓我們腦破腸流的死在械鬥裏，人說孝順、孝順，若不順著爹的意思，他老人家埋在地下，也不會閉眼的。」

在械鬥暫時平息的時刻，弟兄倆揹著扁扁的小藍布包袱上路了。

他們計議過，遠行的第一站，先到漳州的首府龍溪去，在東龍江的碼頭上，他們有位遠房叔叔賴火，在那邊經營木材生意，大燧認為，只要能先找到賴火叔，立住腳，安下身來，找個腳伕或是苦力的差事幹幹，應該不成問題。

龍溪是一座有著水陸碼頭的城市，人多，耳目靈活，不難打聽出海外的情形，那時候再跟二燧商量，決定行止，看看是去八達維亞，去馬來，或是去臺灣？據人說，那些地方，最需要鐵匠，若果傳說是真的，他們有一技在身，自然會把「漳福老鐵舖」重新開設起來，大燧心底下暗暗的想過：那時候，他們該不會再被人逼著，成天打製刀矛一類的殺人兇器了。

從白銅隘口到龍溪，扯直了計算，只有八九十里地面，但一路上多山多曲，又得行船過渡，大燧和二燧兩弟兄起早睡晚走了兩天，才到達龍溪城。兩人一路問人，好不容易才摸到東龍江邊的碼頭。

東龍江和九龍江的江面，到龍溪附近，變得非常寬闊，很多艘由廈門灣直駛上來的橫洋巨舶、運糧的駁船，密集的靠泊在沿江一帶的碼頭上，高高的船桅舉成林子，桅尖隨波搖晃著，帶給他們奇異懾人的印象。

趕長路趕得又饑又渴，弟兄倆找著一家小飯館，靠窗坐下來買飯吃，飯館裏是雜亂嘈鬧的，大都是些碼頭工人、搬運伕，他們盤著辮子，敞開衣襟，或蹲或坐的佔據了很多檯面，飲酒猜拳，迸出一片醉意的喧嘩來。

大燧招呼一個店夥來問說：

「請問你，這裏有個木材商，叫賴火的麼？」

店夥一聽，立即點頭說：

「你問賴火？他就在碼頭轉角的地方，順記木材行是了。——你們是從哪裏來的？」

「白銅隘。」二燧說：「賴火是我們的叔叔。」

「白銅隘那邊，聽說正在鬧械鬥。」店夥說：「最近這幾天，城裏都在傳說這件事，有人從岩溪來這邊找賴火叔，說是要募人去幫打呢！」

「是麼？」二燧沈著臉說：「也許不用了，等這邊把人募齊，那邊早已打完了。」

「打完了，」店夥說：「怎會這麼快呢？」

「真的打完了。」大燧眨著潮濕的眼說：「他們來得很快，雙方當天接火，我們附近的聯莊，人手不夠，總董鄭大爺被他們打死啦，這邊擋不住，被他們衝過來，趁夜點火，燒了鎮街和附近好幾處莊子。幸好第二天一早上，從岩溪、田頭各地糾集的人，又撲過去把他們逼退，重佔了隘口，即使這樣，也有很多戶人家家破人亡了！」

「嗨，」那店夥嘆了一口氣說：「常年這麼打來打去的，實在不是辦法，上個月，同安縣邊界上，也打了一架，雙方都有死傷的，他們也到這邊的碼頭上，找賴火叔接頭，求這邊出人去幫打，可是，這邊的腳佚、扛工，都是吃官家飯的，哪能說走就走？……這種事，不會完的。」

「其實，這邊不是不能糾合人，」隔壁桌面上，有一個身子粗大，一臉鬍髭的漢子，手裏抓著酒壺，用醺醉的聲音說：「只是賴火叔不願參與械鬥的事情，他是這邊天地會的會首，會眾是不願參加械鬥的。」

「不光是會黨。」大燧說：「我們做生意的人，也不願參加械鬥，雙方一打起來，牽連好多無辜的，我爹就這樣冤枉送命的——找誰去報這個仇？總不能見到泉州人，就亂砍亂殺罷？」

「不錯，」那個漢子歪起頭來，望著大燧弟兄兩個，點頭說：「瞧你們年紀輕輕的，遇事能有忍性，真是很難得。漳泉兩地的械鬥，打了多年打不完，全在雙方都要盲目的報仇，結果，死的人愈多，仇結得愈深，如今，連解都解不開了。」

「沒請問你貴姓？」大燧說。

「啊，這位是王銅王大爺，他跟賴火叔是好朋友。」店夥搶著說：「等一會，你們就請王大爺帶你們去賴火叔那邊好了。」

「沒想到，賴火叔有這麼兩個好侄子！」王銅說：「你們從隘口趕到這裏，一路夠辛苦了，慢慢用飯，等會我帶你們過去。」

倆人用了飯，跟王銅穿經忙碌的碼頭，去見賴火叔；這個人群湧集的世界，對大燧弟兄倆是陌生新異的，許多艘靠泊的船隻搭起跳板，扛伕們赤著臂膀，忙著裝卸貨物，大包大包的米糧被卸下船來，運往棧房去，碼頭各類的貨物，像山似的堆積著，王銅指著那些巨大的船隻說：

「這些橫洋船，攏總是臺灣發航，經黑水洋過來的，他們運來米糧、樟腦和茶葉，漳州府倉的囤米，多半是臺米，天知道這些糧船和貨船，冒了多少風險。」

「大叔，你到過海外？我是說，你有去過臺灣？」

「何止去過？」王銅說：「我是在那邊居住好多年，被官府逐回原籍來的，他們管這個叫做放逐，你們看，看我臉上刺的字，……他們不讓我再回去了！」

「聽說那地方地大人稀，」大燧困惑的說：「為什麼還要把人逐回來？」

「這個，一時跟你說不清楚，」王銅說：「你們在這裏過久了，慢慢就會明白了。」

大燧立時覺出，這個身形粗壯的漢子，是在有意迴避著自己，也許在人群裏走，他不方便回答這些罷？於是，他不再講什麼了。

王銅的腳下很快，不一會，已經穿過碼頭，沿街朝西拐，走進一條深狹的巷子。

「木材行怎麼開在巷子裏？」二燧說。

「賴火叔不在店鋪裏面，」王銅說：「碼頭末梢的店鋪裏，另有管賬的先生。」

大燧忽然想起王銅說過的話，說賴火叔是這邊天地會的會首，他約略聽人說過天地會、三合會之類的幫會，這類民間組織，大體上都是含有抗清反滿的意識，衙門曾懸有禁令，使他們無法公開活動，賴火既負責會黨的事，自然另有很多事情，這些事，還是不必追問的好，因此，他扯扯二燧的袖子，丟一個眼色給他，二燧算是很乖覺，便也不說話了。

這時候，王銅沿著一座長牆，走到一扇側門前，伸出指頭，輕輕敲了幾聲，門上的活扇打開，小洞那邊，露出一隻眼來。

「什麼人？」裏面的人說。

「守後山的王銅。」王銅說：「我領了兩個從白銅隘口來的年輕人，他們是賴火叔的侄子：陳山，你帶他們去見賴火叔好了。」

門開了，大邃弟兄倆，跟著那個叫陳山的人，從後進向前走，到了第三進房子的左廂，他們才算在一間古老沈黯的房子裏，見到他們的族叔賴火。

賴火雖是在白銅隘口附近的村落裏出生，但他早在幾十年前，他十六歲的時候，就到龍溪來闖天下，一直沒回去過。有關賴火早期闖天下、開碼頭的傳說很多，族裏的人每提到賴火，臉上就顯出興奮的光采來，話裏常表示出：姓賴的一族裏，也算有了一個像樣的人物，能在漳州府城站得住腳，這若是一般讀書進學有功名的人，也許不足爲奇，而賴火叔是個沒進過塾的人，他不但在龍溪立業，而且全憑自學，能讀得書、識得字，又打得一手好算盤，旁的事不說，單只這一點，就夠使人佩服的了。

前年大械鬥之後，賴火叔回鄉去了一趟，他和鄭總董以及好些士紳商量，可否由他出面，到泉州那邊連繫，使雙方息爭？鄭總董表示他沒有意見，他只是維持地方的人，不能眼見對方衝過隘口，一路朝西焚掠，假如賴火能作調人，使雙方公平息爭，那當然再好不過的事。但其餘的九個族裏有大半不願意，因爲他們歷年死傷的人太多，他們堅持要泉州那邊的人賠償，賴火叔爲這事奔走過，晉江方面也提出相同的理由，堅持要這邊認敗，負責賠償那邊的損失，否則，他們就要打得這邊認輸爲止。

事情就怕兩頭扭，賴火叔居中調停便擱了淺，他臨走時，到宗祠來邀聚族裏的年輕人說：

「你們都是有耳能聽、有眼能看的人，早該看出械鬥這樣打下去，雙方都是爲爭意氣，白送性命，日後，你們只要有不願跟人起鬨的，儘管到龍溪來找我！天下大得很，還怕沒有安身立命的地方？」

如今，他們是面對著賴火叔了。

賴火叔也只是五十歲左右的年紀，但他滿頭的頭髮都已白盡了，他那條銀白的辮子甩到一邊，從肩膀上拖垂到胸前來，更顯出他有著一股慈和溫厚的威嚴。

賴火叔似乎還認得族裏這兩個侄子，一見面就關切問說：

「聽說這幾天，隘口那邊又鬧械鬥，情形究竟怎樣了？」

「打已打過了。」大燧說：「那邊先糾人佔了隘口，衝向西邊來，火燒了好幾處鎮街和莊子，二天，岩溪一帶幫打的人又湧上去，把泉州人逼退，雙方僵著沒有結果，但又死傷了不少人。……我爹也叫對方捆住，活活的燒死了。」

賴火的臉色黯了下來。

「你們倆是漳福鐵舖賴大哥家的？可不是?!……賴福大哥是個老好人，埋頭打一輩子鐵，從沒跟人有過爭執，誰知他竟會死得這麼慘？這怪誰呢?!」

大燧和二燧默默的站在一邊，把頭垂下去，他們的大粒清淚，直滴在地面的方磚上。

「這怪誰呢？」白了頭的賴火捏起拳頭，輕擊著桌角，重複的喃喃自語著：「想當年，漳泉兩地人，跟隨國姓爺力保南明，從沒分過你是漳，我是泉，如今滿人做朝廷，我們作漢人的，過的是什麼日子？彼此爭意氣，打得天昏地黑，不正合了滿人的心願?!……這個，不必明講，人人都該懂的。」

他一面說話，一面站起身來，背著手，踱到窗前去，從窗櫺的格扇間，仰望多雲的天空。這樣靜默了好一會，他才轉過臉，吁出一口氣來說：

「你們倆個，出來是對的，你們不妨暫時在府城住些日子，多聽、多看、多學。除了打鐵，還有很多事情好做的，你們年紀輕，出路寬得很。」

他頓了一頓，抬頭注視著這兩個侄子說：

「是王銅帶你們來的？」

「是的。」大燧說。

「好。」賴火說：「我要陳山先帶你們去安頓，王銅會去照應你們的。」

賴火叔說話不多，但句句有力，很簡單的就把他們安頓了。

倆弟兄跟著陳山從側門出去，重新回到碼頭上。陳山把他們帶到一處地方，那是一座三進院落的大宅子，很像會館，但並不是會館，裏面住著不少人，大燧悄悄的問陳山這是什麼地方，陳山告訴他們，這是賴火叔招待各地來的客人的客館，大燧沒有再問下去，——他業已曉得，這是會黨會聚的地方。

日子跟白銅隘鄉間的日子不同了，這個新的世界，處處都是新奇而神秘的，他們必得要像賴火叔所囑咐的：多聽、多看、多學了。

當天晚上，王銅過來看他們，王銅這個身形巨大的人物，飄過洋、渡過海、喝過鹹水，本身就是一個故事……大燧和二燧單從這個人物身上，就發現了學不完的東西。

第三章　海峽風雲

夜晚的港口依然很熱鬧，鼎沸著苦力們的呼叫聲、小販的叫賣聲，和酒肆裏溢出的喧嘩，而屋裏卻很安靜，一盞菜油燈放在白木案上，燈燄顯著藍暈，不斷的搖閃著。王銅坐在一把背椅上，手裏托著茶盞，慢慢吞吞的說著話，大燧和二燧兩兄弟出神的聽著。

「說起來，賴火叔是你們的族叔。」王銅說：「他當初在這裏做苦力，憑一根肩擔打碼頭，那些動人的經歷，你們聽人說過沒有？」

「一星半點的，也聽人說過一些。」大燧說：「說是當時有許多老工人，都想欺侮他。」

「不錯的。」王銅說：「在當時，碼頭上的搬運工有工會，有很多工頭，賴火叔初來時，擠不進去，只能當當臨時工，……那就是記名領牌的工人有事不能來，才會叫臨時工去代替，論天計算工資，工頭召來臨時工，要扣兩成召工費。那時工會的頭子花皮薛二，是個勾結官府、作威作福的流氓，工頭也是吸人血的，尤其對新小工人工臨時工，剝削得厲害，賴火叔在碼頭上打工不到半年，就看清了這一點，他跑去找花皮薛二理論，說是他要自召一股人，由他做工頭。」

「薛二斜眼看他，呲牙笑說：賴火，你這小子，二爺我給你一碗飯吃，已經算不錯的了，你剛到這裏半年，就想越級升班，你憑什麼？」

「你們剋扣人，剋扣得太兇了！」賴火叔說：「我當工頭，跟大家一道做，得錢大家分，不剋扣人家一分一錢銀子，我是憑力氣混飯吃，還要憑什麼?!」

「你真要憑力氣，那倒也罷了！」薛二說：「在我手底下幹工頭的人，無論哪一人，都能一肩扛得起兩百斤重的貨物，你能扛得起嗎？」

賴火叔笑笑說：「你不妨把你那幾個工頭都找來，讓他們卸貨，顯顯他們的力氣，我賴火假如扛貨扛不贏他們，我捲行李回鄉下去，碼頭這行飯，我不吃了！」

「你要真有這個本領，我也說一不二，讓你當這個工頭，不榨你半文錢！」薛二說。

雙方等於是打了賭，薛二心裏早就認定賴火不會贏，在他的眼裏，賴火既不高大，又算不得怎樣粗壯，精瘦的一個大孩子，再怎樣比力氣，也比不過那些工頭。那時是卸臺灣來的稻米，論蔴包計算，一蔴包是六斗，薛二手下的那些工頭，每人都能扛兩蔴包的米，下跳板，進棧房，面不改色。

「輪到賴火叔，他肩上壓了三隻壘壘的蔴包不算，脅下還挾了一蔴包，也就是說，他一趟能運兩石四斗米，賴火叔說是扛米不稀奇，他的一根棗木扁擔，能挑得起八百斤重的鐵塊，……他硬是憑本事在這裏打下天下來的。」

王銅所說的這一段，還不算是賴火叔精彩的故事，只是一個開頭；接著，他說起城裏會黨的老首領林德昌，聽說賴火是個有骨氣的硬漢子，便托人找他，收了他做徒弟，更把會務的擔子，交到賴火叔的手裏，賴火叔接任會首不久，就把天地會和碼頭工會暗暗融合起來，逐走了花皮薛二那幫吸血的人。

花皮薛二心有不甘，偷偷的跑去衙門告密，說是賴火叔發展會黨，圖謀不軌，衙門裏把賴火叔傳去問話，他們查不到一絲反清抗清的證據，再說，衙門裏的皂吏、捕快、巡丁，也都暗地參加會黨，上上下下是一家人，不會對賴火叔爲難。花皮薛二告密沒得結果，恐怕當地會眾會報復他，便夥著他那幾個死黨，偷渡到海外去了。

「聽說衙門裏怕會黨會起事，不准會黨活動，可有這件事？」大燧說。

「不錯。」王銅說：「衙門空懸的禁令多得很，何止是這一條？不過，各地的會黨活動從沒停過，只是不公開活動罷了！……會黨不參加械鬥，在會的弟兄也不分漳泉潮惠各個地方，前幾年，海賊蔡牽擾廈門，在沿海一帶旋風洗劫，衙門沒辦法，仍得借重賴火叔領人設防，安靖地方，他們明知會黨久必抗清生事，他們也莫可奈何，只有採用安撫的法子。」

「賴火叔願意受安撫嗎？」二燧說。

「當然不會。」王銅說：「這就是我佩服賴火叔的地方，他穩當得很，曉得自己勢力有限，不願輕舉妄動，但他經常跟旁的地方的會黨連結，也許有一天，能成一番大事。至少在目前，衙門跟天地會之間，還只是暗鬥，彼此都不動聲色的防備著，衙門也不敢輕易的動手，怕逼緊了，會生出使他們丟官送命的事情來。」

王錮沒把大燧當成外人看，他接著講了許多有關天地會的組織、幫規、各類暗語等等，這在平常，大燧兩兄弟都沒聽人談論過，因而覺得非常新鮮有趣。

二燧又對王錮問起臺灣來，他說：

「王錮大哥，你說你是那裏生那裏長的？臺灣究竟是什麼樣的一個地方？」

「只有像你們弟兄這樣的鄉下人不清楚罷？」王錮說：「那裏跟漳泉一樣，是閩地的一府，不過，那邊要比這邊的一州一府地方大得多，這裏的橫洋船、駁船，每月都要去那邊裝運米糧貨物，有時泊笨港，有時經由滬尾到艋舺靠岸，很多船戶都熟悉那個地方。」

一提起臺灣來，王錮的話就更多了；他說起那個由國姓爺開拓的島，說起島上無數座插天的高山，滾滾的、湍急的溪河，說起澎湖星羅棋布的島嶼，浪濤洶湧的黑水洋，漳泉兩地的漁民們經常到那邊去捕魚，有時海上季風強勁，他們便臨時搭建厝屋，寄居在那多風的島上。他也說到紋身刺面的高山部落，說他們除草獵頭的野蠻習俗，以及和墾拓區不斷發生爭吵的戰爭，……這些陌生遙遠的事情，聽來使人沉迷。

「人都是戀鄉戀土習慣了！」王錮說：「其實，這也沒有什麼道理，拿漳泉兩地來說罷，山多，田少，加上地狹人稠，平時的日子已經很難過了，一遇上年成荒旱，山裏鬧山匪，海上鬧海賊，日子便沒法過下去，人還拚命守在那裏，有什麼道理可說呢？」

「你是說，去臺灣會比待在家鄉好？」二燧說。

「那當然。」王銅說：「那地方的田地肥沃得很，撒下種去就出糧，靠河溪的地，水源足，大片大片的荒著，等人去開，要不是這邊衙門高懸海禁牌子，這邊去開荒的人，那就更多了。」

「海禁？」大燧困惑的眨著眼。

「就是啊！」王銅說：「聽說這個主意，是清朝降將施琅想出來的，他上了奏章給滿州朝廷，說臺地居民多是明鄭的後世，若開放海禁，讓漳泉的人和臺地的人流通，那樣，他們便更容易裏外結合，起事抗清，從康熙年到如今，海禁並沒開過，只是早先的規章立得嚴，後來就鬆得多了。禁自歸禁，兩地交通並沒斷過，每年還是有很多人飄洋渡海，偷渡到那邊去拓地謀生，只要在那邊有鄉親鄉友和熟悉的人，待下去就不會有問題。」

「王大哥，照你這樣講，你又怎會被他們逐出來呢？」大燧說。

「不瞞你們說，我是跟賴火叔有連絡，在那邊聯繫會黨的，那邊抗清反滿的意識極強烈，曾有好多次起事，」王銅說：「那邊衙門的人懷疑到我頭上，沒有罪，也捏個罪在頭上，……他們說我是個羅漢腳，非把我刺面放逐不可，我硬是被他們這樣逐走的。」

「羅漢腳是什麼?」

瞧著二燧這樣一問，王銅慘慘的笑了起來：

「羅漢腳，是當地的一種俗語，指那些沒有田宅，沒有妻子，摸竊詐騙的人，那意思和流氓差不多，不過，滿清衙門想放逐人，用這種方法加罪，是最簡單的，但他們沒想到，逐走一個王銅，就能安保無事了嗎?無論在哪裏，有心人是多得很的。」

大燧可沒想過這麼許多，他只覺得，王銅的話，使那個在感覺裏遙遠朦朧的島嶼，被抽出更清晰的輪廓來，一剎間，彷彿近了許多。他跟二燧長在山村裏，自小就聽過很多慘愁的故事，像明末鬧流寇，後期就有大股的流寇殘眾入擾漳泉兩地，海上的倭患，一鬧也鬧了很多年，近海地方無處不遭洗劫，無處不受焚掠，尤其是泉州同安籍的海賊蔡牽，出沒海上近廿年，使漳泉兩地的漁戶都不敢出海，……，這些動亂，一波接一波的潮湧過來，使原本貧窮的平民百姓活得更爲艱難了，島上既有地可墾，爲什麼不能去落籍生根呢?當然，這只是他心裏一時掠過的念頭，他覺得自己和二燧初初離家，懂得的事情還是太少，有一天，當自己學得多了，也許能找到那種機會。

那夜，王銅一直聊到深夜才走，他走後，二燧就說：「要是臺灣真像他說的那樣，可以選它開荒，不要出地價銀子，那太好了，我們何不跟賴火叔說，請他幫我們到那邊去!」

「你沒聽王銅說，兩地的海禁不開，就是想去，也沒有那麼簡單，」大燧說：「我們初初到府城來，懂得的事情不多，我想，我們還是安心待著，只要有心，日後有的是機會。」

弟兄倆在碼頭上待下來了，賴火叔並沒有替他們另外找事情幹，只要他們跟著王銅歷練。

王銅替賴火叔管理碼頭工會，無論船上岸上的人頭，他都熟悉。同知衙門的巡丁哨勇，官籍和民籍船隻的船主和水手，三教九流，形形色色的人等，也沒有誰不知王銅的，每逢有人提起這個，王銅就謙虛的說：

「沒有用，我出名，全是因爲我的身材高大，旁的人，遠遠一看就認得了。」

大燧看得出來，整個碼頭的工會只是表面的，看來是和衙門配合辦事，實質上，工伕和船戶們都和會黨有著深厚的關係，王銅對外絕口不提會黨如何如何，而誰都知道賴火叔是會黨的首領，在碼頭社會裏，那是半公開的秘密。海防同知管碼頭事務，九龍江到廈門，岸上有綠營兵，江上有水師營駐紮，那些官衙也明知天地會存在，但他們一樣睜一隻眼閉一隻眼，看著只當沒看著。有些漢人官長，千總把總，都跟賴火叔套交情，只求在公事上，表面敷衍得過去，那已經很知足了。

「這裏的關係複雜得很，遠比你所想的困難。」王銅感慨的跟大燧說：「漢人反滿的心永不會減弱一分，滿清朝廷利用漢人的計策，也是一貫堅持，不過，他們在手段上會變化，有時高壓，有時懷柔，有時分化，有時三者併用，……賴火叔時常跟我們說這些，說滿清跟漢人幫會，始終是水火不相容的，單拿漳州灣海口，船隻多，漁戶多，衙門沒法子用高壓手段對待老百姓，因爲壓得太厲害了，人就會朝海外跑，像巴達維亞、馬來和呂宋島，都有成千上萬的人移居過去了。衙門如今採的是逐漸緊逼的法子，他們行團練，辦保甲，更把船隻分類編冊列籍，限制出海，等到他們自認爲時機到了，他們就會使出殺手鐧來了。」

「既然明知這樣，賴火叔又能有什麼好法子呢？」

「法子總是人想的。」王銅說：「我們目前勢單力弱，強跟滿族朝廷盲目拚命也不是辦法，只是忍著，等著，盡力使百姓不受他們愚弄，一面設法使抗清的勢力，在海外各地生根，幹這種事，非得多認識人不可！話是靠人傳的，種是靠人播的，得要眾人一條心，漢族人才有出頭的日子！」

王銅的話是不錯的，大燧弟兄也看得出，衙門雖習慣敷衍，但他們對會黨始終不放心，那些巨大的橫洋船，都是官船，每船來往臺廈裝運府庫的米糧，都有水勇押船，其餘的臺船、單桅帆出海，得要先在海防營登記獲准，駛向什麼地方？運載什麼貨品？都得塡寫明白，船主按船籍編號，施行聯保法，也就是說：互保的船隻，不得同時出海，這樣，一艘船出岔子，其他的船必會受到牽連，不單船隻如此，連船上的水手也都聯保聯坐，控制得極爲嚴密，……法令自歸嚴密，漏洞仍然很多，從這裏就可以看出會黨的力量潛在著，他們會買通衙門，私運犯禁的物品，像抬槍、火銃、黑火藥出海，至於偷渡出境，赴台開荒，更是常見的事。

通常，衙門對這些偷渡者，按人頭數數，接受為數不多的定額賄賂，如果到達對岸被查察出來，還得另行花費一筆，打點哨丁或是巡勇，除非萬不得已，他們也不會拏人朝上送，自損那種活水般的財源。會黨和衙門，在一種奇妙的互疑但又和好的狀態中，彼此暗中鬥法，卻又相互利用，這確是極奇怪的情形。

有一天，大燧弟兄在酒館裏遇上一群由臺地運米來的官船的水手，他們問起海禁的事。一個水手說：

「那倒不是海禁，只是限制漳泉內籍的人，任意隨船到那裏去，除了官船，一般經商的船隻，只要在當地海口登記領證，倒是常來常往，要想在那邊久住，只要能有熟悉的人作保，歸堡歸屯，有了一定的住所，也就不會被當成流氓遞解回籍了。」

「話很難說，」另一個年紀大些的水手說：「如今漳泉一帶，至少有近萬戶人家，原就是跟隨國姓爺赴臺定居的老戶，康熙年間被逐回內地來的，住在近海地方人家，只有靠打漁維生，這裏的漁場不及臺灣澎湖，漁稅又訂得苛重，我們總把泉漳二州當成寄居的地方，一心想回到原籍才是真的。」

「那些經商的，多半做哪類的生意？」大燧說。

「什麼都有，」老水手說：「像藥材、綢緞綿紗、什貨、生原煙、磚瓦石條、豆粒、蔴索、牛隻和犁頭等類的貨物，臺地各行業都爭著接貨。」

「尤其是墟市的牛隻，和開墾用的農具，交易最旺，」年輕的那個說：「那邊的石匠、鐵匠，最缺少了。」

「會有那麼巧？」二燧在一邊說：「我們正是學打鐵的，真的去了那邊，看樣子是不用改行了。」

海澄那邊的碣石港，俗稱大石門，就是橫洋船從內河出海的咽喉地，有若干的船隊，常溯江直駛府城。日子流過去，到了炎夏季節，大燧弟兄倆熟悉的人更多了，其中有個商民叫胡旺的，他常跟船到臺地去，在近山一帶和番人交易，用煙草、犁舌，交換他們的鹿皮、鹿茸之類的貨物，他慫恿兩兄弟說：

「你們兩個人，單憑你們的鐵匠手藝，到那邊就站得住腳，那邊有成千上萬的屯和堡，極缺耕田用的農具，像鎌刀、鐵耙、叉桿叉頭，都是各地爭購的貨品，你們就是不開鐵舖，衙門公設的鑄幣廠，也會找你們去鑄錢的。」

「鑄錢是銀匠和銅匠的事，」大燧說：「他們不會找上鐵匠的。」

「那有什麼要緊？」胡旺的八字鬍子笑得朝上翹：「鑄鐵跟鑄銀鑄銅又有什麼兩樣？」

那之後，二燧首先認起真來說：

「我們來府城投靠賴火叔，原打算借錢開鐵舖，靠打鐵生理吃飯，如今在碼頭上幫著王銅大哥做事，也是暫時待著罷了，我們對會黨懂得不多，何不請王銅大哥跟賴火叔說一說，請賴火叔幫忙，讓他央託船隻，帶我們過大海，到臺地去落腳，自己苦掙，總是好的。」

「也好！」大燧說：「你既有這個意思，我改天先跟王銅大哥說一說，賴火叔很忙，等他有時間，還得當面拜託他才好。」

這話剛說過沒幾天，王銅過來，說是賴火叔要見他們，當晚便帶他們到賴火叔那邊。大燧在賴火叔問起他們生活情形的當口，便但直的說出他們心裏的意思。

賴火叔聽了，認真的點著頭說：

「我留你們倆兄弟在這裏，也是等機會，年輕人，正是吃苦創業的時候，去臺灣，是條很好的路子，我們族裏，歷代都有移民過海的，如今在那邊至少也有六七千戶，你們倆人會打鐵，也正是那邊需要的人手，等我和那邊聯絡妥當了，再安排你們過去好了。」

兩人退出來，王銅接著說：

「當然，賴火叔是很願意你們自食其力，到臺灣島上去成家立業，你們也曉得，一個人活在世上，不光爲了混飽肚子，飄洋過海，不是一件容易的事，又是風，又是浪。那邊的氣候和水土，對這邊的人並不適合，不少新移去的墾戶，都有生瘟染病的，你們執意要過去，心裏得要有準備才行。」

「這個，王銅大哥儘管放心。」二燧說：「人吃五穀雜糧，難免疾病災殃，我們年輕體壯，自會當心，就算是生了病，也不要緊。」

「你們算是有膽量！」王銅說：「賴火叔跟那邊在會的人物多有連絡，你們只要登上海船，平安到達，那邊自會有人接應你們的。」

事情在開初竟然這樣的順遂，實在出乎大燧兩兄弟的意外，他們知道一向不多講話的賴火叔很關心他們，有很多話，賴火叔雖沒講出口來，但王銅都替他講了，既然這樣，他們沒有旁的事幹，只有安心等待著登船了。

誰知府城裏突然起了變化，滿清衙門放著漳泉二州時起時歇的械鬥不管，竟然聽信密告，對天地會的會黨動起手來，由他們的猝然發動捕拏人犯和出動大隊巡兵搜街來看，衙門裏面顯然早有預謀，等到四面張好網，才抹下臉來動手的。

那是一個起大風，響沉雷，閃電交加，暴雨傾盆的夜晚，大燧和二燧在宿處正要入睡，忽然聽見外面有人敲門，他們掌著燈開門，以爲來的是王銅，門一開，看見陳山撐著一把油紙傘，下半身濕淋淋的站在外面。

「陳山兄，有什麼要緊的事情？」大燧看他氣急敗壞的樣子，忽然掠過一陣不吉的預感。

「你們快跟我走！」陳山說：「衙門裏的捕目、捕快，還有許多兵勇，過來捕拏會黨，再慢走一步，就脫不了身啦！」

「不要緊，」二燧說：「我們又不是會黨，衙門抓我們去幹什麼？」

「不要說傻話了，」陳山焦急的說：「你們住的地方，就是天地會的會所，……賴火叔業已被他們捉住了，他被捉之前，要我趕過這邊報信的。」

「走罷，」大燧說：「有話出去再講。」

陳山挾著油紙傘，冒著暴雨在前面奔行，大燧弟兄緊緊的跟著。他們穿過院子和穿堂的通道，這屋子裏住著的人，也是從屋裏奔出來，急速的朝後跑，側院長牆邊，有一座長梯，大家都爬梯子上屋，利用參差的脊頂伏行逃命。

大燧上了屋脊再一看，不得了，碼頭上的燈籠火把在大雨裏亮著，防營的兵勇亮著刀，到處拏人，有一股兵約莫有十多個人，正湧進這邊的巷子，和一群持械拒捕的會黨起了毆鬥，在雷聲與雷聲的間隙裏，聽得見裏在嘩嘩雨聲裏的喊叫拏人的聲音，和金鐵的聲響。

「王銅大哥去哪裏了？」大燧說。

「沒看到他。」陳山說：「也許他在碼頭上，事情來得太突然了！」

「爲什麼他們會在這時候拏人呢？」

「我也弄不清楚。」

「我們該朝那邊去呢？」

「找個地方躲一躲再講。」陳山說：「照今晚的情形來看，極可能別處有會黨豎旗起事，衙門怕這邊響應，所以先動了手。」

他們在房頂上爬了一段路，跳進一戶人家的後院，雨勢大得像盆潑的一樣，三個人的身上全都水淋淋的，陳山帶著兩弟兄躲到側屋的簷底下，悄聲說：

「如今，我們只能蹲在一處不動，不能上街，一上街，就會被兵勇捉去了，等到天亮之後，街上人多了，我們再出去打聽消息，要是風聲太緊，我會帶你們離開府城，到海澄去，那邊也有我們的人，衙門是捉不了的。」

「衙門把賴火叔捉去，會怎樣處置？」大燧擔心的說：「他們不會殺他的頭罷？」

「這很難講了！」陳山說：「賴火叔平時人頭熟悉，衙門裏也有不少朋友，若照平常的情形，下面的人決不會動手捕拏他，足見這一回，是府裏下令動手的，一旦出了這種事，案情就不會輕。」

他們就在黑夜的簷下躲了一夜，二天溜到街上來，才聽人說起昨夜的事，正如陳山所料的，這次捕拏會黨，是知府衙門下的令，不但在府城裏，其它六個縣也同時行動，拏了人之後才張告示，說是各地會黨互相串連勾結，更私運軍械出海，接濟在臺地的會黨，府裏接到密報，在大石門出海的港口，搜查一艘輕載的橫洋船，搜到抬槍、鳥銃幾十桿，還有大桶的黑火藥，這才依照船主的口供，捕拏涉嫌運械的人。

府城裏的賴火叔被牽涉進去，當他們深夜裏派兵拏人時，會黨爲保護他們的首領，持刀和兵勇格鬥，殺傷了好幾名捕快和防營的兵，而拒捕的人，終被衙門捉了去。

他們這樣公然拒捕，並殺死官兵，使知府衙門更有藉口，指稱賴火是聚眾謀叛，按他逆黨的罪名，下了大牢；衙門既然捉了賴火，更想趁這個機會，把府城裏散佈的天地會的黨羽，來個一網打盡。

風聲實在太緊了，以陳山在地方上那樣熟悉的關係，有許多會黨的人士在暗中掩護，仍然很難站得住腳，因爲王銅和陳山兩個人，是賴火叔左右最得力的頭目，衙門裏新張了緝捕的告示，指名要捉拏他們。

陳山躲在一處陳姓的宗祠裏，他跟大燧兩兄弟說：

「我無法在府城再待下去了，會黨的冊子在我手裏，衙門雖捕了賴火叔去逼供，但他不會供出來的，這冊子若是叫衙門抄了去，株連就大了！」

「衙門裏的耳目極多，長待下去，確不是辦法。」大燧說：「但外面滿街巡勇，你怎麼走呢？」

「不要擔心我了！」陳山說：「你們兩個也沒有參與會黨的事，我這裏還有一點錢，你們拿著回鄉去罷，免得待在這裏受連累，年輕輕的人，不必跟我們一起進大牢的。」

「不！」二燧說：「如今，賴火叔進了牢房，陳山兄，你和王銅大哥被緝捕，我們不能走；再說，我們離開白銅隘口，就沒打算再回去。」

「我們也許能幫你一點忙，」大燧說：「你萬一有了難處，我們得要護住那本冊子，或是把它交到王銅大哥的手上，……這要比你一個人獨闖好得多。」

陳山沉默了一陣說：

「這樣罷，我不妨告訴你們，那本冊子收藏的地方，……那是在賴火叔那幢宅子，最後一進，西側屋，暗間木床頭，由下朝上數，第十七層磚，那兒有個活門，冊子由黃綾包妥，裝在檀木匣子裏，你們夜晚潛進那宅子，取得木匣，便拿我寫的字條，去海澄投奔一位叫溫存仁的商戶，把冊子交到他手上，如果我和王銅能逃得出去，也會跟姓溫的連絡的。」

「好！」兩兄弟這樣齊聲答應了。

大燧也弄不明白，他們哪裏來的這份膽氣？他明知這份冊子是極重要的東西，衙門苦苦追逼搜尋著它，但那不光是一份冊子，而是許多人的身家性命，衙門如果找到它，單憑那冊子所附的誓詞，就能坐定冊列的人叛逆的大罪，使他們一個個人頭落地。俗說：人的膽氣是被逼出來的，陳山既願把這種救人性命的事，交在他和二燧的頭上，他就不得不拚命的擔當起來。

衙門裏捕拏會黨，使賴火進監之後，並沒有派人看守深巷裏的那棟宅子，大燧兩兄弟按照陳山的囑咐，當晚到碼頭那邊去，潛進那座宅子，很容易的取到那個檀木匣子，他們沒敢再停留，便帶著陳山寫的信，到海澄去投奔溫存仁去了。

溫家做的是海貨批發生意，規模之大，在海澄是數一數二的，各種海產物堆滿了他的庫房，讓一般商販批購了，轉運到內地去。大燧去找溫存仁，說他是從府城來的，溫存仁立即帶他到一個單獨的房間裏去，大燧把信和那個檀木匣子都交到對方的手上，溫存仁看了陳山寫來的信，呆了半晌沒出聲，然後才嘆了一口氣說：

「王銅來過了，這些事，他都跟我詳細說過，只要這份冊子不落到衙門的手裏，賴火叔本人不會變成重犯的，我和一些經商的朋友，自會出面幫他去打點，至於抗官拒捕的那幾個會友，涉進人命案子，只怕不容易輕了……這一回，會裏的元氣大傷，日後在府城的活動，不會再像早時那麼方便了。」

「你是說，王銅大哥業已到這邊來過？」大燧說：「他人在哪裏？」

「又回去了。」溫存仁說：「他雖冒險逃出來，卻不放心這份冊子，又潛回府城找陳山去啦。當時我力勸他不要回去，他的個子太高大，面上的刺字，使很多人一眼就認出他來，萬一他再被捉，不又多了一層麻煩？」

「我知道，他是個性子倔強的人，有事在身上，哪怕冒再多的危險，他也會去的。」

「我們能不能回去找王銅大哥呢？好在這份冊子，已經交到溫老伯手上了。」二燧說。

「那倒不必，」溫存仁說：「你們不必冒這種險，即使回去，也不會找到王銅，他能跟陳山連絡上，就會再設法逃出來的。」

溫存仁上六十歲的年紀了，那張皺紋密佈的臉，處處顯露出風痕雨跡，看起來非常穩沉達練，又有一種超乎尋常的鎮定；大燧和二燧被他安排在店舖裏，做臨時的小夥計。溫存仁告訴他們說：

「衙門跟會黨，冰炭不同爐，這裏不出事，那裏也會出事，脫不了一個險字，但仍有許多人參與，這不是沒有道理的，……誰願受異族鉗禁，世代做牛做馬？你們的賴火叔使人佩服的地方，就在這裏，他明知有危險，還把反滿興漢的旗子朝人心上插，這跟盲目械鬥，逞私勇，洩私怨，全不一樣，人，不論到哪裏生根落腳，總要活得像個人！為會黨的事，我溫某人甘冒更大的險，你們在這裏住著，儘管放心好了，等王銅和陳山來後，再作安排。」

大燧兄弟便這樣草草的安頓下來。

海澄是一個繁盛的海港，也是漳州灣通向內陸的咽喉，這裏的山產堆積著，海外運來的貨物也堆積著，橫洋船的數目要比府城更多，九龍江的江口，到這裏變得異常寬闊，再朝南去，就是廈門島了。這樣人煙稠密的碼頭，多了兩個年輕人，根本就沒人注意，但大燧兄弟倆始終無法安下心來，他們記罣著被囚在府城裏的賴火叔，以及官衙張貼告示指名緝捕的陳山和王銅。

但他們等待不了幾天，陳山和王銅兩個人，就潛到溫家海貨店裏來了，他們和溫存仁老先生在密室會面，溫老先生問起府城會黨的情形，王銅說：

「他們對賴火叔動刑逼問過，但始終沒得口供，賴火叔只承認他是木材商，兼管碼頭工會的事務，他並沒領導什麼會黨，……衙門也三番五次的搜查好幾處宅子，也沒搜著什麼確實的證據。」

「由於賴火叔上上下下的人緣不錯。」陳山說：「這案子雖一時沒能了結，至少，他們安排不了賴火叔謀叛的罪名，也只好很快就准他交保，只是殺死官兵的幾個會友，他們脫不了抗拒緝捕，鬧出人命的罪名了！」

「看表面，這案子不會朝深處窮究，」溫存仁摸著鬍子說：「不過，事實上，他們不會甘心，依然會在暗中查察這份會籍冊子的下落的，你們四個人知道這件事，久待在海澄，也不會得安穩，要想使這事平安過去，我想，你們最好隨著商船到臺灣去。臺南三郊的幾個爐主，跟我都有生意上的往來，你們只要說是替海貨行收貨的，在那邊覓得舖保，就能在當地站得住腳了。」

「照一般情形，該沒什麼問題。」王銅說：「不過，對我來說，那卻很難行得通，——我臉上刺得有字，船上不肯冒這種風險，即使他們肯冒風險罷，我到那邊也站不住，他們一查到我，還是會把我遣送回來的。」

「當然，你比我們困難得多，」陳山說：「但依眼前的情形看來，這個險，你卻非冒不可！府城裏的各行各業，沒有幾個人不認識你，即使會黨能掩護你，也只是短期的事，你總不能長年久月的躲匿著不露面，我看，你不如冒險到臺灣去，跟著開墾的人進山區，那邊會黨也常起事，各地情形混亂，衙門也管不了那麼多，等到過了一陣子，會黨案的風波平息了再講。」

王銅想了一陣，這才抬頭來說：

「那就試一試好了，請溫老先生就近安排船隻，我們四個人一船走，……大燧兄弟原就想去臺灣，這正是他們的好機會。」

「船隻我會儘快去安排的。」溫存仁說：「不過，不能上官船，只能跟單桅的民船，這些船隻在江裏算是大船，但一到海上，就小得可憐了，尤其是對渡海缺乏經驗的人，是要多吃苦頭的。」

「那不要緊，」大燧說：「旁人能坐這種船隻過海，我們當然也能學著習慣這些，你怎樣安排都好。」

溫存仁在會黨籍裏管前山，也就是對海外連絡的事務，第二天，一艘商船就已安排妥當了。這是一艘中型的單桅帆，船很新，也很紮實，據船主說，遇上夏季，海上的氣候還算好，東北季風緩和順暢，海裏沒有太大的巨浪，他的船還能經得起那種不算劇烈的顛簸。溫存仁雇下這艘船，裝載了一批當地的貨物到那邊去販賣，貨物有種子、皺紗、農具、蔴索、漁網等類的，陳山算是管賬的先生，大燧和二燧權充小夥計，爲避人耳目，他們把王銅藏在貨櫃裏抬上船去，——這真是名符其實的偷渡。

船隻從大石門出海了，大燧心裏有說不出的滋味，這要比當初離開白銅隘口到府城來的時候，更有若干的不同，這一回，真的是出遠門了。這是他們頭一回見著大海，見著洶湧的波濤，祭神的香火高高的插在船首，單桅船依照風向，調整了帆索，帆面鼓鼓的吃著風，船身劈開海面，像梭一般的滑了出去。

天是藍的，海更藍。海澄港的影子逐漸遠落身後，只有一些參差疊現的青山的影子，還在天際橫浮著。那是廈門島，那是鼓浪嶼，一轉眼間，它們便在身後遺落了。日頭燒烤船甲板，烘發出一股濃郁的、木質和油漆混合的氣味，船過廈門，就真進入無邊無際的大海了。

這艘單桅帆船名慶發，船主陳長壽五十來歲年紀，據他說，他已經在海上航行了卅多年，對南洋一帶的航路極爲熟悉，一般的商戶，多愛雇他的船運載人貨，來往漳泉和臺澎各港。這個當年生活在海上的老人，容貌上似乎比他的年歲更爲蒼老，但他渾身筋肉健實，充滿了穩沉的力量，這從他把舵的動作上就可看得出來。

在大堆盤積的繩索之間，船尾的舵樓高突著，他坐在舵樓的橫板上，一面以手肘夾住舵柄，輕輕的配合風勢撥動它，保持船行的方向。船身順著海浪起伏波晃著，但他把舵的姿態，是鎮靜又悠閒的，彷彿他高居怒濤之上，能夠有信心操縱全船的命運。

「船已出海，你們可以把王銅請出來透氣了！」他笑著，跟大燧兩兄弟說：「衙門捉會黨，那才是可笑的事情。——誰不在會？我這條船的水手們，都是天地會的人不說，連許多綠營兵勇，都是在會的，他們真能捉得了那許多人嗎？」

「長壽叔說得好！」王銅在艙裏露出頭來說，「我可不要旁人來請，自己出來啦！這回在府城，衙門佈下密網捉拿我和陳山兩個……您知怎麼樣？還是屯兵裏面在會的弟兄，把我們暗中護送到海澄的。」

航行的頭一天，天氣還算晴朗，只有在東方偏南處，有些白裏帶灰的團狀雲鬱積著。在陽光的直射下，天氣略感懊熱，但溫和的海風迎面拂盪著，使人覺得很爽氣。陳山、王銅和大燧倆兄弟，坐在舵樓邊盤捲的繩索上，和把舵的陳長壽老爹聊著大，他們談到海賊蔡牽和朱儹，談到朱一貴和林爽文在臺地的起事，王銅有些嗟嘆的說：

「其實，像蔡牽那股人，也是被滿清衙門逼到海上來的，他們劫官船，奪府糧，也是反清，但他們一樣的打家劫舍，迫害近海的民戶，這就失去民心，永也成不了氣候了……儘管是抗清，用錯了法子，走岔了路，還是不成的，草莽到底是草莽啊！」

「朱一貴他們，敗也就敗在這事上。」陳山說：「真說起事抗清，結聚百姓，還得要有學問做底子，人說：江湖人物，難成大事，尤其是事先沒有萬全的準備，倉促起事，逞血氣之勇，據彈丸之地，很快就會被清廷傳檄調兵，一舉敉平，他們雖是死得壯烈，其實也很冤枉。」

「當然！」陳長壽老爹說：「真要是有心人，就不該輕率急躁，把眼光放到遠處，耐著心，忍著性，朝長遠的地方打算！拿幫會來說罷，只要組織不散，活動不停，到時候，自然有人會活用它，藉著這股民力，一浪掀起來，把韃虜朝廷給打翻的。」

大燧和二燧出神的聽著，大燧覺得，若不是老家鬧械鬥，打得天翻地覆，見血流紅，他們不會揹著行李離開那裏，也不會接觸許多會黨裏的人物，聽著這許多事情了。在鄉下，人們只管埋頭求活，只管風調不調？雨順不順？牲畜牛隻興不興旺？很少人談起這些有關國與族的大事，而這些事，確使他們亢奮。既然臺地的抗清活動很激烈，他們到那邊，除掉討生活之外，不愁沒事可幹了！但是，當王銅問及臺地最近的情形時，陳長壽老爹皺著眉，不斷地搖起頭來。

「人到臺地落腳，總要先求活啊！」他說：「歸堡也好，歸屯也好，那邊衙門嚴行保甲法，合起城市鄉莊，十戶為牌，立牌頭，十牌為甲，立甲長，上面更有官委的保正，總甲董事，一條鞭的把人控著，會黨暗中活動是有的，若說大規模的豎旗，便比當年更難了！」

「我倒不擔心能豎旗舉事，」王銅說：「我只擔心各屯各莊能否和睦相處？假如跟內地一樣，你是漳，我是泉的爭意氣，論地域，拼得頭破血流，那就中了滿人的圈套，如了他們的願了。」

「嗨！」陳長壽老爹沉沉的嘆了一口氣：「無論在哪裏，人都分得出三六九等，有人偏偏不爭氣，甘心替衙門作走狗，他們清莊清堡，把流寓的人當成閒民，列造冊子報上去，滿人就按照閒民冊子捕人，一船一船的押送回內地去，……這全是喪元氣的作法，愚拙得可憐！他們沒想想，這樣做會得什麼好處？」

「其實，這也是臺地兵備道衙門的老手法，」陳山說：「他們駐臺的班兵，人少力弱，平不了時時會起的亂子，當然嘍，人越多，亂子越多，根本的法子，就是要把他們認爲不穩妥的人遣回漳泉二州去，……閒民、匪盜，隨便捏個名義就行，王銅大哥是匪盜嗎？」

「遣人回籍，只是起個頭罷了！」王銅說：「朝後去，他們會越鉗越緊的，不過，我相信無論他們用什麼法子，總有明白人會看破它的，像早年他們禁辦團練，不准民間私藏鳥銃、籐牌、火藥一類的軍品，各莊立下莊規，發現有人私藏，就要嚴辦。……後來怎麼樣？一旦起了亂子，他們的班兵進剿無力，還得回過來借重鄉勇聯丁，如今，那禁令還在懸著，哪個屯區沒有銃槍？哪個地方沒有會黨？民力越鉗越強，這就是最好的例子。」

「話是不錯的，」陳長壽老爹搖頭說：「不過，依我看，臺地的墾屯裏，立得高看得遠的人，究竟不多，刀矛槍銃多了，固然有拒番捕盜的好處，但萬一被人挑撥，自家人鬧出是非來，衙門來它個袖手旁觀，不聞不問，聽憑他們自相殘殺，那就很難收拾了。」

陳長壽老爹這番話，彷彿說到了痛處，王銅和陳山都低頭思索著，過了一會兒，王銅才抬起頭來說：「老爹說的真有道理，這也就是我們日後要盡力的地方，據我所知，臺地民風強悍，私鬥的事很多，各屯的屯首爲了爭水爭地，經常反目成仇，……有了這些裂隙，滿清衙門就好利用了，我們雖然人微言輕，也得要盡力設法，不讓墾民上他的當。」

單桅帆在海上分波南航，身後陸地的影子逐漸消失了，四面是一望無際的大海，綠湛湛的，在遠處的波濤上，看得見海龜露出的頭，彷彿在窺視著這艘孤帆。這艘船狹窄的船艙裏，不光是帶了陳山、王銅和大燧弟兄，還帶有好幾個前往臺地探親的人和兩個女眷，他們名爲探親，實際上，打算到那邊作長久居留的，這時，他們也都到甲板上來了。

初次隨船出海，海使他們凜懼；從他們的眼神，看得出他們對於陌生遙遠的海程和他們未來的前途，充滿了憂慮和不安，他們唯一能夠依恃的，就是神佛的保佑，因此，他們望著海，一面喃喃的禱告著。

「究竟要幾天才能到那邊？陳老爹。」一個中年精瘦的漢子問說。

「這話很難講。」船主皺著眉說：「假如老天幫忙，順風順水，也得要四天四夜才能靠岸，要是海上起逆風，十天半個月也到不了。船過澎湖島，得要熟悉航路的船隻，才能進得鹿耳門，假如風濤太大，就是到了鹿耳門，也無法進港，……那邊到處有暗礁，碰上了，就沒命了，那時刻，勢非折返澎湖不可。」

「老天，」一個女眷閉上眼默禱著：「只有靠你多保佑了！」

「阿嫂妳儘管放心。」陳山說：「慶發號這條船，常走臺廈兩地，長壽伯更是有經驗的人，就是遇上大風大浪，一樣有驚無險，不會出岔子的。」

說是這樣說，事實上，面對著風濤莫測的大海，單桅船直像是一片逐波的樹葉一樣，一眼望不盡茫茫闊闊的波濤，誰也沒有把握預測未來。

天氣在燠熱中逐漸變幻著，近午時分，東南方的團狀雲迎風旋轉，逐漸變爲鬱黑的顏色，而且快速的昇騰、擴散，一如雨後茁起的菌頂。風勢催著帆，也催著雲，逐漸遮沒了陽光。

「天要起風了！」長壽老爹說。

「不會落暴雨罷？」大燧關心的問說：「雲頭越變越黑了。」

「光是落雨倒不要緊。」長壽老爹說：「在海上，風和雨總是連著來的。」

長壽老爹的臉色雖很沉重，但他仍穩穩的把住舵，不願把內心的焦急流露到臉上來。俗說：頂風的雨，順風的船，真是一點也不假。風頭催著雲，大塊的朝上翻起，不轉瞬間，就到頭頂上來了，風勢也逐漸的加強，巨浪在船舷兩側開著狼牙似的白花。浪上的船隻猛烈的顛簸起來，水手們忙碌著，他們沿著船舷大柱上拴緊的繩索前後奔走，拴緊一切能夠移動的東西，長壽老爹也關照大燧弟兄，扶著女眷，和搭客一道下艙。

「海上的氣候，變化莫測。」他說：「有人說，海是喝醉了酒的瘋漢，遇上天氣變化，誰也沒辦法，看光景，暴風雨很快就要臨頭了，入夜後，風勢會更兇猛，甲板上浪來浪去的，極爲危險，無論如何，你們不要出艙，免得被大浪捲進海心去，那時候，誰也救不了！」

「不要緊。」王銅說：「艙裏有我和陳山照顧著好了，這場風暴既遇上了，脫不得身，只盼它早些過去就好，無論如何，這一夜夠人受的。」

大燧兄弟和大夥一道進了艙，蓋上艙板，眼雖見不著風浪了，但並不能使人就此安心，浪濤猛擊船舷的聲音，轟轟然的響著，整個船身的木塊，在劇烈的顛簸中，格格吱吱的響成一片，就好像隨時都會被巨浪打裂似的。

時辰也被放在浪頭上擊打著，人的頭殼也被晃得暈暈的，噁心的感覺塞在胸膈間，彷彿連五臟六腑都被搖晃得翻轉過來。船身暴起暴落，艙房原就很窄，很潮濕，艙板蓋上之後，黝黯無光，空氣污穢而悶塞，彷彿能嗅得著海的腥味。兩個女眷開始暈船嘔吐，先是嘔吐穢物，再吐出大灘的黃水，那木質扭動的吱吱聲，越來越響，同時，他們也聽見了雨點打船頂的聲音。

而水手們仍在忙碌著，腳步蹬蹬的敲響船板；繩索拖動聲，卸船帆的呼吼，浪濤在甲板中流瀉的聲音，在同時交響。在風暴裏的船隻，簡直就是拚命保命，風暴初初來到，業已變成這樣，誰知入夜後又將是怎樣的光景？……沒有人說什麼話，大燧在渾渾噩噩的想著。

這樣經過了約莫一個時辰，風鼓足了勁，猛烈的掀浪，船帆業已全卸，全靠著掌舵，使船首對準風向，艱難的掙扎著。海水從艙蓋的縫隙間，不斷的傾潑下來，每個人身上都濺濕了。

「按理說：夏季不常有這種風暴的！」王銅說：「海上變化最大的季節，該在秋季，這回出航，真是不巧。好在長壽伯是經驗足，穩得住，換旁人，更不知怎樣才能應付得了！」

「有經驗也不成啊！」大燧擔心起來：「他究竟是上了年紀的老人了！若沒有得力的人替換他，讓他有時間歇息，只怕也沒法子久撐，……誰知這場風暴幾時才能過去，這一夜，就夠長的了！」

風和浪濤的巨聲，把天和地都籠蓋著，艙裏的八九個人，有一大半都發暈癱瘓在那裏，不能動彈，連身體還算壯實的二燧，也因不習慣海上激烈的顛簸，變得臉色蒼白，把牙關緊咬著撐持。

儘管船上的貨物和艙面的東西，都曾用繩索固定了，但當巨浪擊來時，有些東西鬆散了，亂滾著，撞擊著，甚至被沖落到海裏去；在艙壁外面，沿著甲板，有一隻大桶在前後滾輾著，船上的水手呼叫著，想捕捉那隻危險的木桶，在波浪的搖晃中，它已經變成隨時能噬人的活物，儘管水手們異常小心，那木桶還是擊中了一個人，使他發出一聲長長的慘叫，摔落到海心去了。

「這不成，我們非要出去幫忙不可！」王錭說：「船上的人手不夠，總要有人幫手才行，不能因著有危險，我們就縮在艙裏不動。」

「對！」陳山說：「人說同船同命，這正是有難同當的時刻，凡是還能站得起來的人，就該出動幫忙。」

「不過，出艙千萬要當心，」王錭交代著：「這種風暴，艙面上浪濤洶湧，站不住腳，我們得用一根長索拴在腰上，彼此串連著，這樣，才不容易被捲下海去，恁是誰，一個人單獨出艙，總是靠不住的。」

照著王錭的話，一共還有五個能動的人，用長索拴在腰上，互相連結著，掀開艙蓋爬了出去。

大燧走在最後面，他一出艙門，箭鏃般的急雨就激射到他的臉上來，算時分，也不過午後，但眼前的光景，就像天已入暮一樣。暴雨鎖住人眼，遠近白茫茫的一片，雲層和雨霧混融，分不清何處是雲？何處是霧？風勢勁猛，像利斧般的直劈著船桅，發出尖厲的呼嘯，撞向船頭的巨浪，掀騰起幾丈高的水花，從半空瀉落下來，幾乎使整個船身在那一刹間都埋沒在浪裏。船上的水手們，渾身透濕，緊抓住船舷橫木間張佈的纜繩，讓一陣陣湧上甲板的水浪沖激，陳長壽老爹仍然在舵樓上掌著舵，他肩上斜套著皮索，皮索的一端，緊緊拴結在舵柄上面。

「還能撐得住罷?長壽伯?」陳山最先爬到舵樓邊，大聲的喊著。

「沒問題!」老船主說：「慶發號是條新船，木質牢固，還經得住這種大浪掀騰的，換是旁的老船，恐怕保不住，風勢太猛了。」

「適才有人落海了?」王銅說。

「那是水手阿旺，我的侄子。」老船主說：「木桶打中了他的腰，……這種風浪，沒辦法救人，溺了海，只有認命，旁人想丟繩索，但找不到他的影子。」

「木桶呢?」

「重新拴住了。」老船主啞著嗓子：「你們最好還是回艙房去罷，上面險得很，風勢若再轉強，桅和帆蓬只怕都保不住，它們一斷落，艙面上就難免有傷亡。」

「至少暫時還不要緊。」王銅抬眼看看說：「我們只是想上來幫幫忙。」

「目前沒有什麼，恐怕夜晚艙底會積水，你們能打開底艙的艙板，幫著戽水就好了。」老船主說：「只要艙裏不進水，船就很安穩，不會出事了。」

大燧聽著，他不能不佩服老船主陳長壽的鎮定，海這樣無情的吞噬了他的侄子，他把一心的悲痛都吞嚥下去，他的眼直視著隨風湧來的大浪，船隻逼於風勢，倒著漂流，但他不斷的撥動舵柄，時時使船頭對著風，可見這時刻，他已不再牽掛旁的事，他心裏只有保全這條船和全船的生命，……王銅對大燧說過，一般在風暴裏掙扎的船隻，如何使船的兩舷不受風和浪的壓迫，船身就不會失去平衡，使船首對著風浪，是免於船隻翻覆的最好的方法，但那全得看掌舵人熟練的技巧和超常的耐力，吞嚥悲痛實在是很難的。

在這種天昏地黯的風雨和波濤中，彷彿整個世界業已把這葉孤舟遺棄了，大燧蹲在舵樓邊，心裏透著淒惶的感覺，他沉沉的想到：在更古老的日子，也有各類揚帆的船隻，像這樣的飄洋過海，也遇過像這樣、或且是更大的風暴，當時他們陷身怒海，驚凜和恐懼的心情是可以想見的。九死一生，逃得性命，算是得天之福，還不知有多少船隻，翻覆的翻覆，沈沒的沈沒，使那些到海外來謀生的人，葬身魚腹，一去不返……目前，這條船面臨著同樣的光景，這光景使他認識了海在暴怒時的面貌，他固然有些駭懼，但並不十分強烈，萬一這條船沈沒了又怎樣呢？葬身魚腹，也要比死在頭破血流的械鬥裏要好，白銅隘附近那種盲目的殺搏，該是世上最蠢的事情了！

天色逐漸轉黑了，他反被長壽伯逼回艙裏來，王銅顯出無可奈何的神情說：

「長壽伯執拗得很，那也是沒有辦法的事，——沒有人能代他掌穩那柄舵。這不是在陸上，我們有力無處施，幫不上忙。」

「這場風暴真糟，即使它過去了，船也被它吹離了航路，不知哪一天才能到得了？」瘦削的漢子說：「這個罪，還不知要受多久呢？」

「那倒不要緊，只要能保住性命就好了！」另一個中年人說：「風暴過後，長壽老爹總會想法子讓我們到安平的。」

黑夜是漫長的，風雨和浪濤輪輾著，疲乏和饑餓，饑餓和恐懼，恐懼和寒冷相互膠連著，使每個人都在半醒半睡中受著煎熬。

還算好，風暴在第二天的清晨就過去了，除了木桶擊落一名水手之外，全船的損失輕微，雨後的海洋朗亮清麗，和藍色的天空比映，更覺怡人，慶發號重新張起帆來，舵樓也換了替手的人。

長壽伯使用六分儀卜定船位後，他吁出一口氣，如釋重負的說：

「真是幸運，風暴從東北方撲過來，把慶發吹向西南方，偏離航道不算太遠，離澎湖沒有幾更（更，當時計算海程的單位）水程，不會耽擱多久的。」

天氣轉變得晴和，固然使人寬慰，但艙裏那幾個暈船的，卻像浸在酒裏的泥鰍，再也動不起來了。

慶發號更變航向，朝東東南方航進著，當天下午，他們在海面上發現了大陣的漂浮物，斗笠、雨簑、竹籠，被風浪摧折的木板，很明顯的顯示出有船隻遇難了，大家站在甲板上望著，每人臉上都露出難過的樣子，尤當風暴過去之後，再回想昨夜，彷彿是一場惡夢。

「這艘沈沒的船，該是從泉州灣出海的。」長壽伯說：「他們走的是東面的航道，可憐還沒到一半的航程，就遇風沈沒了。我們扯轉帆索，朝正東航過去試試，也許能撈起遇難沒死的人。」

調整帆索，轉朝東航，不到半個時辰，又看到斷折的船桅和破爛了的帆面，慶發號便在這一帶海面上繞航，希望能找到抱著浮木溺海的人。

他們搜尋不久，便撈起一個抱著浮木漂流的水手，那人雖然在海水裏浮沈了十多個時辰，但他還很硬朗，被撈救上船之後，立即說出他們船隻遇難的情形。

「我們的船，不是輕載，裝的是大塊條石，」他說：「按照常理推測，這季節裏，海上少見這麼大的風暴的，……真是人算不如天算，不是嗎？剛一出海，就遇上了這種反常的變化，儘管苦苦撐熬，也只熬到天黑不久，船就翻覆了。那時，天黑、浪大，落海後，大家就失去連絡了，我抓住一塊浮木，隨浪漂著，沒想到這麼快就會遇救！這附近經常有虎頭鯊出沒，是個凶險的地方。」

「你們是從泉州灣出海的？」大燧問說。

「不錯，」那人點頭說：「我們先後發航，一共有三條船，前面兩條是輕載，航得快，遇風後，就沒再見著它們的影子，也不知它們怎樣了？」

「我們在這附近找遍了，失事的，可能僅是一條船，除了你之外，再沒見到其它落海的人。」長壽伯說：「看樣子，他們都已遇難了。」

慶發號上的人，心裏都悲悲惻惻的難受著，長壽伯吩咐水手們，仍然在這一帶續航搜索，又過了幾個時辰，沒見著任何其它的跡象，這才很失望的轉回到航道上去。……這之後，天氣還算平和，沒生多大的變化；只是海上無風三尺浪，船體又小，航行時的顛簸，仍然把人搖得暈沈沈的，尤其是那些暈船的搭客，情形越變越嚴重，兩個女眷已經哼聲微弱，氣如游絲了，連二燧也連著嘔吐，滴水不進，彷彿死了一樣的沈睡著。

而海，仍是那麼茫茫無際的展佈著。

大燧和那艘沈船上被撈救起來的水手談天，那人說他是泉州人，老家就在白銅隘口正東，不過，因爲那邊地狹民稠，他很小就離家在外，先在碼頭上做搬運伕，後來上過漁船，他轉到商船上來，也有好幾年了。

「你家在哪裏？小兄弟。」那人說。

「問我？」大燧鬱鬱的：「跟你隔一座山，我是白銅隘西邊，漳州地面。……兩邊一直鬧械鬥的地方。」

「人，真是怪得很。」那水手搖搖頭：「我真不明白，兩邊有什麼好爭鬥的?!……我爹就是死在早年的械鬥裏，若說算老帳，永遠算不完的。」

大燧話到嘴邊，又嚥回去了，他原想把漳福鐵舖被燒，爹被泉州人枉殺的事，講給對方聽的，但對方的遭遇竟然和他一樣，要說的話，也是一樣。

他們坐在中艙頂的帆蓬陰影下面，他不禁抬頭凝朝著對方的臉，誰是漳州？誰是泉州？

臉就是只是人臉，臉上根本沒有地域的記號。那水手也是快四十的年紀了，很樸拙，很和善，說到他爹遭害時，也沒有任何怨恨的神情顯露出來。

在茫茫的海上，這一條船就是一個世界，人與人之間，親切、單純，彼此沒有什麼隔閡和爭執，當風暴來時，爲了求生，只有使人們拉得更緊。

過去的，畢竟過去了，前代有過怨隙，人還是能共處下去，要不然，你一撮，我一撮自相殘殺，拿什麼去舉旗集眾，反抗穩坐在北方的韃虜朝廷？

「你們的船，原是打哪裏攏岸的？」在一刹沈思之後，大燧問說。

「啊！」那水手說：「我們走東邊航道，原打算繞過雞籠山，進滬尾港，到新莊碼頭靠泊的，誰想到一陣風暴，把船給吹沉，人沒了，貨也沒了。」

「那你還要去新莊？」

「儘管沒人沒貨，信還是要帶去的。」那水手說：「等到這條船靠安平，我再跟著出港北上的便船到那邊去，……南邊常有裝石灰的船去北邊，新莊艋舺那一帶，如今算是大碼頭了！」

「噢！」大燧漫應著，他想了一想，問說：「早先，你到過臺灣那些港口啊？」

「安平、笨港和新莊碼頭都有去過。」那水手說：「我們在船上做事，哪一處有生意，就朝哪處去，你呢？你這是初次飄洋過海罷？」

大燧點點頭：「我們兩兄弟，原是鐵匠，白銅隘附近老家的鐵舖，在械鬥時，被你們那邊的人燒光了，轉到府城，也沒有事好做，後來替海澄的海貨行幫忙，來往販貨，初次出海就遇上風暴，海上的日子很不好過，不是嗎？」

「其實也沒什麼，出門在外，坐車行船，都帶有幾分險，日子久了，凡事都會習慣了。」那水手說：「我是相信命運的，像這回沉船，若不是遇上你們這條船撈救，如今，我早就碎在鯊魚肚裏了，……我沒死，只算這一趟運氣，過後換上另一條船，誰知下一回行船會怎樣？……人不能打算這麼多，當然，人活著，不能思前顧後，但也不能想得太多，若真那樣，還有誰願冒著大風大浪，跑到海上來呢？」

大燧沒有說什麼，各種不同的生活，會打熬出各人不同的想法來，那水手的話，多少有他的道理在，不過，他的經驗究竟很淺，一時還領悟不到什麼。

「我要是你，」那水手又說：「我就會把海貨行的事情辭掉，設法在那邊落戶生根了……鐵匠原就是一門好行業，尤其是在臺地，更是稀少，你們兄弟有一技在身，那可要比在海上討生活要安穩得多了！」

彼此雖然不熟識，大燧卻聽得出，對方這話說得很誠懇、很實在。他這回跟慶發號出海，不過借著海貨行押貨的名義，比較容易落腳，只要能在那邊站穩了，當然不會再跟船回去了，儘管早有這樣的打算，對方的話，還有給自己原先立定的主意，加上一道有力的鐵篩。

船在順風航行著，天氣很炎熱，連海上的風也在陽光下面吐著火，大燧不知道慶發號的位置在哪裏，但他心裏覺得，船已經深入南方的海面了。船，就是這樣的航著，航過白天，航過夜晚，這樣航行了三個晝夜，還沒見著島嶼和陸地的影子。

「照時辰計算，不是該到澎湖島了嗎？」大燧問王銅：「怎麼還看不見陸地呢？」

「四天四夜都熬過了，還心急什麼？」王銅說：「明天天一亮，你就會看見澎湖島了。」

「我是替艙裏生病的人著急，」大燧說：「像他們這樣不吃不喝，連哼都哼不出聲來，還能撐持多久？」

「我想不要緊，」王銅說：「船到澎湖島，登岸取水添糧，能讓他們歇一陣，就會好得多了，在海上暈船的人，多半像這個樣子，還不至於丟命。」

但是，有許多事情，出乎人們一般的料想，當天夜晚，兩個女眷當中年紀大的一個，就在黯淡的馬燈光下，靜悄悄的死去了。她死時，身體朝側面蜷曲著，沒有呻吟，沒有叫喚，像平常暈睡了一樣。

大燧不知道她的姓名年里，在幾晝夜的海程中，也沒有機會同她交談過什麼，據說她們冒險隨船出海，都是去那邊探親的，那邊的丈夫或是兒子還不知道，她已經把命送在海上了。

長壽伯下艙來看視過，他呆站了一會，交代水手說：

「把她包裹妥當，立時下葬罷！」

水手們用那女眷攜帶的被單，把那具蜷縮成一團的婦人的屍體包裹起來，加上很多道繩索，看樣子，很像一隻扁而長的包袱，壯健的水手不費什麼力氣，就把那屍體扛出艙去了。船，還在夜色裏航行著。

水葬的儀式很簡單，也很肅穆，全船的水手和搭客，都在船首的甲板上靜立著，長壽伯點起一把香來，插在船舷邊的木槽裏，喃喃的祝禱著，兩個水手抬起那具包裹妥當的屍體，高高舉過頭頂，從船舷邊投擲出去，一個音響，一陣水花，那葬禮便在一剎寂默裏完成了。

夢魘重現著，大燧瞪著眼，凝視著船舷外的黑夜，他還記得那女眷初登船時的光景，她蠟黃現皺的臉，微現半透明的浮腫，她經常銷著眉，說話時，習慣雙手合十，加誦佛號；她是個善心、膽小的婦人。

生命是什麼呢？一個音響，一陣水花，一個人便那樣無影無蹤了，所有的人都垂下頭呆立著，只有夜風在海面上嘆息。

「人在船上死了，都要海葬的罷？」他悄聲問著。

長壽伯點點頭：

「這是老習慣了，船上沒有法子把屍首放在這裏。」

那一夜，大燧蜷伏在艙底睡著了，做了許多驚恐的亂夢，夢見立起如山的巨浪，張開鋸齒多銳牙的虎頭鯊，夢見飄浮在浪上的碎板斷索和破爛的帆蓬，也夢見深色的海底，礁石間躺著許多白白的骷髏……他從驚怵中醒轉來，發現天色業已透亮了，艙外有人喊著，從那興奮歡悅的嗓音，大燧猜想到，一定是發現陸地了。

他爬出艙去，一個水手拍著他的肩膀說：

「小兄弟，你瞧，那邊就是澎湖島了！」

順著對方的手指，大燧果然望得見一些龜伏在波浪的島嶼，黑沉沉的一線，略有些參差，在島嶼的邊緣，有些黑色珊瑚礁散佈著。王銅曾經跟他說過，說澎湖島是兩個很大的島群，一共有六十多座大小島嶼，在黑水洋的洋面上羅佈著，其中以澎湖本島、白沙島、漁翁島和吉貝嶼最大，在這些島群裏，有許多是無人居的荒島。……不管那些島嶼有多荒涼，望在大燧的眼裏，足夠使他亢奮的。以滿帆前航的船速，也許只要一兩個時辰，就可以抵達那些島嶼了，船隻靠泊後，至少能讓艙裏暈船的人能上岸休歇一陣，多少進一點湯水，他實在不願意見到另一次那樣的海葬。

船航著，傍午時分，停泊在澎湖本島的岩岸邊，那島夠荒涼的，有些漁船和舢筏，在灣內麕集著，岸上羅列著一些雜亂低矮的棚屋，當慶發號收了帆，拋下錨，近岸靠泊時，有些精赤著上身、只穿短褲的漁人在岸上招搖著手，彷彿在歡迎這艘橫洋遠航的船隻。

陸上的市街也很傖寒，跟府城無法相比，鎮外是一片荒涼的平沙，沒有花草樹木，只有一些大大小小的黑礁石，參差立豎在沙上，但這裏的漁戶，臉上都帶著安然的笑容，隔著在陽光下張掠的魚網格，一些褐黑色的孩子們，一絲不掛的奔跑嬉逐著。

暈船的人也真怪，一上岸，居然能走能動了，大燧問起二燧，問他覺得怎麼樣，二燧說：

「當時昏昏糊糊，什麼都不記得了，只記得作嘔，想吐，滿嘴都是苦的，好像要把膽汁都吐出來的樣子。」

「船在什麼時候又起航啊？」另一個暈船的搭客說：「地在動，房子在動，什麼東西都在動，我好像和船上一樣，兩腿虛軟，好像不是自己的腿了！」

「你最好閉上眼，喝點湯水，多歇一陣。」王銅說。

「船在明早起航，要搶那邊的潮水。」長壽老爹說：「在岸上，有一夜的歇息，你們都會好得多的。」

「嗨，」那個嘆說：「我真怕暈船，簡直不敢再跟船走了，暈船的滋味，該是世上最難受的。」

「能不死就算好的，」二燧無力的說：「像昨夜那位阿嬸，她就死在我身邊，我連抬頭的力氣都沒有。」

「這回起航，船會平穩一點。」長壽伯說：「再說，從這裏到安平，只有四更水程（每更約合六十里地），時辰短，你們不必提心吊膽，過了黑水洋面，不會再有太大的風浪啦！」

長壽伯真是經驗充足的老船戶，恰巧重新發航時，天氣極好，這一段水程，船行要平穩得多，沒有幾個時辰，他們站在船頭，就能夠看得見東邊橫浮在雲際的青山了，那些山脈，層層疊疊朝後推展，朝兩側綿延，一層比一層高聳，有些山峰被白絮般的雲塊遮覆著，望不見藏在雲裏的尖頂，真是又美又神奇。

「快到了，快到了！」大燧亢奮的說。

「還早著哪，小兄弟。」長壽伯說：「你沒聽人講過，說是望見山，跑倒馬，如今，四更水程才走了一更，遠得很呢。」

大燧站在船頭，望著那些浮在東方海面上的山影，山是近的，至少在感覺上很近，滿帆的船隻，像奔馬般的朝那些山影奔過去、奔過去，這個原是繫於縹緲傳說中的島嶼，逐漸在人遠望中呈現出它的真實面貌來了。

他把二燧扶出艙來，也讓他看那些山峰，被雲封著被霧繞著的黑色的山峰，帶給他們說不出的欣慰。

「大概那些番人，就住在那些山上罷？」二燧說。

「也不全是你想的那樣。」王銅說：「這只是靠近海岸的山，更高更大的山，還在雲層的背後呢！」

「聽說好些番人會出草割人頭的。」二燧說。

陳山在一邊笑了起來。

「事實跟傳說差得很遠，有些平埔番，跟漢人混居好多代了，他們又老實，又和氣，如今墾界業已深入大山裏面，番漢的衝突，反而不像往時那麼多了。」

時辰在談說裏溜過去，順風的船像疾飛的箭鏃，到了下午，他們已逐漸看得清曲折的海岸的影子，防風的林木，黑色礁岩和閃光的白沙交雜著，從南到北，一直迤邐過去，長壽伯換替水手，坐在舵樓上說：

「再朝前航，就到了沙渚和暗礁區了，航道不熟悉的船隻，想進鯤鯓大港，可不是一樁容易的事情，一個不小心，就擱淺在這裏了。」

近岸的沙嶼在遠處羅列著，水鳥在碧空裏大陣的盤旋，丘嶼間的海面上，顯現出漁船和竹筏的影子，給人一種有了人煙的暖氣。船過馬沙溝海面，沿著海岸，折向南方行駛，王銅告訴大燧兄弟說：

「瞧那邊的土山，一重一重的連接著，一共有七重，那就是一鯤身到七鯤身，形狀像是一條彎著尾巴、朝上跳起的魚，那就是大港入口的地方了。」

「安平堡有水勇駐紮，」陳山跟王銅說：「你得要進箱子躲一躲，等我們把你當成貨物，抬上岸去了。」

「這個委屈總要受的，」王銅說：「在港口碼頭上，廈郊的爐主會派人來接貨，你不妨把我裝上笨車（牛車之一種），抬運上車之後，押車到廈郊的囤倉去，等到夜晚，我再出來找爐主談事情，我在府城待不久，得要想法子混進北部新開的屯堡去，要不然，過不上多少日子，被官裏捉去，又要押送回去了。」

「你放心，」陳山說：「有我們這許多人在這裏，總會想盡方法安頓你的。」

長壽伯把船行的時刻算得很準，正好趕上晚潮進入鯤身口的大港。從古堡到碼頭，沿著內河，泊滿了各式的船隻，魚船和竹筏爲數頗多，飄著黃黑旗幟的水師營的哨船，在內河裏巡查，看光景，像是戒備森嚴的樣子。

大燧究竟是初初出門，欠缺經驗，總在爲王銅擔心，恐怕哨勇會上船查貨，把藏身在木箱裏的王銅給搜查出來，他悄悄的拉了陳山一把說：

「陳山兄，這邊的哨勇，早時也像這樣嗎？」

「府城是大港，」陳山說：「船隻多，人頭雜，他們總得做做樣子，你放心，他們是不會突然搜船的。……等到慶發號在碼頭一靠泊，我就會去找廈郊的爐主，把溫存仁的信帶給他，這兒商務上的士紳人等，都跟天地會有些淵源，王銅在這邊的關係極熟，自會有照應。」

大燧這才深深的吐出一口氣來說：

「真這樣就好了！」

果然如陳山所說，慶發號在碼頭靠泊時，並沒經過哨勇和岸上防勇的留難。廈郊的爐主差了一位帳房，帶了幾個夥計過來接船，那個清瘦的、留著兩撇小鬍子的帳房，迎著船主陳長壽說：

「前幾天，海上起風暴，大港裏停泊的船隻都有斷錨漂走的，鯤身口外沉沒了一條蔓船，你們竟然能平安進港，真沒想到！……我們全以爲這批貨到不了啦！」

「托天上聖母（即媽祖娘娘）的福氣罷。」長壽老爹說：「我們船上，前後死了兩個人，但貨卻很好。」

「從泉州灣經東面航道去滬尾港的船，也沉了一條。」一個水手說：「長壽伯轉航去救難，只撈救起一個人來，其餘的，全溺海丟命了。」

「這位陳山兄，是海澄溫家海貨行的，他帶了兩個押貨來的夥計，——賴大燧兄弟倆，」長壽伯說：「發貨的事，你跟他們談好了。」

「我姓郭，」那帳房說：「敝東交代我來接船的。」

「這裏有貨車，」陳山把貨車交給帳房郭師爺說：「你照單點貨就成了，明天卸貨之後，我們還要從這邊購貨，裝運回去。」

「慢慢辦，不要緊。」郭師爺說：「今晚上，敝東在東安坊準備了一點水酒，算是替各位洗塵的，夜晚就宿在郊行裏，那邊備有鋪位。」

慶發號上的搭客下船了，碼頭上例行的檢驗並不嚴，只是由廈郊的郭師爺出面打個關照，便揮手放行了，當天夜晚，陳山便跟廈郊的爐主商議，派人把王銅運了出來；他們談到漳州府捉拿會黨、囚禁賴火的事，那位姓盧的爐主點頭說：

「你是知道的，這邊的情形也差不多，我們做生意的，已經不用幫和會這些字眼，改成郊了。清廷的爪牙耳目太多，每年總有豎旗不成的，一敗了事，便生出許多的牽連，所以，逞血性盲動，不是好辦法，沒有紮根的樹，栽活它總是很難，何況這邊的墾民，全是按地域，分派系，各管各的，能不受奸人挑撥，弄得自相殘殺就算好的！」

「我跟陳山兄既到這邊來了，當然會盡力去做。」王銅說：「假如墾民不明白，伸著頭，鑽進對方佈妥的繩圈，使清廷以臺制臺的狡計得逞，那，要比豎旗起事不成，見血流紅更慘得多。」

「好！」盧爐主點頭說：「嘉、彰兩縣，除近海地帶是三邑人的墾地，其餘地方，都是漳州同鄉的莊堡，王兄原都很熟悉。……當然，能離開府城，到鄉下新墾區去站住腳，那更好，此地的班兵，很難管到那些地方。」

「我也不打算在府城久待下去。」王銅說：「最多三兩天，我就要起程，到埔里和水沙連那邊去，不過，賴火叔的這兩個姪子，他們是想在這邊落腳生根的，還得請盧大叔多幫忙，使他們能夠安頓下來。」

「這不要緊。」陳山說：「有我跟他們在一起，我會跟盧大叔商量，安頓他們。」

王銅只在廈郊的郊行裏留了兩天，就動身到彰化那邊去了，慶發號那幾個男女搭客，也都各自投奔他們的親友去了。在府城，大燧兄弟倆陷到一個全然陌生的環境裏面，除了陳山一張熟臉，他們誰也不熟識。

臺灣府城雖很熱鬧，但房舍大都低矮寒傖，無論是東安坊、鎮北坊、西定坊、寧南坊，街是浮鬆的沙河，炎陽蒸鬱，風裏也流著一股塞人心肺的熱火，只有一些多鬚的老榕張著碧陰陰的綠傘，使行人略能喘息；從海面捲來的風，濕而黏，把灘岸的沙層吹到這座城市來，使人的臉頰上、手臂上，都黏著那種帶鹹味的沙粉。

這裏沒有馬匹，到處是牛拉的笨車，一面走，一面炸響著頸鈴，有些防營的頭目，竟然騎著牛代步，一搖二擺的在大街的沙河裏跋涉，彷彿他們是在乘馬一樣。

盧爐主倒是很和善，他跟陳山和大燧兄弟說：

「三位不但是同鄉、會黨的關係，使我們都是自己人，我業已出面作保，讓陳山兄以溫家海貨行的名義，留在府城辦貨，也就是出入經營，朝後，你們編入保甲，領了牌，落了籍，不管到哪裏都方便了；至於溫老先生辦的貨，我就托給長壽伯，以原船載回海澄去好了。」

「盧大叔，你這樣安排實在是太好了，」陳山說：「講得露骨一點，漳州出事後，我跟王銅成了被緝拿的逃犯，大燧兩兄弟跟我們在一起，多少也會受到牽連，要是在臺地無法落腳，那真是走投無路了。」

「先定下來再說，」盧爐主說：「我管的事多，各商號接貨、分貨，都是聯營的，一時也沒有法子照料你們，等我空下來，再替兩個小兄弟想辦法，看看有什麼合適的差事讓他們做。」

「這你不用擔心，」陳山說：「他們看起來年紀輕，但他們在家學打鐵，都算是熟練的鐵匠，有一技在身，不愁沒有飯吃。」

「會打鐵？那可就太好了！」盧爐主說：「他們願意留在府城也行，要是到北部新墾區去，那更好了，本錢，我可以想法子墊給他們，竹塹以北，像桃澗、興直堡，大佳臘堡，他們缺少鐵匠，請都請不到呢！」

「我想，過些日子再商量，」陳山說：「先讓他們在府城多住幾個月，熟悉熟悉民情和水土，北部地方，榛莽荒涼，瘴氣很重，對初來的年輕人很不適合，他們萬一有個病患，我就負了賴火叔的託付了。」

盧爐主想了一想說：「你說的話，也很有道理，好在郊行裏也需要人手，這裏有很多從艋舺來販貨的客人，也都是漳州同鄉，趁這機會多認識些人，日後到北部去，多少有些照應。」

大燧和二燧，像兩隻羽翼初豐的島雀，但他們在一串長遠的飛翔之後，亢奮和欣悅，浪花般的捲騰過去，他們停歇在這個原從傳說中獲得零星印象的島上，反而覺得很空盪，也很迷茫。南太武的山群，黑巍巍的罩在這城市的東方，他們抬眼便能望見那些神秘的山群，但他們並不真的是生翅的島雀，無法飛進那些山裏和雲去，他們必得耐著性子，重新在這種陌生的環境裏學著討生活。

郭師爺教他們怎樣點驗和鑑別貨物，怎樣劃流水碼子，記簡單的賬目，怎樣熟悉廈郊所屬的商業行號，好分送到港的貨品；廈郊的生理，在臺南三郊當中，算是極有規模的，他們分別雇有船群，裝運出口的貨物，到漳泉潮惠那一帶的內陸口岸去發售。府城的碼頭，也常有洋商來搜購當地的產品，這樣，使他們在短短的日子裏，就學到了許多不尋常的經驗。

陳山幫著盧爐主替溫家海貨行收貨，一面在暗中和各地的天地會黨取得連絡。七月初，慶發號裝了貨，長壽伯到郊行來辭行，說他們要趕在媽祖誕辰之前揚帆出海，回到海澄去了。

「八九月裏，是多風颱的季節。」他說：「海上的風濤險惡，慶發號不會再橫洋來臺了，但等十月之後，我還是會來的，賴火叔的那宗案子，我會盡力打聽，把消息帶回來，當然，能早一點結案，把人釋放出來，是再好不過的事了。」

陳山鎖著眉，顯出心事重重的樣子，沉吟了半晌說：

「萬一賴火叔有了什麼岔子，最好能托便船，把消息早點帶過來，不管漳州府怎樣橫壓，我們有一口氣在，就不能讓他們掘盡根鬚。」

長壽伯嘆了一口氣，點點頭說：

「我回去跟溫老先生講，如果慶發號不能儘快過這邊，我們自會托人把消息帶到的。」

慶發號揚帆離港了，大燧弟兄在碼頭上送行，如今，曾載著他們來臺的船隻，已逐漸分波遠去，記憶裏的家鄉被大海橫隔著，在這裏，很少朋友，也沒有親人，怎樣站住腳？怎樣去謀生？唯有依靠自己了。

慶發號離去不到半個月，就是媽祖的祭典，臺灣府城掀起了一片慶賀的熱浪，神輿被抬到大街上來，遊行的行列壓住整條長街，沙塵和鞭炮的煙霧到處騰揚著，各處寺廟的托缽僧尼就有上百人，這種熱鬧，是他們生平從沒見過的。但大燧心裏並不覺得快樂，當天晚上，不管各處的野戲場上有多熱鬧，他跟陳山提出了要到北部去開鐵舖的事。

「陳山兄，我們來這裏，業已滿一個月了，總是安定不下來。」他說：「我們不是嫌每月兩塊七角錢的薪水少，而是不習慣這一行，你若能跟盧大叔提提，幫我們一點忙，能早點到北部去，把鐵舖開設起來，我跟二燧的心就安了，至於盧大叔借的錢，我們會儘快歸還的。」

「年輕人究竟是脾氣急躁，」陳山說：「雞籠淡水那一帶，一向是瘴癘之地，好多移民在那邊染上惡瘧和瘟疫，那邊醫生和藥物都缺少，你們不要仗恃年輕力壯，一旦生起病來，可不是鬧著玩的。」

「你想的不錯，」二燧說：「但那邊既有那許多墾民在開荒，我想我們也能去，萬一得了病，也只能怪我們運氣不好。……人在外面，總得冒冒險，碰碰運氣，凡事顧慮不了那許多了。」

陳山望著他們說：「你們實在要去那邊，也行，不過，我得送你們過去，也好替你們做一點安排，賴火叔早幾年就跟在淡北那一帶的朋友有連繫，我既到臺地，也該去一趟了。」

「這樣當然更好啦！」二燧說。

陳山辦事很快，媽祖慶典過後沒幾天，盧爐主就把大燧兄弟找了去，交給他們五十塊九三番銀，和一百塊花欄錢，並且叮囑他們說：

「你們兩弟兄既立意要到北部去設鐵舖，我也不便堅留，好在有陳山兄跟你們做伙去，一路上，他自會照顧你們。這些錢，你們拿去做本錢，日後生理發達了，再分批寄還給我，我跟你們賴火叔論交十幾年，不是外人，你們也不必謝我。」

他見倆兄弟呆呆的怔著沒說話，頓了一頓又說：

「從南到北，山溪阻隔，步行要走十幾廿天，我業已跟陳山兄說過，港裏有貨船去艋舺的時刻，你們可以搭便船，走海路過去，遇上天氣，兩天就能到艋舺了。」

大燧兄弟捧著錢，禁不住噙飽一眶感激的淚水，他們辭出來，陳山興沖沖的跑來說：

「真是很巧，港口碼頭上，泊了一條來這邊收購鹿皮的貨船，他們在這邊購貨不足數，要轉到艋舺去再收一批貨回程，適才我遇著船主，已經跟他講妥了，我們就搭他的便船到艋舺去。」

「那好。」大燧說：「他們幾時開船呢？」

「七月十六，也就是後天清早起錨。」

他們在那艘船起錨離港的前一天傍晚，帶著行李上了那條船，那條船船名大吉號，跟慶發號是同型的單桅帆，不過船身略顯古舊一些。

陳山跟大吉號的船主很熟識，他一上了船，就對陳山咬著耳朵說了些什麼，陳山點點頭，神色有些緊張說：

「不管這許多了！我想，我們在前艙不出來，他也不會注意這麼多的，……他只認得王銅罷了！」

大燧兄弟也不知發生了什麼，一時捺住性子，沒有追問，但當他們下前艙時，大燧無意中一抬眼，看到那個雇船收貨的貨主站在甲板上看海，那人的面貌極爲熟悉，彷彿在那兒見過面的。究竟在那兒見過的呢？他竟然想不起來了。

他跟著陳山下了艙，仍皺著眉頭，苦苦的思索著，他問二燧說：

「剛才站在甲板上，那個收買鹿皮的貨主，臉孔極熟悉，我們好像在什麼地方見過他的，你能不能記起來，是在什麼地方見過?!我想了好一會，實在記不起來了！」

「哦，你說剛剛背著手看海，留兩撇老鼠鬍子的那個？」二燧說：「我倒想起來了，我們是在漳州碼頭上見過他，他姓胡……叫胡……胡……對了，他叫胡旺。」

「剛剛船主告訴我，說這個姓胡的，常跟閩臺兩地的官府通消息，漳州抓會黨的案子，據說就與他有關。」陳山悄聲的說：「你們得多多留神，讓他認出你們來，會招惹想不到的麻煩。」

「我們會有什麼麻煩呢？」二燧這樣自語著。

「怎麼不會？」大燧說：「當時我們是跟王銅大哥在一起，他是熟識王銅大哥的，他既然跟漳州那宗案子有關，也許會誣指我們。」

「不錯。」陳山說：「胡旺這個人，陰毒得很，我們得忍著，無事不要出艙，好在海程不算遠，一兩天就到艋舺了，下船時，讓船主幫個忙，使我們不跟姓胡的打照面，一等下了船，我們就不容易碰著他了。」

「船主可靠嗎？」

「不成問題。」陳山說：「大吉號的船主，是我們會黨裏的人，要不然，他就不會悄悄告訴我了。」

「那就好了！」大燧噓了一口氣說：「你和王銅大哥費盡心機逃到海外來，可不能再受牽連。」

「不要緊。」陳山說：「姓胡的跟我不熟悉，假如換是王銅，他一眼就認出來了！」

「我們卻是跟他見過面的。」大燧說：「他還認不認得出我們，記不記得起在漳州碼頭上見過面？誰也不敢說，……我們儘量不出去就是了。」

前艙是狹窄的，三個人擠在裏面低聲的談說著，對於胡旺這個人，大燧和二燧都弄不清他的根底。據陳山說，胡旺並不是衙門裏收買的線民，他是個很有錢財的富商，也許因爲出海方便，或是保持他生意上的利益，他跟海防同知衙門、港區的巡兵管帶都走動得很密，如今，很難斷定漳州府抓會黨的案子是不是他告密的？但對於這種人，他們卻不能不小心提防著。

船隻沿著西海岸朝北行駛，海上沒有很大的風浪，因此，擠在空氣污濁的艙裏，二燧還能撐持得住，這樣，一直受了一整天的悶，到了夜晚，風浪轉劇，二燧又嘔吐起來，由於嘔吐得太厲害，嘔吐物從鼻孔裏朝外衝，使他流了許多的鼻血。

陳山見著很不忍，便對大燧說：

「好在如今是夜晚，艙面上黑沉沉的，姓胡的又不是夜遊神，恐怕早已睡了，我先出去看看，要是艙面上沒什麼人，我們就扶他出去，透透氣，他也會覺得好過些，你說怎樣？」

「行……」大燧說：「這種夜晚，就算姓胡的在上面，他也不會認出來我們，他沒生夜眼啊……」

陳山上去打了個轉，招呼大燧幫忙，把二燧攙扶到艙面上去。

海上的夜，不像陸上那麼燠熱悶塞，海風撲面吹盪著，滿天都是星子，張佈成一張柔軟灼亮的網，一直罩到黑色的遠方去。船上除去値更的和掌舵的，其餘的人都下艙歇息去了，二燧迎著海風調息了一會兒，人覺得清爽了一些，他想起那個留老鼠鬍子的胡旺來，便仍堅持著要回到艙裏去。

「這不是鬧著玩的，不能爲了我，牽連到陳山兄。」他說：「萬一出了岔子，在艋舺那邊，我們連一個幫忙說話的人都找不到。」

「你最好多歇一會，」陳山說：「這時候，姓胡的決不會到艙面上來，大燧說得不錯，——他沒生夜眼，怎會在黑地裏一眼就認出你們來？」

「不，我這已經好得多了！」二燧執拗的說：「好在海程不遠，再怎樣，也該忍著。」

兩人拗不過他，只好又把他扶回艙裏去。進艙時，大燧回眼望望天上明亮的星斗，禁不住有些酸苦，這樣的夜晚，這樣的星空，原是寧和安謐的，在家鄉，卻有血淋淋的械鬥，在龍溪，又有會黨事件，這些，都像是層層疊疊的烏雲，把人眼前的路給遮蓋著，推也推不掉，撥也撥不開。他認真的想想：只要這一回能避過胡旺，到了艋舺之後，租個門面，把門舖設立起來，兩兄弟只管打鐵，不管旁的事情也罷了。

又經過一夜的航行，第二天的傍午時分，大吉號駛進了滬尾海口，船主替陳山他們事先做了安排，船到艋舺靠泊時，他設法讓貨主胡旺先離船，趁著碼頭上人群熙攘忙碌的時刻，關照陳山儘快的帶著大燧兄弟下船，一溜煙似的鑽進人叢去了。

艋舺這個新興的、繁盛的海港，船桅林立著，好些洋人的船隻也在碼頭靠泊，艋舺的市街是擁擠密集的，無數人群在這裏匯集，各行各業的交易鼎盛，這裏有歌弦不輟的妓館，有暗設的鴉片館，那些駐屯的班兵，有些就借住在民宅裏面，……這裏若干新興的鎮市和屯堡，互相鎖結著，從艋舺和隔岸的新莊碼頭爲中心，朝南有柑園、大姑陷、港子嘴，朝北有大稻埕、芝蘭一堡、芝蘭二堡，朝東有大加蚋、錫口、古亭和大安庄，……它們若斷若連的在臺北盆地和大科嵌平原上展佈著。

連陳山也同樣不知道，在這些新墾拓的地方，在這些新興起的繁華城鎮的背後，隱藏著些什麼？這時候，淡北地區業已聚有四十八萬多移屯的人口，他們不會注意陳山和大燧兄弟這三個新投入的人，但對尚未成年的大燧兄弟來說，這又是一個全新的世界，要他們去觀看、去摸索、去體驗了。

創業和生存都是艱難的，艱難雖很艱難，沉重儘管沉重，總還不能使年輕勃發的生命停滯不前，他們仍必要活下去，而且要活得比原先要安然……至少，在大燧兄弟的心裏，確是這樣想的。

第四章 羅漢腳

在艋舺的蓮花街中段，一條狹巷裏，有一座略爲古舊，但卻建築得比較考究的紅磚瓦頂的大屋，那是漳籍人士經營的一座妓館，有些班兵小頭目，經常在這座妓館裏狎妓飲酒。這座妓館不但規模大，姑娘年輕貌美，而且設有黑房，黑房外面高張著官衙著令張掛的禁煙禁賭的牌示，而裏面卻設有賭局和鴉片煙舖，甚至於專管捉拏煙毒犯和聚賭抽頭的衙役、捕目和捕快，本身就是賭鬼和噴雲吐霧的癮君子，連縣衙裏的刑房主事，也經常到這兒來逍遣玩樂，不同的只是不必花錢而已。

除了這些，這座妓館還是靠著它的一名紅妓出名的，這紅妓艷名叫做艋舺阿鳳，妓館當初有個名字，等到阿鳳艷名遠播，飛快竄紅之後，有生意眼的老鴇子，便依據阿鳳的名字，替妓館取名叫做「新美鳳閣」，由此可見，艋舺阿鳳這棵搖錢樹具有多麼大的魔力了。

這一天，在阿鳳所住的別院裏，有人設宴請客，做東的是蓮花街一帶曾作過保正的郭兆堂，這班肥胖斑頂的漢子，原在竹塹那邊的屯區做過墾首，後來積了一些錢，便把他領有的墾地交給他兄弟管理，他自己帶著眷屬，到艋舺改行經商。由於他有財勢，在艋舺這個五方雜處的港市裏，他光憑錢財還不夠，必得要拉籠一些同籍的移民和跑碼頭的漢子，成幫做夥，才能站得穩當，衙門裏看他在地方上算得是混人頭的人，就拉他幹了一任保正。

郭兆堂進過幾天塾，粗識文字，但他為人有心機，又在地方上混得久了，染上兩分流氓習氣，他為了穩住地盤，便和衙門裏的一些貪吏勾結，放下本份生理，專事包娼、包賭，到後來，索性把保正推掉，變成艋舺的一條地頭蛇，凡是新墾戶和外來的移民想在這一帶活動，都得要買他的帳，或是在銀錢上多少孝敬一點，或是肯替他做搖旗吶喊的嘍囉，至少，也得把他當做郭大爺看，要不然，只要他歪歪嘴，對方準有些麻煩。

像他這種人物，居然想擠進天地會，好像若不在會，他就擺不了大譜，抖不出爺子輩的輩份；他也曉得，從南到北，臺地天地會和三合會的力量，在民間各地潛藏著，只要能在會黨裏插上一腳，日後辦事更會方便得多，但當時會黨裏一些秘密領導的首腦，多半是飽學的儒士，正直的大紳，對於郭兆堂這種腳踏兩條船的算盤，頗為不齒，斷然來個閉門不納，郭兆堂雖跟衙門有勾結，但他所交的都是低級小吏，對於那些中過舉、拔過貢的大紳和宿儒，根本撼不動，因此，他心裏雖然記恨，卻拿對方沒有辦法。

自從想擠進會黨碰了一鼻子灰之後，郭兆堂心有不甘，對於會黨便有了極深的怨毒，他表面儘管不動聲色，暗底下，卻時時刻刻想找機會報復。

他到新美鳳閣來，起初只是躺躺煙舖，過幾口老癮，後來卻纏上了紅妓阿鳳；按照郭兆堂的原意，是想多花幾百兩番銀，把阿鳳弄回去做小姨，但很快他就覺得行情不對，因爲艋舺阿鳳的身價太高，拜倒在她裙下的大有人在，縣署的主簿、刑房和戶房的主事、班兵裏的游擊和千總，花了太把銀子，也沒能把阿鳳弄到手，他即使有這個能耐，也得罪不起這許多官場的人。

阿鳳也跟他開門見山的直說過：

「郭大爺，你趁早不要打那個主意，我是清倌人，承這許多爺們抬舉，我只是陪酒陪笑，使諸位樂一樂，我在風塵裏，不能打一輩子滾，日後遇上有緣的，跟他一夫一妻過日子，誰也不要想挖斷我的後路……但我在新美鳳一天，決不會冷臉對著諸位大爺。」

她不但對郭兆堂這樣，對那些官場狎客也是如此，那些人你礙著我，我礙著你，互相擠住了，誰也不願爲一個女人去開罪旁的人，這樣微妙的關係，使阿鳳很安穩的躲進空隙，保住了她的身子，不但如此，這些戀她捧她的，仍然常到新美鳳閣阿鳳這邊來，呷酒、宴客、談論生意、商量事情，好像若能借阿鳳的別院宴客，就添了臉面。

郭兆堂就算是其中的一個。

他在別院的天井裏踱著候客；他請的客人，有刑房的主事鄔旦、捕目臧俊法，有碼頭的領工朱五，外號人稱豬公，還有新從南邊府城來的胡旺，和大眾廟口另一位混世的大爺程秀啓等十多個人。

天還沒到傍晚，黃臉高瘦的程秀啓陪著胡旺先來了，程秀啓雖是黑社會人物，但他長袍馬褂，穿得斯文考究，他吸水煙，出門時，自帶一個煙僮，用布囊替他揹著五支擦得雪亮的水煙袋和一大捲捲好的火紙捻子，派頭擺得十足，好像這樣才能顯出他的地位。胡旺倒是很隨便，縮著腦袋，挺著肚皮，瞇瞇帶笑的，把一肚子主意都深藏在心裏。

「胡大爺，你這個主客先到了，小弟就安心了。」郭兆堂一見著胡旺，便三腳兩步的迎上去作揖說：「我怕你事情忙，特意請程大爺就近促駕，怕你不賞心咧。」

「沒有這個事情。」胡旺說：「行客拜坐客，這是當然的，我還沒拜會，就勞動郭大哥破費，你真是太客氣了，我先把謝字說了才心安。」

郭兆堂剛把胡旺和程秀啓央進屋落坐，院門口又有人報說：碼頭的朱五爺來了。這個外號人稱豬公的傢伙，比誰的個子都高大得多，他的胳膊粗過海碗，手臂上叢生著一寸多長、又粗又黑的毛，一雙手掌伸開來，像蒲扇一樣。郭兆堂把他央進屋，又等了好一會，捕目臧才陪著刑房的鄔主事來到新美鳳閣，這時刻，別院的廳堂裏，業已亮起燈火來了。

新美鳳閣別院的廳堂，一切佈置舖陳，不用說，是很考究的，金漆的家具，嵌雲母石的背椅，雕花的窗，都在柔和的燈色裏浸潤出一種華麗的光采，尤其做主人的郭兆堂，能請到阿鳳親自來待客，整個宴會的氣氛，便更顯得歡暢熱鬧了。

不過，這幾個人這一次聚會，卻是另有要緊的事商談的，酒過三巡之後，刑房的主事鄔旦就說話了。

「今天這一餐飯，原該兄弟做東的。」他說：「最近縣衙裏奉了上面密令，說是漳州會黨頭領賴火，密謀聯絡臺地流民，圖謀舉事，飭囑南北各地，嚴加防範……賴火本人雖在龍溪被捕，但他左右得力的黨羽：陳山和王銅，卻已漏網潛逃掉了，人說：除草不除根，春風吹又生，所以上面要我們緝拿這兩個漏網的人犯——他人在漳州站不住腳，極可能潛來這邊。」

「主事說的不錯，」捕目臧說：「王銅這個人，原是在臺地鬧過事，被府裏刺面逐回漳州去的，他在這邊民間，關係很多，十有八九會潛回老地方來的。」

「我想，關於漳州會黨一案，胡旺兄是最熟知的了！」郭兆堂說：「所以，兄弟今晚上，特意把胡兄請了來，讓他把來龍去脈說一說，也許會對刑房捕拏逃犯有些幫助，假如讓王銅在這裏生根，那，我們就都沒有安穩的日子過了！」

「對對對！」程秀啓附和說：「胡旺兄，就請你把前後的事情說一說罷。」

「嗯，事情是這樣起的，」胡旺陰陰的笑說：「我是常跑各處碼頭的生意人，消息比較靈通，承衙門裏抬舉，讓我替官家做點事。賴火是漳州天地會的首領，他的人緣、勢力都不算小，表面上，他從不出頭露臉，但他們暗地的活動很厲害。他曾派人到安溪和三邑那一帶，跟那邊的會黨頭目連絡，促他們出面調解泉漳一帶的械鬥。又派人到臺地來連絡府城、鹿港和艋舺的會黨，要找機會舉事。在龍溪城，據說幾處的會黨頭目有過密議，他們談到當初臺地的朱一貴、林爽文舉事不成，都是受了單獨行動的牽累，因爲臺地一有亂動，閩粵兩省，可以從容發兵來敉平，假如兩邊有了聯絡，臺地一舉旗，閩粵兩省的會黨跟著動，那，情形就不同了！閩粵兩省要平當地的亂子，勢必無法抽調班兵和水師來臺，以臺地班兵來講，號稱一萬人，其實，除去空缺和老弱病患的，只有六、七千人可用，會黨豎旗，只要能撐半個月，這邊的官兵就完了，賴火他口口聲聲要把國姓開創的基業恢復起來，所以，漳州府非動手把他下獄不可！」

「賴火既然是秘密活動，這個消息，胡大爺你怎麼會清楚的呢？」捕目臧說。

「我當然有耳線了！」胡旺說：「有許多消息，都是經我報給衙門的。賴火雖然下了獄，漳州府也幾次抄查賴火的宅子，但並沒找到確實的物證，連那份會黨的名冊也沒了下落，最要緊的，是陳山和王銅漏了網，陳山是內管事，知道的機密事情最多，王銅是賴火記名的徒弟，他是練武的人，雖然沒有當眾出過手，我卻知道，他這幾年裏，跟賴火學了許多功夫，平常的公差衙役，就是有單刀鐵尺，十個八個人，也休想擒服得了他。」

「胡旺兄，你也不要把王銅誇得太過分了，好不好？」郭兆堂發聲大笑起來說：「在我們的席面，就有一位絕對能擒得住王銅的，就是我們的朱五兄，他的一把大刀，足重七十斤，論力氣，他能扛起祖師廟門口的石頭獅子，今夜我請他來，就是請鄔老爺認得他，日後真要捉拿要犯王銅，非他幫忙不可。」

「哦！原來是這樣的。」鄔旦笑著，朝朱五拱手說：「朱兄真是了不起的好漢，我這就先拜托啦！」

朱五這個巨無霸型的人，原是個沒頭腦的渾蟲，一向心高氣傲，自以爲天下無敵，從不把旁的人放在眼裏，剛剛聽胡旺誇說王銅會武功，有力氣，他業已蹩了一肚悶氣，不過沒發作罷了，如今，郭兆堂送他一頂高帽子，鄔旦又拱手拜托他，他便仰起脖子，乾了一大杯酒，拍著桌子，大言不慚的打下包票來了。

「我講，這個事情，鄔老爺你儘管放心，什麼王銅白銅，遇上我朱五，提腿就把他扔進海裏去餵魚，他練再好的功夫，也擋不住我那大砍刀三刀砍的。」

朱五的本領究竟如何，鄔主事和捕目臧都沒看著，但那八尺多高的個子，確實夠嚇人的，使人不能不相信他真有輕易制服王銅的能耐，鄔旦舉杯敬酒，大家乾了杯，吐出一片放縱的笑聲。

他們這樣談論著，艋舺阿鳳坐在鄔旦的旁邊，帶著一臉姣笑，凝神聽著沒插口，只是很殷勤替他們不斷斟酒，她明白，他們的酒越喝得多，話也會講得更多，而這些話，都是她極欲聽到的。

果然，他們藉著幾分醉意，更大聲的談下去。

鄔旦央托胡旺找個時間，到新莊子縣署去，稟見知縣大人，又責成郭兆堂和程秀啓兩個人，在艋舺一帶地方廣佈耳線和眼線，幫著縣署捉拏可能潛到淡北來的要犯陳山和王銅，他很親切的拍著這兩個地頭蛇的肩膀說：

「我們吃公事飯的，若想辦得成案子，就全靠你們地方上的朋友協力幫忙，至於那些有科舉功名的鉅紳，多半有一股酸氣，他們是不肯出大力的，這案子，若真碰巧辦成了，除了上面的賞金，我可以跟知縣大人說，保舉兩位當總董。」

「我們當然會盡力，」郭兆堂搶著說：「要不然，我就不會請酒，把鄔老爺和捕目臧請來了。」

「你是不是聽著什麼風聲了？」鄔旦說。

「還沒有。」郭兆堂說。

「要是我們打聽著什麼，一定會報信的。」程秀啓說：「艋舺這一帶，新來的移民墾戶太多，打聽消息，越來越不容易，鄔老爺你是知道的。」

「不錯，」鄔旦說：「所以才要拜托兩位，多多費心，萬一他們潛到這邊，生了亂子，我們這碗飯，就吃不成了！弄得不好，自己也會坐牢。」

郭兆堂想起什麼來說：

「鄔老爺，我在想，要是王銅出面，事情就很簡單，我聽胡旺兄講，他認得王銅。」

「王銅在漳州府碼頭上管事，我認得他。」胡旺說：「他臉額上刺的有字，這兗講了，單就他的身材面貌，使人很容易認出他來的，他的個子很高大，很粗壯，比起朱五兄來，簡直差不太多，站到哪裏，全要比旁人高出兩個頭來，我這麼一講，你們就知道了。」

「嘿嘿，這種大塊頭，當不得逃犯。」捕目臧笑說：「太容易認了嘛！」

「那麼，也請胡旺兄講一講，陳山的長相如何？」程秀啓說：「你形容形容，我們也好關照手底下的兄弟們多注意一點。」

胡旺卻搖了搖頭，爲難的說：

「陳山我沒有見過，也沒法子形容出他的相貌來，即使在龍溪，認識他的人也不多，這一回他漏網在逃，當然不會再用他原來的名字，想捕拏他，就要難得多，除非他不小心，漏了底，要不然，只怕沒有什麼辦法可想。」

他這麼一說，那幾個都認真的思索起來。

這時刻，艋舺阿鳳用手絹掩著嘴，打著呵欠來了。

「你們這些男人咧，好酒好菜的，不想到樂一樂，」她嬌聲嬌氣的說：「一味談講那些無味的事情，魚還沒來，你們張著網幹什麼？也許就因爲你們這樣一來，把魚都嚇跑啦！」

「嗯，阿鳳，還是妳聰明！」鄔旦斜著眼笑說：「妳講的對，——魚還沒有來呢，我們張著空網幹什麼？比起妳來，我們這些男人，都是自以爲聰明的笨蛋了。」

「好，我們聽妳的。」郭兆堂說：「妳替我們安排，多找幾個會唱的姑娘來陪酒，要她們唱幾支曲子，熱鬧熱鬧。」

經阿鳳這樣一打岔，他們才把剛剛計議的事放開。

一片流水似的歌弦聲，在夜色的繁華中流瀉著。對生活在新美鳳的阿鳳來講，這樣的夜晚她早已習慣了，她一度有意使自己麻木，沉浸在風塵日月裏不去思索什麼，她只是一個柔弱的女子，被命運簸弄著，她爹在艋舺被所謂的叛案牽連，衙門誣指他掩藏人犯，把他鋃鐺下獄，而那時只有十三歲的她，便成為逆眷，發交官賣，幾輕輾轉，陷身到這種地方來，老鴇子找人教她對待客人的法子，教她唱曲，她是憑著姿色和才藝從這片泥濘裏拔起來的。這些年裏，她接觸過很多各型各式的人物，也懂得了更多的世故，她恨透了清廷衙門裏的這些爪牙和鷹犬，但她必得換上笑臉和這些狎客們週旋。

當她聽到這幾個傢伙，又在打歪主意要捕拿會黨邀功時，憤恨的焰火，便在她心裏熊熊的燃燒起來了。她根本不認識被捕下獄的賴火，也不知道陳山和王銅是什麼樣的人物？她卻清楚那些會黨的首領，都是存心興漢逐滿的好漢子，決不是他們形容的，只是些許奸宄流民，為非作歹的人。陳山和王銅不來艋舺便罷，若來艋舺，她總不能眼睜睜的看著他們落網被捕，關進血跡斑斑的黑牢裏去，再叫衙門裏把他們按上叛逆的罪名，插上旗子，拉到刑場去砍頭。……用什麼樣的法子能阻止這種事的發生呢？她想著，想著，最後便想到竹塹的鄭舉人身上來了。

這位鄭老爺，是個斯文雅氣，大有學問的人，他是竹塹外八庄的墾首之一，常到艋舺來添購糧種、農具，或是到墟場上去物色品種良好的耕牛，辦完那些事，他會約了三五個朋友，到新美鳳閣來飲酒吟詩，表面上，他說那是遣興，但他們吟誦的詩章裏，她仍依稀聽得出若干痛切的絃外之音。

鄭老爺並不瞞著她什麼，他常帶著醉意，慨嘆著當初國姓爺一手開拓的這片大明海外基業，已被清廷昏憒的衙門弄得污煙瘴氣，慨嘆著做異族牛馬實在不是滋味。日子久了，她隱約聽人說過，說鄭舉人雖不是天地會和三合會的首領，但他總在暗中協力幫著會黨，前兩年，竹塹一帶有人豎旗起事，衙門希望各莊的莊丁、鄉丁和聯勇出勤，協助班兵平亂，允給他們義民的稱號，而鄭舉人卻遊說各墾首，遲遲不拉人出莊，使班兵被打得頭破血流，直到府城裏從南部調來三營兵勇，才把亂子敉平。

各莊敷衍拖延，不替清廷的衙門做走狗，衙門裏雖然記恨，卻也沒有辦法。阿鳳很聰明的想到：只要見著鄭舉人，能把今夜鄔旦和郭兆堂這幫人計議的話透露給他，此間的會黨一定會提高警覺，加意防範，盡力掩護陳山和王銅，不使他們落網被擒的。

而酒宴上的鄔旦、捕目臧和郭兆堂那夥人，正藉著酒意，嘻嘻哈哈的跟唱曲陪酒的妓女夾纏不休，他們不會提防艋舺阿鳳，不會留意她在想些什麼；尤其是蓮花街的地頭蛇郭兆堂，心裏更是得意，他巴結上衙門裏的人，若能趁這個大好的機會，一舉擒獲要犯陳山和王銅，有鄔主事幫他說話，還怕總董當不成嗎？

酒宴一直鬧到深夜才散，——阿鳳立刻叫來替她跑腿的心腹小夥計阿順，對他交代說：

「阿順，明天一早，麻煩你替我到碼頭口去一趟，你到金寶山錢莊去見頭家金大爺，告訴他，說我有事請他來一趟。」

「好。」阿順說：「我一定替妳辦到。」

算是艋舺阿鳳的記性好，她記起金寶山錢莊的頭家，是鄭舉人的好友，她阿鳳無法把信送到竹塹去，至少，她能把金大爺請來，托他設法帶信給鄭舉人，使這消息早點傳到會黨的耳裏去。她在焦急的等待著。

金寶山錢莊的金大爺來得夠快的，他是跟著阿順一道兒到新美鳳閣來了。

「阿順講，姑娘妳有事要找我？」他見了艋舺阿鳳，急切的說：「我猜妳是要見鄭大爺罷？」

「不錯，金大爺。」阿鳳說：「我找他有些要緊的事情，想請金大爺幫個忙，派人替我送個信去，請他儘快趕過來好當面商量。」

「真有這麼要緊？」

阿鳳點點頭，附著金大爺的耳朵，低低的說了一番話，金大爺一面嗯應著，臉色逐漸的沉凝了，最後，他皺起眉毛說：

「鄔旦和捕目臧倒不可怕，最怕的是胡旺這種奸細和郭兆堂、程秀啓的地方惡霸，他們和衙門互通聲氣，無孔不入！」

「事情就是這樣了！」阿鳳噓了一口氣說：「我沒有旁的辦法可想，只能把聽來的告訴你，也許鄭大爺他能及時跟附近的會黨連絡，早點傳個信去，他們也好早作防範，要不然，恐怕陳山和王銅會真落進捕快的手裏去，那時候，再想辦法可就晚了！」

「這不要緊，」金大爺說：「我自會儘快和鄭大爺連絡，想出對付的方法，妳放心好了！」

在金寶山本人跟艋舺阿鳳會面的時候，新莊縣署的後衙裏，刑房的主事鄔旦，也正跟躺在煙榻上的縣太爺稟事，他說到奉交辦拏人，預作耳眼線佈置的事，有些自鳴得意，用誇張的聲音，拍著胸脯擔保說：

「老爺你放心，不是我鄔旦說大話，在艋舺這一帶的地方，我算是佈下了天羅地網啦！逃犯陳山、王銅，不來便罷，只要他們敢踏進艋舺一步，就算是自投羅網，只要輕輕的一伸手，就把他們捏下大牢啦！」

「嘿，我說鄔旦，你可不要先把話說得這麼輕鬆，」那個縣太爺眨著浮腫的眼，搖頭說：「當然嘍，郭兆堂和程秀啓那幾個人，在艋舺地方上是有點勢力，但拿他們跟暗中活動的會黨相比，那還差得遠……陳山和王銅這兩個人犯，不是那麼容易可以捉到的。」

「依老爺的意思，該怎麼辦才好呢？」

縣太爺抓著煙槍，在煙燈上面不斷的繞著圈子，沉吟了好一會兒，彷彿想在那裊裊騰散的煙霧當中，費力的抓住什麼，這樣過了一晌，他才連吐帶咯的說出話來：

「在康、雍、乾三朝，百十年來了，」他說：「臺民抗清豎旗的事，大大小小，鬧出好幾十宗，可見臺地民間反抗皇朝，恢復明室的存心，始終沒有放棄過，會黨活動一查再查，也始終沒有斷過查，你以爲這個案子是容易了結的？我們要捉拏的，又何止是陳山和王銅兩個人來著？」

「老爺說得對，屬下我盡力就是了！」

「我們盡力拏人，當然是沒有錯的，」縣太爺又說：「不過，這並不能算是上策！你曉得，前朝的乾隆老佛爺，就定過以臺制臺的方法，這方法，假如運用得好，可要比派兵鎮壓，大肆搜捕好得多。」

「這個，屬下也常聽講過，」鄖旦說：「但講到怎樣運用，這個……還得多請老爺指教呢！」

「嗨呀，這還不簡單！」縣太爺說：「臺地這些墾民，有土著，有平埔番，歸化生番，有老戶（即明代遷臺，世居臺地者）、有新戶（即清代陸續遷臺者）、有流徙戶（即因犯罪被逐至淡北地區者），在這些人裏面，有漳州人、泉州人、三邑人、客家人，也有少數外省人，他們假如受了會黨的召喚，一致舉旗抗清，那，力量就太大了，此地的班兵、屯勇和幾營水師，根本擋不住的。」

「老爺說的不錯。」鄔旦說：「就拿朱一貴和林爽文那兩次舉事來說罷，那真是震動全臺，要不是朝廷調了閩、粵大軍來鎮壓，那亂子一時真還敉平不了呢！」

「對麼！」縣太爺說：「人說：一支筷子折得斷，一把筷子折不彎，如何把此地的墾民打散開來，使他們爲了爭水源、爭碼頭、爭墾地，甚至爭廟產、爭菩薩，彼此械鬥，互相結仇結怨，這才是最要緊的。」

「老爺你這麼一講，屬下可更明白了！」鄔旦說：「他們彼此一衝突，就會按地域分了類，他們的力量也就分散啦！這跟漳州府的富商胡旺的說法一樣。」

「胡旺這些年，替閩臺兩地的衙門裏辦了不少事情。」縣太爺瞇起眼來說：「你得弄明白，若論慫恿臺民爭執打鬥，講派系、分地盤，我們衙門裏的人不能出面，就是出面，也容易引人起疑，很難使人信任，這只能利用胡旺、郭兆堂、程秀啓、朱五這幫人，才能挑得起事端來，等到他們一起械鬥，自相殘殺，那，不用我們動手，光是蹲一邊看戲就成了。」

「老爺究竟是肚裏裝過墨汁的人，比屬下會動腦筋，這主意太妙啦！」

「何止是這個？」縣太爺被鄔旦一呵捧，更樂，吱起滿是煙油的門牙來說：「他們興械鬥，我們閉上眼不管事，由他們打得頭破血流去，等到他們打得筋疲力竭了，我們再把那些爲頭的，誣爲流民盜匪，利用地方上的莊丁、聯勇去剿辦——一樣讓他們自己打自己，……我敢說，只要這方法在南北幾縣行得徹底，臺民是豎不了旗、造不了反的，等到那時刻，就是再有千百個陳山和王銅來，一樣起不了作用啦！」

他說著，吐出一串得意的笑聲。

對於這位拔貢出身的縣太爺來說，他爲他的謀算自感得意，毫不足怪，誰都知道當時的情形，外放到臺地來的官吏，雖說比在內陸勞累一點，但卻是官場中人心目裏的肥缺，大家輪著幹它一任兩任，藉機撈足了油水，便好捲起行李，帶著箱籠，回去買田產、起大厝去了。如果在任上鎭壓臺民，被上面認爲有點功績，更不難由此飛黃騰達，獲得升遷。錢財和功名兩者，如果兩者全得，那豈不是夢寐以求的事嗎？

他對臺地的墾民，自以爲懂得很多，他覺得他這套計謀，只要運用得法，不露痕跡，一定會挑起他們自相殘殺的波瀾來。

「老爺，你沒有旁的吩咐了？」鄔旦說。

「啊！」他這才拋開一剎沉迷的心緒，揮揮手說：「沒有旁的事了，你得替我記著，不妨一面張網捕拏陳山和王銅這兩個該死的逃犯，一面不露形跡的利用胡旺、郭兆堂、程秀啓這幫人，挑撥分化，先把他們的會黨給弄散了再講！」

鄔旦躬身應是，辭出去了，如今，沉黯的屋子裏靜靜的，煢獨的煙燈泛著碧色，像是一隻陰森的鬼眼，那樣逼視著他，使他覺得有些畏懼。民如潮水，可以載舟，可以覆舟，很久以前，他就熟讀過這樣的句子，但比起橫在眼前的功名利祿來，那似乎又不值得多思多慮了……那些墾民，會能把我怎麼樣呢？我總是皇朝裏官居七品的人物，地方上的父母官，大可不必擔心那麼遠！

這時候，有一家新設的鐵匠舖子，在艋舺的祖師廟後街起爐立鈷開了張，鐵舖是一間窄門面的、古舊的矮屋，座落在一條淺淺的狹巷裏面，招牌是一片薄木板，上面寫了三個幾乎不成體的毛筆字——「漳福號老鐵舖」。

在艋舺這種萬商雲集、熱鬧無比的碼頭上，沒有誰有那種閒心情去注意這間小小的鐵匠舖子，而這個老鐵舖裏的兩個打鐵的師傅，卻半點也不老，大燧和二燧兩個，全靠了陳山的協力，在艋舺立了腳了，而幫助陳山的當地會黨首腦，正是金寶山錢莊的頭家——金寶山本人。

「你們弟兄倆個，是由府城漳郊郊行轉遷到這邊來的，」金寶山跟兩兄弟說：「你們千萬不要跟旁人提起內陸的事，有人問起，你們只說早先是郊行的夥計，這樣就沒有事了！」

「你們也不要管會黨如何了！」陳山也特別交代他們說：「你們若被牽進漳州會黨案裏去，那就沒有安穩的日子過了！趁這時候，你們只管安下心做鐵匠，我不能在艋舺久留，我拜託金大爺儘量就近照顧你們就是了！」

「陳山兄，我們就這樣分開了嗎？」大燧依戀不捨的說。

「那有什麼辦法？」陳山苦笑說：「如今我仍是衙門裏四處緝拿的逃犯，無論各地方的朋友掩護得怎麼周密，在一個地方待久了，總是不放心的，再說，我還有我的事情要辦，至少我們暫時要分開的了！」

「那麼，這本會黨的名冊怎麼辦呢？」

「我帶著極不方便！」陳山說：「但我會把它交給這邊可靠的弟兄的。我不願意把它寄放在你們兄弟手上，萬一案發，會使你們脫不掉牽連。」

陳山就那樣很快的離開了。

大燧兄弟倆總算勉力定下心來，把精神都放在打鐵上。金寶山替他們找個專賣毛鐵的人，姓陸，因為有一條腿被鐵塊打傷過，走起路來一跛一拐的，人們便叫他擺腳陸。擺腳陸濃眉大眼，樣子長得很獰猛，但卻是一個沉默寡言、忠厚老實的人，他告訴大燧說：

「賴兄弟，你曉得，在這邊做鐵匠舖子的人家不多，按理說，應該是一本萬利的好生理，但只是有一點困難的地方，那就是雜鐵和毛鐵，進貨不容易，若是托橫洋船運貨來，成本太高，我們做毛鐵生理的人，沒有那樣大的資本，只能就地取料，跑到各處去收取，不過，材料不會太多，先告訴你們，心裏有個數就是了。」

「這也不要緊。」大燧說：「我們兩兄弟初設店舖，能有多少生意，目前還不敢說，日後，即使生意好，也用不了多少原鐵，……實在缺材料，我還有個法子，就是把舊鐵器翻新也行，我們只要賺一份手工錢，夠過日子，也就心滿意足啦！」

「我不過是說說，」擺腳陸說：「你們倆兄弟這樣刻苦，我自會盡力去收毛鐵，總不會使你們升不了火，起不了爐的。」

擺腳陸確是很盡力的收取毛鐵和雜鐵，使漳福鐵鋪很順當的工作起來。大燧的性子憨樸，做事認真，他們打製的農具，像犁頭、鐮刀、耙齒、牛鼻環、鋤頭、鐵鍬，以及家常使用的鐵器，像菜刀、剪刀、彎斧和柴刀等類的東西，都很紮實，很鋒利，而且價錢也定得公道，所以，鐵鋪開業不久，生意就一天比一天興隆起來，更有好些莊子上的人，從錫口（今松山）、港仔嘴（今板橋）、瓦窯（今中和鄉）、西盛（今三重）等地跑來訂貨的，這樣，大燧和二燧兩個，不得不早起晚睡，日夜叮叮噹噹的打鐵了。

「二燧，你該還記得，爹在世時，常念著臺灣這塊地方，」大燧說：「他一輩子沒有來得成，想不到我們卻是說來就來了！」

「這裏看起來倒是很熱鬧，又很平靜。」二燧說：「足見當初我們的主意沒有打錯。」

「我看不一定。」大燧說：「在龍溪，表面上不也是很熱鬧，很平靜嗎？那都是表面上的，誰也料不到以後會有什麼樣的變化，你沒聽金大爺說，這裏也經常鬧亂子嗎？像我們這種年紀，有許多事，我們是很難看得透的，這裏面的學問，大得很呢。」

「我們自管關起門打鐵，就是真有什麼事，也不會落到我們頭上來。」二燧說：「至少，在這邊，漳籍和泉籍的人，不像在家鄉那樣明明顯顯的分界線，也沒聽說過有械鬥發生，人活得要安心些。」

「我也是這樣打算。」大燧說：「不過，日後有事沒有事，還是不敢講一定，……爹他關起門打一輩子鐵，誰想到最後還那樣枉死？人不知命啊！」

「既然人不知命，我們就這樣安心活下去吧！」二燧說：「你就空擔再多的憂愁，也是沒有用的。」

這話說過沒幾天，賣毛鐵的擺腳陸來了，他帶來一個消息，說是大稻埕和新莊縣署一帶，都張了捉拏逃犯陳山和王銅的告示，告示上就這兩個人是匪類，慫恿民間發現逃犯，便要把他們縛送到衙門裏去。每捉一個逃犯，有兩百番銀的賞金。

「我講，擺腳陸，你認為陳山和王銅兩個，真是衙門指稱的匪類嗎？」大燧心裏暗暗的著急，但表面上不露一絲聲色，試探的問說。

「衙門的話，能聽嗎？」擺腳陸笑了一笑，帶著輕蔑的味道說：「陳山我不熟悉，而王銅當初，在臺地南北的屯莊城鎮裏，可算是知名的人物，他領過會黨，各地方都有朋友，像潘廩生、李廩生、鄭舉人，……好些有學問的人，都推許他是條好漢子……最後，衙門因為他沒有妻子，硬指他是羅漢腳，把他押解回漳州府去的，他哪裏會是什麼匪類？他只是衙門裏的眼中釘罷了。」

「照你這麼一講，你是不貪那兩百塊番銀賞金了！」二燧用打趣的口吻說：「假如能把兩個人一起捉住，捆送到縣署裏去，一共能得番銀四百兩的賞金，那不是發了一筆小財了嗎？」

「嘿，」擺腳陸笑得有些慘切，他說：「當然嘍，恁誰都知道銀子是好的，但也得看是什麼樣的錢財？像這種賞金，不要講只是四百，它就是四千，四萬，我擺腳陸也不稀罕，人若不把良心放在當中，那還算是人嗎？」

「你真說得對。」大燧說：「不過，貪得賞金的人，也不能說沒有，我聽老人講：銀子是白的，眼珠是黑的，這世上，爲貪財賣友的人，也多得很呢。」

「那當然，」擺腳陸說：「我聽講縣署刑房主事鄔旦和滿臉橫肉的捕目臧，近時召聚了艋舺一帶的好幾個地頭蛇，商量張網捕拿逃犯的事，其中的郭兆堂和程秀啓兩個，更是兩條吃人不吐骨頭的毒蟲，他們專事巴結衙門，想得好處，那個蓮花街口混世的郭兆堂，恐怕王銅會武藝，通拳術，特別把大塊頭——渾號豬公的朱五請出來助陣，央他率領他的徒弟出面，幫著捕目、捕快，捉拿王銅，這不是爲虎作倀是什麼？」

「這個號稱豬公的朱五，是什麼樣的人物？」大燧不放心的問說：「他究竟有什麼能耐？」

「呵！」擺腳陸說：「朱五是在艋舺碼頭當領工的，他祖上開武館，他也練得一身的功夫，因爲他的個子，比平常人要高大得多，天生就有一把力氣，他能耍得動六、七十斤重的大刀，一般人沒有誰是他的對手，好像除了他之外，再想找到擒服王銅的人，就不容易了。」

「王銅也會功夫嗎？」大燧又問說。

「那，我倒弄不清楚了。」擺腳陸說：「不過王銅的身材也夠壯的，不比朱五小到哪裏去，聽說他在漳州拜過賴火爲師，而賴火的拳腳功夫，全閩聞名，有那樣的師父，王銅還會差嗎？」

「這個朱五也真怪，」二燧說：「他幹他的領工就是了，爲什麼要聽人慫恿，出面捉拿王銅呢？——人可不是看門狗，喚牠咬人牠就咬人。」

「這你們就不明白了！」擺腳陸說：「朱五雖高大，偏偏沒有腦子，他雖不是白痴，卻比白痴好不到哪裏去，只要有人給他高帽子戴，誇他是天下第一強，他就樂了！假如有人說：王銅的本領比他更好，他受不得人家的挑撥，就會出面找王銅比武了，郭兆堂有心機，硬是用這種套子，把朱五給套出來的。」

擺腳陸只是用這個消息當做話題，跟大燧兄弟聊天，這真是言者無心，聽者有意，大燧爲了想多聽一些這類的事情，便約了擺腳陸，到碼頭附近的食堂去喝酒，一面繼續談說艋舺的各種情形。

擺腳陸是個寂寞的漢子，三杯落肚，話就變得多起來，他談艋舺附近各屯堡，漳州人和泉州人分佈的情形，談到淡北盆地初闢時，傳說裏的光景，正說到興頭上，忽然，他舉手朝窗外指著說：

「你們瞧瞧，那不是豬公領著他的徒弟們，在那邊空場上練功夫麼？……他那長柄大砍刀，足有六七十斤重，旁的人，連拿都拿不起，不用說掄著它耍得風不透、雨不漏了。」

大燧兄弟倆順著他的手指朝外望出去，果然發現有一大群人，圍著大水塘邊的一座空場子，場子中間，有六七個精赤著上身的漢子，正在耍拳踢腳，試掄各號的石鎖，其中的一個巨漢，長得足有房簷那麼高大，不用說，那人就是朱五了。朱五的身材，真的比王銅還要高大，但在大燧眼裏看起來，覺得這個豬公太痴肥笨拙了一點，還不及王銅矮健靈活，充其量，他只是一個有巨力的蠻漢而已。

朱五挨次拎起石鎖，又在四周的采聲裏耍起他的大砍刀來，一柄六七十斤重的大刀，被他舞得霍霍生風，足見他自鳴得意的刀法，真的不含糊。

「這樣的一個人，甘受流氓的利用，太可惜了！」擺腳陸嘆口氣道：「他也沒想想，陳山和王銅跟他有什麼仇隙？他即使能拿住那兩個，又有什麼好處？」

「這真的難講，」大燧說：「天底下的糊塗人多得很，不只朱五一個。」

「陸大叔，」二燧想到什麼，問說：「你跟我們講的這些事，金大爺他知不知道？」

「金大爺怎會不知道呢？」擺腳陸說：「艋舺附近，各莊各堡，沒人不知道的，縣署裏的捕快和巡勇，不但在新莊、西盛、溪州這一帶泉州莊堡上查緝，他們更在滬尾（今淡水）、八里坌、芬蘭堡、枋寮、土城這一帶漳州莊堡上遍張告示，說是誰取窩藏人犯，日後案發，和犯人同罪，這個案子，看來鬧大啦！」

雖說陳山在臨走時，一再叮囑他們，要他們只管打鐵，不要過問外面的事情，但臺地張告捕拿陳山和王銅，使大燧心裏急得不得了，他們雖然沒有力量，幫不上什麼忙，但總想設法，不願陳山和王銅真被官衙捉了去，插上招魂旛，把頭給砍掉。

不過，隨著日子的輾移，使大燧覺得自己的擔心，幾乎是多餘的，官衙裏經常在街頭張貼告示，一會兒說是要捉拿這個，一會兒又說要捉拿那個，好像有任何風吹草動，一群人在衙門的眼裏，就成了必得捉來砍頭的罪犯，風一時雨一時的鬧上一陣，然後就消聲匿跡，再也沒有下文了，這使人都看得出，吃飽飯沒事幹的衙門老爺，沒有旁的本事，專門會虛聲恫嚇的張貼告示，好像把告示朝外一貼，他們就算奉了公、盡了職了。

當地的劣紳郭兆堂和程秀啓，當然有些爪牙在暗地活動，但那些爪牙打聽活動的地方不大，也只限於他們自己的地盤，一超出地界，他們就消息不靈了。再說，那些人跟著郭兆堂和程秀啓辦事，不外是狗仗人勢，晃著肩膀，擺威風搭架子，混點酒飯錢花用花用，要真用他們和會黨鬥法，那還差得遠呢！

日子輪移過去，暴雨把當初貼出的告示收拾乾淨了，卻沒見陳山和王銅的影子。大燧估量著，他們早已改名換姓，覓地安身了；臺地從南到北，橫亙千里，衙門裏靠保甲法爲助，但地方保甲並不那麼熱心辦事，想找一個更名改姓的人，可沒那樣容易，大燧兄弟也就不再爲這件案子擔心了。

逐漸地，兩弟兄對於淡北地區的環境熟悉起來，據傳大嵙崁溪以北的淡水縣境，從初闢到繁榮，爲時不過兩百年左右，早先除了少數的凱達格蘭族，群居在大屯山和角板上的嶺脈附近，靠行獵爲生，整個大加蚋盆地，都是密林和茅草，藏著數不盡的蚊蚋蛇蟲，如今它雖然繁榮了，生田被墾成熟田，並且種植水稻，但屯堡和屯堡之間，也仍殘留著荒涼的餘影，多鬚的老榕，碧色的油桐木，細瘦的樟腦林和雜亂的相思樹，四處叢生著，炎夏到秋間，空氣始終是那樣熱濕而悶鬱，復因受著海洋氣候的直接影響，經常有狂風和暴雨來侵襲，弄得平地水深數尺，一片汪洋。

衙門雖在新莊設有淡水縣署，但縣署除了拏人辦人之外，對於民間遭受的水澇、亢旱、疾病和時疫，從來很少過問；而駐屯淡北的班兵，多數不設營盤，借住在民宅裏，當時一個守兵，月餉是二兩八錢銀子，一個戰兵是三兩一錢銀子，比起每月只得五錢二分工食費的地方兵勇要好過幾倍，這些兵大爺，既不操，又不練的乾住閒，當然就得找消遣，因此，艋舺一帶，遍是地下煙館，地下賭窟，和半開門的娼妓。

郭兆堂之類的人爲貪暴利，包娼包賭，聚眾抽頭，也不光憑他養活的一批打手，而是借重這些班兵，和衙門捕目、捕快的力量，賺的錢，大家有份。如果有人想責難這些地痞，衙門就會用搗亂的罪名，把人給抓了去，關在縣署門口的木籠子裏，叫做枷號示眾；那木籠子很小，一個人關進去，坐不能坐，站不能站，而且頸子上還套上數十斤重的木枷，有人說：那不是囚禁人，而是道道地地的耍猴。

「你們不要以爲枷號的刑法不重，」擺腳陸說：「身子壯實的，還能多撐幾天，也有身子孱弱的，活活被枷死在木籠裏面的呢！」

「犯了什麼罪，就會受枷號呢？」二燧問說。

「這哪有一定？——全看捕目臧他們高興，」擺腳陸說：「比如說，他能賭大錢，旁人不能賭小錢，他能吸食鴉片，你不能依樣畫葫蘆，……總而言之，他隨便可以攤派一個罪名在老百姓的頭上，他看不順眼的，只要他呶呶嘴，人就會被他送到木籠裏去，這是沒什麼道理好講的，真有道理，我也不會埋怨了！」

「哼，衙門就這樣厲害嗎？」

擺腳陸望了氣勃勃的二燧一眼，搖頭說：

「像鄔旦那些傢伙，也夠圓滑的，他們看人，也把人分成三六九等看待的，像地方上有功名的，他不敢動，有財勢的，他不敢動，反而巴結奉承，只是對一般的升斗小民，板下臉毫不講情，……他們也只是推磨的小鬼罷了，厲害在哪裏？」

大燧也看得出來，劣紳和惡吏互相勾結，使艋舺這座繁盛的港區，除了進出的貿易之外，也有了畸型發展的一面，猜拳行令的、醉後喧嘩的、呼么喝六的、冶遊狎妓的、打架鬧事的，形形色色，不一而足，這裏面形成了錯綜複雜的關係，不要講局外人參詳不透，連局內人也未必都能分析清楚。

「照這種情形看，此地平靜，也只是暫時的，表面上的。」大燧關起門跟二燧說：「不論什麼時候，說鬧事就會鬧事，而且一鬧出來，就很難收拾了。」

「鬧事不鬧事，我們也管不著。」二燧說：「當初爹在世時，總愛這樣勸我們，我原先覺得太軟弱，後來卻不再那麼想了。」

「我不是說過嗎？我們打鐵做生意，和氣生財，平時不出去遊蕩，有事也不至於落到我們頭上來，等到我們的鐵舖賺多些錢，把盧大叔的母金還掉，我們也不一定就在艋舺久住，能到鄉下去，開墾一塊田，那要比待在城裏好得多了。」

「是啊！」二燧說：「日子不論貧和富，能活得安穩，才是最好的。」

這話說了沒多久，就有事情發生了。事情並不是發生在艋舺地區，而是有人從諸羅縣城來，傳述過來的，說是在彰化城，漳籍的移民和泉籍的移民，爲了在賭場上使用假錢，雙方由爭執發生大衝突，便各自回去約人，打起群架來了。傳述的人語焉不詳，也沒講結果如何。但這件事情，在淡北漳籍和泉籍的人群裡，卻起了很大的影響。

本來在淡北一帶地方，各屯堡的開拓，都是次第而來的，早在淡水設縣之前若干年，凡是要渡大溪而北，開拓荒地，照例都要先在諸羅縣署登錄，領到開拓狀，算是公墾，——公墾的墾首，應允按季納稅賦，正因這樣，每一村莊屯堡，大都是同籍的人，像克塽時期，屯兵首開竹塹，康熙四十七年泉州籍的陳賴章，初墾大佳臘堡，雍正五年，貢生楊道弘墾興直堡，漳州籍的林成祖、郭元汾，永定籍的胡焯猷、張必榮，相繼經營了新莊、艋舺、板橋、海山堡、新店溪一帶地方，沿衍至今，移民、墾戶，仍然有同籍聚居的老習慣，所以在淡水縣境裏，除了少數商業繁盛地區，是漳泉混居之外，其它地方，漳籍和泉籍的人，是各自分開的。

大體上說，漳籍墾民，多半領有艋舺東南及東北各堡，泉籍墾民，多半領有艋舺正南和西南地區，而在艋舺本身、芝蘭一堡、芝蘭二堡、芝蘭三堡直至滬尾，是漳泉混居的地帶。

在商業區混居，生意上的競爭是免不了的，俗說同行是冤家，這話不能說沒有一點道理，如果其中沒有事件觸發和有人從中挑撥，還能夠忍讓相處，不至於鬧出難以收拾的大亂子來。由於早年在內陸，漳泉地如唇齒，地狹民稠，曾經一再的鬧械鬥，反目成仇，所以，在臺地墾民群中，彼此儘管沒發生大摩擦，但兩方面在關係上也非常單薄、冷淡，各做各的生理，各墾各的領地，各起各的廟宇，各拜各的菩薩，不同籍的人，甚至婚姻嫁聚都有著固執的成見和隔閡。諸羅縣雖遠在中南部，但經常有消息往還，那邊發生械鬥，使淡北一帶的墾民，又想起當年故鄉火併的舊仇宿怨來，因此，這消息輾轉的結果，使艋舺一帶的人心，整個的浮盪起來。

大燧兩兄弟不明白這裏面究竟是誰在興風作浪，只知道一時街頭巷尾都議論著諸羅縣分類械鬥的事，漳籍和泉籍的人，彼此都出了怨聲。

這時候，衙門裏的鄔巨和捕目臧這些人都不見影子了，好像在衙門眼裏，只要不豎旗反滿，那就不是他們的事，可以愛管不管。但當地的惡霸郭兆堂和劣紳程秀啓等人，卻異常熱心的出面了。

「老實講，泉州人跟我們漳州人世代有宿仇！」郭兆堂在漳籍人聚集的地方，直著喉嚨叫嚷說：「目前只是表面上相安，等到他們自認勢力膨脹到超過我們的時候，誰敢說他們不先動手？」

「防人之心不可無！」程秀啓也一敲一搭的，在另一處地方呼應郭兆堂的看法說：「即使他們不動手，我們也要設法提防著，人說：不怕一萬，只怕萬一，我們在艋舺這一帶好幾萬戶，都有生理，有房舍田產，若真翻下臉，我們吃不起這個虧呀！」

「我們沒有什麼旁的方法好提防的，」有一個墾首緊張的說：「我們只有自組聯莊會，大家把力量聚合起來，泉州人不先動手便罷，只要他敢先動手，我們就顯點威風，亮點顏色給他們看看。」

「吳墾頭，你說的對！」另一個年紀輕些的說：「不管衙門怎麼懸禁令，但我們得設法買火銃和抬槍，……，地方兵勇，總該有些槍銃的，衙門就知道，也沒有奈何！事實上，私藏的槍銃還多得很，他們哪能查禁那麼多？」

「我們也不妨先把艋舺這一帶的漳籍人開設的鐵舖，遷到錫口庄和大寮去，讓他們趕打刀槍，至少，像單刀之類的東西，總是越備得多越好，這些鐵舖，無論如何也不能讓對方控制。」又有人拿主意說：「一旦械鬥興起，鐵舖和鐵匠太關緊要了。」

板橋港仔嘴那一帶的泉州人，多半是鉅商豪富，尤其是姓林的，勢力直通閩東閩北，郭兆堂和程秀啓這幫三流的混混，早就有了被欺被壓的感覺。這一回，正好趁著漳籍人群情激憤的時候，放話挑動，好藉著這個機會出頭，把自己的地位朝上攀高。

郭兆堂被他的徒眾推爲領頭，他在漳籍的各莊堡不斷奔走著，危言聳聽，把局勢誇張得非常嚴重，就好像泉州人立即就會打過來似的。

這些平時埋頭工作的墾戶，也弄不清楚遠方發生的事情真相，一聽郭兆堂的話，就緊張起來，以爲禍事來臨了，各莊堡不但把原有的莊丁屯勇聚合起來，更響鑼集眾，把每戶年輕精壯的漢子撥來擔任聯丁，巡邏守望，防備泉州人突然捲襲。

漳州人的墾屯區這樣一動，泉州人的墾屯區也緊張了，消息像球一樣的兩邊拋擲，幾乎所有的消息，對雙方都具有很大的威脅性。泉州人舉出西盛的陳隆，艋舺的黃保正爲首，一樣的組織聯莊會，編隊操練著，防備漳州人會猝然動手。雙方原都沒有事，但經人從中一挑弄，便劍拔弩張，使大械鬥一觸即發了。

而在艋舺的碼頭上，漳泉兩地的商戶聚集著，南部來的船隻和來自內陸各港的船隻也聚集著，生理繁忙，使他們對這種波動更覺得不安。

金寶山錢莊的金太爺，爲了這事設宴，把泉郊郊行的朋友都請到了，他舉杯說：

「諸位朋友，人到海外，八閩都成了一家，人不親土親，我們都是同吃閩江的水長大的，鬍子拖了一大把，難道還會受旁人的挑撥左右？這一回，受了諸羅彰化等地的波及，實在沒有道理，我們平素沒怨沒仇，何必爲了這個，放開生理不做？……這就是兄弟我請諸位來吃酒的意思，想請大家商量個妥當的法子，千萬不能捲進械鬥的漩渦，到那時，想脫身也脫不了啦！」（**乾隆末，林爽文變起，清將柴大紀死守諸羅城，高宗嘉之，因改諸羅為嘉義，但民間仍多呼舊名**）

「金大爺講這個話，實在有道理。」一位泉籍的士紳站起來說：「我們生理人，辛辛苦苦，積些鐵，安家展業，講的是和氣生財。我聽講，這回南邊鬧械鬥，不是在諸羅，實在是彰化賭場，爲賭博的人用假錢鬧起來的，這同我們淡北的漳泉兩地人根本沒關係，艋舺街上，都是做生理的，一文錢也不是容易賺來的，假如械鬥一起，又燒又搶，我們就沒有日子過啦！」

「話是這樣講，不錯的。」一個姓錢的老爹說：「不過，如今艋舺附近的各莊各堡，都受了郭兆堂和程秀啓他們的挑動，拉起聯莊會來，紛紛打製刀矛和收購銃槍火藥，我們用什麼方法，一面不捲進去，一面得阻止械鬥的發生，這才是要緊的事情……。」

「我們各郊行，不妨先商議妥當，不參加械鬥，」金寶山說：「然後再推舉出人來，分別拜訪各莊保的墾首、總董和保正，勸他們不要輕舉妄動，這樣，械鬥也許就不會打起來了，諸位看看怎麼樣？」

「我們只能說盡力去做。」姓錢的老爹說：「艋舺一帶大小幾百個莊堡，情形複雜，郊行能有多大的力量？如今還不敢講，何況有人在中間興風作浪，事情更沒有那麼簡單，只好朝前一步是一步了。」

金寶山和郊行的人真心不願眼見流血械鬥的發生，他們果真分往各莊堡去勸說去了，但民間彼此猜忌的心，始終放不下來，那些包打聽式的流言，更像踢球般的來回亂滾，使碼頭商戶們的努力白費了精神。

這時候的郭兆堂可就更神氣了，他上街時，前呼後擁的跟著一大陣徒眾，他常常把朱五的一幫子人匯合，逼著艋舺一帶漳籍的人要聽他的話。

「你們要是不聽我的話，」他對漳籍的居民說：「日後真起械鬥，你們全戶被燒殺精光，我們也沒去法子救援你們，你們去找金寶山好了，看他又能給你們什麼樣的擔保？」

郭兆堂用盡各種方法，脅迫漳籍的人跟著他走，緊接著，他便脅迫起漳福號的大燧兄弟來了。

「我說，你們倆兄弟的鐵舖，要立即遷到錫口莊去，替我們打製刀矛之類的東西。」他說：「在艋舺可不成，因爲亂子一起，泉州人就會先把你們給擄去，迫你們替他打製這些兵器，掉過頭來殺我們，正因有這種顧慮，你們的鐵舖，非遷不可。」

「我們一向不打製刀矛之類的東西，郭大爺。」大燧說：「我們是生理人，只賣農具，我們不願意參加械鬥，難道非遷不成嗎？」

「我說要遷，就是要遷！」郭兆堂翻起眼來說：「你們囉嗦什麼？……所有漳州人開的鐵舖，都得遷離艋舺，不能落在泉州人的手裏。」

「我們不遷！」二燧蹦出來說：「你們沒道理行強，硬逼我們遷走。我們不參與械鬥，犯什麼法呢？」

「嘿，小傢伙，你算瞎了眼了！」郭兆堂背後竄出一個保鏢，伸手就抓住二燧的衣領說：「郭大爺的話你不聽，你是活得不耐煩了？」

「用不著動手，」大燧一瞧光景不對，便捺住性子說：「我這兄弟，年紀輕，不曉事，說話莽撞些，大家都是漳州人，動手讓旁人看笑話，多沒意思。」

「放開他！」郭兆堂說：「我要你們把鐵舖遷到錫口莊去，並不是什麼壞意，你們要曉得，艋舺這個地方，環境複雜，日後不鬧亂子便罷，一鬧亂子，就會先從這裏鬧去，那時候，不分青紅皂白，誰還能顧得了你們？假如泉籍的人把刀架在你們脖子上，逼你們打刀矛，你們還能不打嗎？」

「既然郭大爺你這麼講，我們答允遷到錫口莊好了！」大燧硬著頭皮說：「我們不願參加打群架是真的。」

「誰要你們掄刀上陣來？」郭兆堂說：「我們只是要鐵匠替我起爐昇火，打製應用的鐵器。你既然答應遷到錫口莊去，明天我們著人放車來搬運鐵舖的東西。」

郭兆堂究竟是個混人頭的人，他不願意當街出惡聲，來對待這漳籍的年輕人，如今他在風頭上，網佈得密，不怕這兩個小鐵匠會插翅飛到天上去，因此，對於二燧出言忤觸，他便不作計較了。

等到郭兆堂領著他手下的嘍囉呼嘯而去之後，二燧便出聲怨起大燧來說：

「我們為什麼要辛辛苦苦跑來海外？這不是又被人牽著鼻子了，艋舺不是三家村，姓郭的憑什麼要強逼漳福號遷到錫口去，替他們打製刀矛凶器？」

大燧望著門外灰雲密佈的天，嘆了一口氣：

「當然，姓郭的不算什麼，但我們更是勢單力弱，憑血氣跟他們硬鬥，眼前的虧吃不起呀！就算我們把金寶山大爺抬出來，壓不住姓郭的，反而會給金大爺添麻煩。我只能暫時答應他們，等他們走後再想辦法。」

「你又能想到什麼辦法呢？」二燧說。

「辦法總是人想的。」大燧說：「不過，我們的時間不多了，明天之前，我們非想出法子來不可。」

二燧坐在滿是碎鐵屑的座凳上，兩手托著下巴，一臉悶鬱的神情，使大燧看了，很覺得難受。二燧才不過十六七歲年紀，人就陰鬱得像廿歲似的，硬是被這些困人的事情磨得老成了。

「你別忘記，我們這些東西，都還是借盧大叔的錢買的，」二燧說：「我們不能輕易的把它丟掉，假如鐵舖開不成了，日後拿什麼東西還人家的債？」

「我知道。」大燧說：「我們不能逃掉，說實在的，逃又能逃到什麼地方去呢？」

兩兄弟正在發愁的時刻，擺腳陸一跛一拐的來了。

擺腳陸沒等大燧他們開口就說：

「事情我全知道了，郭兆堂爲了不讓漳州人在械鬥的時候吃虧，便想出這種主意來，把漳州人開的鐵舖都遷到錫口莊去，好打製兵器，其實，這邊漳泉兩地的人，一向還算和睦，若沒有人從中挑撥，不會打群架的，假如日後真打得頭破血流，郭兆堂他們，就是罪魁禍首。」

「我們不願幹的事情，偏有人強迫我們做！」大燧說：「氣人就氣在這個地方。」

「生氣有什麼用處？」擺腳陸說：「郭兆堂、程秀啓，再加碼頭的朱五，籠罩了艋舺半邊天，你們再怎樣也鬥不贏，依我看，你能只能暫時受一點委屈，先把鐵舖遷到錫口莊去再說，沒有毛鐵，也打不成兵器。」

「他不會找你嗎？」大燧說。

「找我又有什麼用？」擺腳陸說：「他們既要我出去收毛鐵，就沒法子看住我，我們做生理的人，吃飽飯沒事幹了？要打這種架？……你們遷到錫口莊，我會暗中找人和你們連絡，郭兆堂不逼你們，你們不妨待在鐵舖裏，等他逼你們參與械鬥，那時刻再想辦法好了！」

聽了擺腳陸這樣一說，大燧覺得心寬了一點，雖仍有些委屈，實在也想不出旁的法子來了；擺腳陸告訴兩兄弟，說是各郊行人，不分漳泉，也在集議，不願使械鬥在艋舺一帶發生，因爲那樣一來，生理做不成了，不知會有多少戶人家破產。

「也許金寶山大爺他們，能把械鬥平息，」擺腳陸最後說：「那時候，你們再遷回艋舺來，郭兆堂一樣沒法子留住你們。」

擺腳陸儘管這樣講，艋舺市上的情形，卻顯得十分的混亂，誰也不敢說日後會發展成什麼樣的局面？有些墾民，明顯的經不住旁人的煽惑，像著了魔似的口出怨氣，好像非打這場架不可的樣子。在漳籍人士和泉籍人士分別供奉的廟宇裏，無數的人湧了去求籤問卜，燒香祝禱的，使得氣氛極爲緊張，好像只要投進一粒火星，就會全面怒熾起來了。

二天一清早，郭兆堂就弄了一輛笨車（和牛車同一型式的車），把漳福號鐵舖所有的東西作拆卸裝車，把大燧二燧這兩個年輕的鐵匠簇擁著，遷往錫口莊去。

一路上，經過大稻埕中崙坡那些地方，遇見好幾批漳籍的聯丁群聚在空場上操練，殺喊連天的砍刀踢腳，和大燧兄弟倆一道被迫遷的漳籍鐵匠還有兩三個人，彼此交談起來，那幾個都說是：泉籍的人在西盛、加蚋仔、溪州那一帶，一樣的聚眾操練，陳隆和黃保正一些領頭的人告訴各泉籍的莊堡，要提防郭兆堂、程秀啓突然領人過去襲擊。據說陳隆是首先開拓大佳臘堡的泉人陳賴章的後代，他對他的族人呼籲，說是這塊地方是我們先祖流汗開出來的，決不能讓漳籍的人來亂糟蹋，他們若真打過來，我們一定打過去，不讓他們佔半分的便宜。

那幾個鐵匠，顯然跟大燧兄弟的想法不同，聽口氣，他們很願意替同鄉賣命，眼見漳籍的人打贏。

「我們的人數，要比泉籍的人多！」一個說：「所佔的地勢，也好過他們，真要打起來，十有八九，我們會贏，那時候，對方在艋舺就站不住了。」

「當然，當然！」另一個生絡腮鬍子的說：「旁的不講了，就拿我們的巨人朱五來講吧，他一個人就抵得上對方三五十個，誰能擋得住他那柄六七十斤重的大刀！他要掄砍對方的人頭，不是像砍瓜切菜一樣？」

「聽講朱五有個妹妹，人叫花娘的，也是練功夫的人，雙刀舞得像一片雪。」另一個說：「有他兄妹倆打頭陣，泉州人非敗不可。」

「你們可不要太樂了。」年紀較大的一個鐵匠說：「人常講：人外有人，天外有天，據我所知，泉州人裏面，也有功夫好的，力大無窮的人，能夠鬥一鬥朱五的，到時候，你們就會明白了。」

「笑話！」生絡腮鬍子的那個不服說：「什麼樣人能鬥得過朱五，你講給我們聽聽？」

「嘿，如果沒有，我這麼一把年紀了，會亂講？」年老的一個說：「泉州人裏，有個西盛之虎，你們聽說過？」

「西盛之虎？」大燧好奇的問。

「不錯。」年老的那個點著頭：「其實我並沒有見過他，也都是聽人傳講的，說他的身材正跟朱五相反，他是矮子，但身體結實，慣用兩柄銅錘，每柄錘都有卅多斤重，估量他的力量，並不比使大刀的朱五差到哪裏去，泉籍的人，都稱他矮腳虎，因爲他住在西盛，旁人便叫他西盛之虎，……這個人，日後必是大刀朱五的勁敵。」

「他姓什麼叫什麼？」二燧說。

「姓王，」老鐵匠說：「叫什麼名字，我一時倒記不起來了。」

「嘿，我可不信這個邪！」生絡腮鬍子的漢子說：「你這存心是編來唬唬兩個孩子的。我決不相信泉籍的人裏，能挑出比大刀朱五更強的人。」

「兄弟，你這就弄錯了，」年老的那個搖著頭說：「人常稱：一瓶不響，半瓶晃盪，朱五仗著他的身材高大，力氣驚人，成天在艋舺街上橫著走，太招搖了！而那矮腳虎從沒出頭露面，這好像是走棋一樣，郭兆堂走了明著，對方卻走了伏著，到末尾，朱五說不定就會吃大虧，不信，你們就朝後瞧著罷！」

「我不信就是不信，我們打個賭怎樣？」

「你拿什麼作賭，我都願意賭。」

人說：一根棍子打不響，偏偏這兩個是好抬槓的，湊到一起，說抬就抬了起來，一個臉爭得發紅，一個喉嚨放得特別大，好像吵架似的。

「我看算了罷，空抬這個槓幹什麼？」大燧說：「我們並不希望真的鬥出大械鬥來，……那得死多少人？損失多少財產？何況這種事，一旦鬧開頭，永也沒有完的，同是八閩人，自相殘殺有什麼好處？」

「咦？這就怪了？」年老的鐵匠很冒火說：「我活了這麼一把年紀，要你來教訓我？……漳州人不抱氣，還算是漳州漢子？」

生絡腮鬍子的那個譏嘲說：「架還沒打開呢！你就抬出西盛之虎來，長他人志氣，滅自己威風，你哪還能反過來罵他們年輕人？」

「你又懂得什麼？」年老的鐵匠說：「我提西盛之虎，只是提醒大家，不要過份托大，我可沒說不打這個架！誰像他們兩個，膽小怕事，還要扳起臉教訓人？」

「好啦，老伯，是我不對。」大燧說：「這個話，只當我沒講好了，我只是勸兩位不要在路上抬槓，架還沒打呢，先抬個面紅耳赤，何必呢？」

「嗯，」年老的鐵匠點點頭：「這話才像是人話，我這個人，脾氣不好，跟人抬槓抬慣了，一時真還改不過來……無論如何，我還是賭西盛之虎贏！」

遇到這種死抬到底的執拗人，大燧只有苦笑，拿他沒辦法。他認真想過，對方雖然活了一大把年紀，也許他根本沒有經過大械鬥，沒親眼看過那種流血見紅、死人無算的慘痛光景，他們若真見過像白銅隘口械鬥時那種家破人亡的慘狀，興致就不會有這麼濃了。

他們總算到了錫口莊，也停止了這場爭執。

無論如何，陷在緊張氣氛裏的漳籍墾民，對於這批會打鐵的匠人總是極爲歡迎的，大燧看得出，他們並不完全想參與械鬥，只是被那些風言風語的傳說搖動了，跟著窮緊張，唯恐對方先動手，打過來燒殺焚掠，使他們家破人亡；這種盲目驚懼，力求自保的心理，牢牢黏附在每個人的心底下，可不是誰能用一番言語消解得了的。

鐵匠們被安頓在近山麓的棚屋裏，由錫口莊的保正承允照應。那個老保正姓張，年紀過五十了，他本身就是這一帶的墾首，完全一副鄉下人的樣子，四方四正的臉孔，深直平板的皺紋，使人一眼就看得出他誠實本訥的性格。很顯然的，他對外間的事情根本弄不清楚，就被郭兆堂鎮住了。

「聽說泉州人在新莊、西盛那一帶，白日黑夜行操練啦，要把我們漳州人趕出艋舺。」他說：「看樣子，這個架，不打是不行的了！」

大燧沉默著，塞著一心的悶鬱，他明白在這種情形下，嘴上沒長鬍子的年輕人，說話根本沒有份量，沒有誰能聽得進去的，漳泉兩地原始的仇恨，始終在他們心裏存留著，這片惡毒的瘴霧不除，淡北一帶地方，朝後去只怕不得安寧了。

鐵舖在屯丁、聯勇的協助下，重新作了安頓，各漳籍地區的城堡，都搜羅了很多毛鐵和雜鐵，使笨車運送到錫口莊來，以便回爐再煉，打製刀矛。

郭兆堂和程秀啓被人簇擁著來看視過，在一片緊張和混亂裏，他們彷彿都搖身一變，變成號令各漳籍莊堡的大人物。

「鐵舖得儘快的起爐昇火，」郭兆堂對陪著他的張保正說：「最好在月內趕打出一千張單刀來，分配到各莊堡去應用，有這許多鐵匠在，我想該沒問題。」

「郭大爺，我倒不怕旁的，」張保正說：「衙門裏早就懸有禁令，民間嚴禁打造刀矛火器，然而，各鐵舖也有偷偷打刀的，但像這樣把鐵匠召聚起來打造兵器，萬一消息走漏，一頂帽子壓當下來，誰都扛不了啊！」

「你放心。」郭兆堂拍著胸脯說：「爲械鬥打刀，你請衙門來管，他們都不會管，決不會把豎旗造反的罪名，加到我們頭上的。」

「一千張刀不是小數目，毛鐵恐怕不夠，」張保正說：「人常說：巧婦沒米難做飯，沒有足夠的毛鐵，怎能趕打出足夠數量的單刀來？」

一提到毛鐵不夠數量，郭兆堂便皺起眉毛來了。

「這倒是一個大問題，」他尋思著：「我在幾天前，派人四處去找專做毛鐵生理的擺腳陸，連人影也沒見到，也許他下鄉收鐵去了？……這樣罷！等我一找到他，我就要他設法子弄鐵來，當然是越多越好。」

「只要有毛鐵，打刀就簡單得多了。」張保正說：「錫口莊附近是產煤的地方，煉鐵用的煤炭多得很，既爲漳州人保產保命，我想，這些鐵匠都會盡力的。」

「那可不一定！」郭兆堂抬眼看見大燧兩兄弟站在旁邊，便陰冷的笑一笑說：「各人的想法不一樣，有人不抱氣，膽小怕事不講了，竟然還有一番道理！……這種人，算不得是漳州漢子，我們也就不必對他們客氣。」

「郭大爺，你不必轉彎說話，」二燧瞪著眼說：「各人有各人的想法，你怎能強著旁人？講老實的，日後艋舺地方，漳泉兩地起械鬥，就是你領頭挑撥出來，不論你怎樣對付，我賴二燧就是不打那些凶器！」

二燧生就的牛脾氣，話一出口，大燧想攔也攔不住了，郭兆堂這種人，怎肯讓一個後生小子當眾頂撞他？當時就翻下臉來，朝背後一擺手說：

「替我把這個小子捆上，不給點厲害給他看看，他還不知道我是什麼人呢！」

他這樣一吆喝，背後竄出四五個漢子，把二燧捉住了，大燧情急，上去懇求說：

「郭大爺，這又何必呢？我兄弟年輕氣躁，不懂世故，一時衝撞你，我陪罪就是，不必給他罪受，你就抬抬手，放了他罷。」

「不成！」郭兆堂說：「你今天就是跪地求我，把膝蓋跪出血來，我也不能放過他——人人都像他這個樣子，漳州人還想在淡北站得住腳麼？」

跟隨郭兆堂的那些打手，吆吆喝喝的把二燧押出去，捆在錫口莊頭的一棵榕樹上，郭兆堂逼問他究竟打不打刀矛，二燧還是不肯打那些東西。

郭兆堂被他激怒得兩眼通紅，他手上沒有皮鞭，便隨手抄起一根做炭柴用的相思木棍，猛撻二燧的肩和背，一口氣打有十多棍，把二燧打得瞪眼咬牙，昏了過去，郭兆堂吩咐人取水把他潑醒，再揪著他的頭髮逼問，二燧仍然回他一個不字。

「哼！」郭兆堂指著二燧，對張保正說：「你瞧瞧罷，保正，像他這種人，還能留著麼？不如用一頓亂棍把他打死掉算了，免得替我們漳州人丟人。」

「我看這樣罷。」張保正說：「他究竟還是年輕氣盛，最好先交給我，一面替他敷藥調養，一面好好的勸勸他，假如泉州人真來打我們，我不信他會睜眼看著。」

俗說：強龍不壓地頭蛇，錫口莊總是張保正的地盤，郭兆堂自不便勉強，若是在艋舺，二燧十有八九是沒命了！二燧被郭兆堂打得遍體鱗傷，口吐鮮血，虧得張保正的一番話，才留下命來。而郭兆堂打完二燧之後，還關照張保正，多派莊丁，在鐵舖附近值崗，那意思很明顯，——他不願這批鐵匠溜走。

郭兆堂走了，這批鐵匠才幫著大燧，把被毆傷的二燧解開捆綁，扶到床榻上去，大家忿然的議論這個姓郭的竟然下狠手，痛毆一個年輕的孩子，實在太不應該了。

「泉州人還沒見影子呢，為了幾句口舌爭執，就把自己人捆起來打成這樣，這算是什麼？」年老的鐵匠說：「械鬥是不得已的事，沒誰願伸著頭找架打，我們又不是吃他姓郭的飯長大的！」

「講起來也很怪！」生絡腮鬍子的那個說：「在淡北地方，漳州人裏，有名望的、有學問的士紳多得很，怎麼會讓郭兆堂和程秀啟這幫人來當領頭的，我們在艋舺住久了，對他們的底細摸得很清楚。」

「不錯，」年老的鐵匠說：「郭兆堂一向跟衙門裏的人走動，艋舺的老住戶，誰都知道的，若是械鬥對他沒有好處，他會這樣熱衷？……從他毆打二燧小兄弟來看，他決不能當領頭的。」

「我沒有旁的話好講！」大燧恨聲說：「今天即使他打的不是我的兄弟，我也要講老實話，他這種做法，太過份了。」

張保正找來一個治療跌打損傷的醫生，替二燧敷藥，說他的傷勢不輕，至少要躺一個多月，走既然走不了，抗也抗不成，大燧只好忍氣吞聲的升火打鐵，趕製單刀。每當灼亮的火花在他的眼前迸飛游舞時，他便會想起白銅隘老家的鐵舖。他願意相信命運，但他覺得有一條無形的鎖鍊，緊緊鎖住他倆兄弟，使他們脫出一個噩夢，重新陷進另一個噩夢。

他跟二燧的性格，其實同樣執拗，只是不像二燧的那樣火爆，略顯穩重平實些罷了，如今二燧開罪郭兆堂，被打成這樣，俗說：傷筋動骨一百天，即使有了機會，他總無法把二燧揹了逃出去。再說，向盧大叔借來的本錢，全都投在鐵舖裏了，若把鐵舖扔棄在這裏，再用什麼去謀生？這種情勢，逼得他非忍不可。

由於艋舺附近地方的漳、泉籍移民眾多，雙方一時都探不清對方的虛實，儘管郭兆堂和程秀啓在當中極力慫恿，漳州人也不願冒冒失失的先動手，所以情勢雖然極爲緊張，總是密雲不雨。

到了中秋前後，天氣變化無常，明明是炎日當空的晴朗天氣，忽然會從天邊翻起烏雲。轉瞬間，雷電交加的落起暴雨來，艋舺一帶，群山環抱，地勢低窪，一場暴雨，便使平地變爲澤國，沒等水勢退落，緊接著又起了巨大的颱風，這種從海上撲來的風暴，威稜稜的橫掃陸地，造成嚴重的災害，使人們無暇再顧及其它，這樣一來，雙方械鬥的事，便在拖宕中陷入停頓了。

這時候，艋舺街的郭兆堂，傳說被人在新美鳳門前刺傷了。事情的經過，傳說並不詳盡，據稱郭兆堂得勢之後，常去找艋舺阿鳳，有意要娶阿鳳做妾，因爲阿鳳跟若干碼門裏的人物有交往，郭兆堂不敢過分強逼，只是一味的糾纏。

那天夜晚落雨，郭兆堂在阿鳳的屋裏留到初更時分，他離開新美鳳時，前後都有保鏢的扈從，走到前面的一個保鏢，拎著一盞燈籠，打著一把油紙傘，郭兆堂本人也打了一把油紙傘，他身後還有兩個保鏢，都帶有攮子。……雨夜的燈籠光，搖曳著一圈細碎朦朧的光影，那種光，也只能照亮眼前泥濘的路面，根本照不亮遠處的沉黑，不過，郭兆堂和他的保鏢都沒想到有人會暗算，離開新美鳳妓院一轉彎，有一條巷子，拎燈籠的剛走過去，忽然從黑暗裏旋風般的撞出一條黑影，飛快的從郭兆堂身邊擦過去，當時只聽到郭兆堂吐出一聲啊呀，那黑影竄過去，郭兆堂雙腿一軟，便倒到水窪裏去了。

後面的兩個保鏢怔了一怔，趕上去扶人，這才發現郭兆堂右腰上被人戳了一刀，不斷的朝外湧血，連話都說不出來了，保鏢們顧著救人，就沒法子分身再去追人，使那行刺的人輕易溜得無影無蹤了。

郭兆堂被抬送回宅裏去，並沒有經官報案，那一刀究竟是被什麼人戮的，不得而知，正因爲行刺的人在逃，各方面的猜測和議論就多了，有人說，這完全是漳籍的人裏，有人爭權，想作頭領，這樣，非得把郭兆堂整倒不可；誰最可能接替郭兆堂呢？當然是程秀啓了，議論的人雖沒指名道姓說是誰來，但總暗示著這事和程秀啓之間，必有某種程度的關聯。

程秀啓當然也聽著這種傳言，爲了表示他本身清白，他親自去看郭兆堂的傷勢，同時對外宣稱，他非要查出兇手來不可，至於兇手是誰，程秀啓又暗示，這可能是泉州人搗的鬼。

「可不是嗎？」他到處這樣攤開手說：「對方看著郭大爺出面拉合漳籍的各莊堡，他們記恨在心，總想把郭大爺暗算掉。」

但在艋舺的泉籍士紳，立即否認有這回事。陳隆也公開的站出來說：

「我們泉州人只求站住腳，不受人欺，還不至於去刺殺一個郭兆堂，這種卑鄙事，我們決不會幹的。」

兇手還沒有找到，受了刀傷的郭兆堂就在宅裏斷了氣了。漳籍人士重新推了程秀啓做頭領，程秀啓出面替郭兆堂治喪，一口咬定郭兆堂若不是死在泉州人手裡，就是死在會黨的手裏，他更當著來弔喪的人，大聲疾呼著，要大家擰合起來，找泉州人報仇。

泉州籍的地方首領陳隆也真有膽量，他一個人，空著兩手，到漳籍的各莊堡去，遍訪當地的總董和保正，說明在真兇沒查出之前，千萬不要意氣用事，硬使泉州人受這種冤枉。

「我們絕不怕事，」他說：「即使雙方真的過不去了，要興械鬥，我們也是明來明去，決不會做出這種見不得人的鬼事來，郭兆堂算得什麼？一個巴結衙門，奉承官府，從中取利的地頭蛇，殺他還怕污了我們的刀呢！……人說，和爲貴，漳泉兩地的人，在淡北一向相安無事，可不能受人挑撥，一刀一槍的對起陣來。」

泉州人那方面，既然有陳隆挺身出面，擔保決不先找漳州人打鬥，各莊堡便略略放了心，緊張的氣氛，當然也減除了大半。人本來就不願打群架，陳隆既有這樣的擔保，誰沒事幹了，要主動去找麻煩？這一來，恁由程秀啓叫破了喉嚨，也沒人跟著他動了。

等到消息傳至錫口莊，這些鐵匠們便也不趕著打造刀矛了，大燧把消息告訴躺在病榻上的二燧，問他說：

「二燧，你以爲郭兆堂究竟是被誰刺殺掉的？」

「這還用問嗎？」二燧說：「當然是程秀啓了！」

「會是程秀啓？」

「事情是明擺著的，」二燧說：「郭兆堂和程秀啓兩個，都是艋舺的毒蟲，他們興風作浪，趁亂混起來，當然誰也不願意聽誰的，程秀啓派個人刺倒郭兆堂，再把罪名推到泉州和會黨頭上，他是獲利最大了：一方面，他做了領頭的，一方面，他以爲各莊堡會聽他的話，掀起械鬥來，誰知陳隆比他高明，親到漳籍地區把話講明，——械鬥不起，程秀啓那個首領，就有名無實啦！」

二燧這種看法，並不是沒有道理的，在幾個鐵匠裏面，大都跟二燧的看法相同，認定刺殺郭兆堂，是程秀啓暗中派人幹的，等郭兆堂如他心願斷了氣，他又掉轉頭來，貓哭老鼠假慈悲，想嫁禍到泉州人頭上去。

程秀啓也曉得各地的傳言，對他極爲不利，便用盡各種方法，企圖替自己洗刷，不過，洗了髒卻洗不掉臭氣，各莊堡對程秀啓的信任，便大大的減弱了。

程秀啓在艋舺混世，不過空搭一座架子，追隨他的，只是少數不務正業的流民，說來毫無實力可言，各莊堡既不肯聽信他，他就變不出花樣來了。

郭兆堂死後，留下蓮花街那塊地盤和他手下的一些黨羽，程秀啓原想一舉端過來，收爲己有，由於流言蜚語，使他身價大跌，同時也引起郭派的人的疑怨，不願被對方就此合併掉，他們便另行推舉了郭兆堂的左右，在凹斗仔地方出生的蠻漢柱仔做頭領，繼續保有原先的地盤，和程秀啓的大眾廟口一股勢力對抗。

柱仔是年輕兇悍的，他自幼孤苦，在碼頭上浪跡，靠刀子和拳頭打天下混日子，他沒念過書、進過舉，完全是目不識丁的粗人，郭兆堂原來看他不順眼，唆使手下人，想把柱仔擺平，但幾次勞師動眾，反被柱仔打得頭破血流，狼狽不堪。

郭兆堂腦子聰明，一看耍硬的行不通，立即改變方法，對柱仔用起軟功來。

郭兆堂所謂的軟功，無非是用財和色作餌，極力拉攏；他托人請柱仔吃酒，又在地方上給他安排一個差使，使他不必成天在碼頭上訛吃騙喝的打浪盪，這樣仍怕籠絡不了柱仔，更把他的堂妹郭阿嬌許給柱仔做老婆，使兩家變成了至戚。

柱仔是個頭腦簡單，只講蠻勇的人，自然很容易的就被郭兆堂的軟套子套住了，變成郭兆堂身邊的得力助手，再加上他的妻子郭阿嬌也練過武術，使柱仔在蓮花街郭兆堂的地盤上，有了很大的勢力。

郭派的黨羽看出大眾廟口的程秀啓一心想吞併這邊，挽回他逐漸衰落的聲望，便把蠻勇肯拚的柱仔抬了出來，和程秀啓對抗。

也算是程秀啓的運氣不好，他手上有個打手叫黑釘的傢伙，一天跑到蓮花街附近的食堂喝酒，被柱仔手下看到了，以爲黑釘是來打探這邊動靜的，黑釘喝酒喝得醉醺醺的，出了食堂就被柱仔截住了，押回去審問，不審問不要緊，一審問便問出一項秘密來，——原來郭兆堂就是被程秀啓唆使手下人刺殺掉的。

柱仔是用刑求拷問，問出這項秘密來的。

「哼！」他聽了黑釘供認出的經過，忿忿的說：「程秀啓這隻老狗，竟然用這種手段整人?這就看出，他早就存心想吞併我們的了！我們該怎樣對付他?」

柱仔手下人一聽說要他們拿主意，七嘴八舌的，意見就多了，有人主張把黑釘捆了送官，作爲活證，讓程秀啓脫不了一場人命官司；有人主張私下了斷，把黑釘先宰掉，再用同樣的手法去對付程秀啓。

杜仔認真想過，程秀啓是個詭計多端的人，任何案子，只要一經官，他便能找出脫罪的門路來，官司拖延不決，他便會想盡方法來對付蓮花街口派的人，這對自己極爲不利。一般說來，凡是在地方上混的，再大的案子都習慣自己了斷，他要對付程秀啓，非要以牙還牙不可！

第二天，有人在淡水河裏撈著黑釘的屍體，渾身沒有太顯著的傷痕，即使有幾塊青紫，也像是碰撞出來的。

發現黑釘屍體的，是在河邊打漁的老頭，他撈著屍體之後，便嗐嗐呼呼的稟告了當地的保甲，牌頭一看，認出是程秀啓手下的打手黑釘，當時就跑去告訴程秀啓。

黑釘平素喜歡喝酒，身上又沒有明顯的外傷，程秀啓心裏雖然生疑，但表面上卻不動聲色，立時斷定是黑釘酒後亂性，失足落水溺死的，當地保甲當然不願在管轄的地方，鬧出人命案子，平白的添惹麻煩，所以便順著程秀啓的意思，塡具了酒後失足、落水溺斃的單子，朝上一塞，黑釘的屍體，便交給其家屬領回埋葬去了。

程秀啓做人老謀深算，他疑心到這案子是蓮花街杜仔那批人幹的，但一點證據也找不到，杜仔那幫人也絕口不提，彷彿根本沒有這回事一樣。

任何案子，不怕鬧得大，最怕這種打不破的悶葫蘆，程秀啓對於蠻悍的杜仔，原就有三分畏懼，這一來，他更是提心吊膽，日夜惴惴不安了。杜仔既能動手放倒黑釘，就能差人對自己動手，程秀啓不得不多添打手，進進出出的跟隨在左右，怕柱仔冷不防的把自己放倒。

蓮花街的，和大眾廟的兩個漳籍的幫派，彼此暗鬥，使得他們再沒有精神去各莊堡挑動漳泉分類的械鬥了。這事情，泉籍人的領頭陳隆也看得很清楚，他當然不願多管閒事，只是冷眼旁觀，一面暗行戒備著。

不管在這季節裏，天氣怎樣的變化無常，程秀啓對於如何打倒柱仔這幫人的心思，卻一直在盤旋著。論雙方人數，大眾廟口由他領著的人，遠比柱仔所領的人數多，但自己領的這些傢伙，沒有誰不怕柱仔的，動起手來，柱仔一個可以打這邊十個，他想到剋制柱仔唯一的方法，就是要拉攏碼頭的巨人朱五，只要肯站在自己這邊，去對付柱仔，就不愁柱仔不垮了。

按理說，柱仔早先是在碼頭上淘混的，在關係上講，應該跟朱五比較接近些，但程秀啓在這方面要比柱仔強過多多，他連接著請朱五吃酒，又召妓作樂，很容易就把巨人朱五給拉了過來。程秀啓明白，朱五雖然沒有腦筋，但總不能直截了當的要他去跟柱仔拚鬥，他得用激將法才成。

有一天，在新美鳳阿鳳那裏，請朱五吃酒，席上談論起誰是漳籍人士裏最有功夫的人，巨人朱五扯開衣襟，一拍他多毛的胸脯，大笑說：

「你說是誰罷？難道還有誰勝過大刀朱五的？……上回誰跟我講，說是泉籍人裏，有個矮子，使鐵錘，叫什麼西盛之虎的，可以跟我走幾招，他們這一講，惹得我發火，正要找那個西盛之虎鬥一鬥呢！至於漳籍人，若說我是天上王大，那……嘿嘿，只怕連一個配稱地下王二的人全沒有了，誰還能跟我朱五比？」

「我看，這倒沒一定啦！」程秀啓捧著白銅水煙袋，瞇眼笑說：「說來你是知道的，蓮花街郭兆堂的妹夫，叫柱仔的蠻漢，他自稱他是漳州第一條好漢呢！」

「柱仔?!」

「可不是？」程秀啓說：「上回他在好多人面前誇口，說他的功夫好，在淡北的漳籍人裏面，沒有人能跟他相比！……有人搖著頭，提起你來，問他說：『柱仔，你恐怕忘掉碼頭上的大刀朱五爺了罷？』他說，……你知他怎麼說？他說：『朱五只是有一身蠻力氣，笨得像豬公一樣，他根本不是我的對手。』……這話是他講的。」

程秀啓這一撥弄，氣得朱五把酒杯都砸爛了，他連連拍著桌子說：

「好，小子！我這就拎了大刀去找他去，三刀不劈掉他半邊腦袋，我就把朱字倒著寫！有我在艋舺，哪有他柱仔賣狂的？」

「這又何必呢？朱五爺，」程秀啓說：「我們今天只管吃酒，柱仔他除非不在艋舺混下去，總有一日被你撞上的，不叫他吃些苦頭，他不會知道你朱五爺的厲害。」

儘管程秀啓這樣勸說，朱五的怒氣一時也難以平息，他一碗一碗的吃著酒，嘴裏不乾不淨的一直罵著柱仔，等他回去之後，又跟他的徒眾說起非要找柱仔比劃不可。柱仔的耳目也很靈通，很快就知道程秀啓已經把大刀朱五籠絡住了。

「你們千萬要當心，大刀朱五可不是好惹的人物。」他跟手下人告誡說：「他那柄足重六七十公斤的大砍刀，誰也擋不住他。」

「大刀朱五要真幫助程秀啓，我們麻煩就大了，」一個說：「弄得不好，恐怕我們想在艋舺立住腳都有問題，——我們總不能長久避著他呀。」

「我只是要你們小心防範，並不是真怕他。」柱仔說：「朱五固然難惹，其實也沒什麼好怕的，我們必得在朱五沒有找上來之前，先設法子把程秀啓放倒，只要沒有人在背後唆使，朱五一個人就容易打發了。」

「既是這樣，我們只好忍著。」另一個說：「只有受委屈，才好使程秀啓疏於防範，讓我們有對付他的好方法，不動手則已，一動手就要擺平他。」

蓮花街口這幫人，方法不是沒有，但程秀啓深藏不露，始終不給對方的機會，而大刀朱五一經在蓮花街一帶露了面，他扛著大砍刀，大搖大擺的走在街當中，使柱仔不得不躲了起來，唯恐一旦遇上，便脫不掉一場不必要的火併，而他毫無把握拚得贏朱五。

大刀朱五找不到柱仔，也曉得柱仔故意躲避他，他便橫著刀，到柱仔家的門口坐著，用盡污穢的言語辱罵，把柱仔的祖宗八代都罵進去了。

頭一天沒罵出結果來，二天朱五又跑去罵，罵著罵著沒人理會，他發了火，跑去用刀劈門，這一劈，把柱仔的老婆郭阿嬌給罵出來了。

年輕貌美的郭阿嬌，穿著粉色湖皺的衣裳，站在門邊像一朵花開似的，朝著來人朱五說：「朱五爺，我們那裏得罪你，惹你生這麼大的氣，又用刀把人家的門都劈壞了？」

朱五拎著刀，原以爲會逼出柱仔來的，誰知一劈劈出這麼一個嬌艷如花的女人來，用水汪汪的眸子盯著他，輕言慢語的跟他說話，使他呆怔在那裏，窘得自覺異常的難堪，他手裏握著的那柄大刀，也跟著變得輕飄飄的，沒有份量了。

這樣呆了一會，他才擠出話來說：

「妳是柱仔的女人？」

「我是的。」

「柱仔呢？」他說。

「出門去了。」女人說：「到桃仔園看朋友去了。」

「我是來找他的。」朱五說。

「找他有什麼事呢？」女人裝作不知道的樣子。

「他不該背地講我的壞話。」朱五終於找出一點理由來說：「他罵我沒有本事。」

「不會吧？」女人說：「我從沒聽柱仔講過你本領不濟的事，朱五爺，誰不知你這柄大刀，別說漳籍人裏找不到第二個，就是西盛之虎，也得差你一截，我們柱仔是混世的人，他不會亂講這種得罪人的話啊！」

「旁人告訴我，是他講的。」朱五說：「杜仔瞧我不起，我就要找他出來比武，看看到底是他強，還是我朱五強？」

「旁人的話不能聽，朱五爺。」郭阿嬌說：「旁人也許和杜仔有仇，故意講這話挑撥你的，我們都是漳州籍的人，沒有鄉親，也有鄉誼，我哥哥郭兆堂沒死時，不是跟朱五爺你是好朋友嗎？蓮花街這一帶，連杜仔在內，都是我哥哥手下，他們怎會得罪你呢？」

郭阿嬌若是叫罵吵鬧，朱五也不會怕她，但她笑著跟朱五說道理，舌底翻花，講得頭頭是道，朱五頭腦笨拙，說話也不會轉彎兒，哪能說得贏她？被郭阿嬌這樣一說，自知理曲，便藉口說：

「好！我回去再問程秀啓去，話是他講的，他要是存心騙我，我也要找他算賬的。」

郭阿嬌用一番言語，把綽號豬公的朱五說退了，她回去轉告藏匿起來的杜仔說：

「朱五是隻大渾蟲，他回去一聽程秀啓的教唆，還是會再找過來的，我們眼前處境很不利，要找程秀啓，就得快找，趁著大刀朱五暫時沒跟他站在一邊的時候，全力動手，否則，就來不及了！」

「好！」杜仔說：「我會盡力去辦的。」

說來也很巧，也許程秀啓拉攏了大刀朱五合力對付杜仔之後，膽氣大了許多的關係，他的進出行蹤，也就沒像早時那樣小心注意。

一天晚上，柱仔的手下打聽出程秀啓要到祖師廟去上香問卜，他便暗中差遣了一個從諸羅來的傢伙，人稱他叫鬼手吳火金的，在祖師廟附近的大水塘設埋伏，找機會動手刺殺程秀啓。

這方法是郭阿嬌想出來的，她告訴柱仔，說程秀啓長袖善舞，在衙門裏有不少的熟人，這時候，蓮花街的人和大眾廟口的人起正面衝突，不是好辦法，吳火金是從南部來的陌生面孔，允給他一筆爲數頗多的番銀，讓他去辦事，事成了，當然無話可說，即使事情沒辦成，也牽扯不到自己的頭上。

柱仔也曉得吳火金有一套很特別的功夫，旁人有練飛刀的，而他卻練成了飛斧，不但百發百中，而且十有八九會致人死命。……鬼手吳火金，原是在諸羅混世，因爲犯了兩宗人命案子，被衙門緝捕，才逃到大眾廟，投奔郭兆堂的，講起身手，論起功夫來，他並不比柱仔差，但他有案在身，無法出面，所以只能躲在幕後，由柱仔掩護和供養他。柱仔一向很看重他，也深知他飛斧的功夫算是深藏不露的一絕，這回刺殺程秀啓，對蓮花街這一幫人，算是一件大事，不得不把吳火金這張牌打出來了。

柱仔把事情跟吳火金一講，對方就拍了胸脯說：

「這個事情，你放心好了！只要我出手，一定辦得成功，不要說是程秀啓了，我的斧頭飛出去，連樹上的猴子都躲不過，我從來沒有失過手。」

「當然，你的飛斧，我是信得過的，」杜仔說：「不過，程秀啓做人很狡猾，他也知道我們會對付他，因此，他無論到什麼地方，前後都帶有不少的打手，你辦這件事，還是很危險的，萬一……」

「這個你放心，我就是被捉去，恁憑他們怎樣逼供，我也不會把你和蓮花街的這些朋友扯上的，」鬼手吳火金說：「何況憑程秀啓手下那些飯桶，根本不會捉住我，我辦完這件事，就要去蛤仔難開荒去了，沒人會發現這事跟你有關聯，——我可不是黑釘啊！」

「儘管你不是黑釘，我也得差遣一批弟兄，到祖師廟後等著，」杜仔說：「要是他們追你，這樣也好有些照應的。」

「也好！」鬼手吳火金說：「我這就先動身了。」

落著小雨的夜晚，又黑暗又陰濕，鬼手吳火金帶了一把半尺多長的尖刀和兩柄特別打製的短柄小斧頭，他原也是習武術、練飛刀的，後來到諸羅東邊去開荒伐木，使用長柄的斧頭，他發覺一種短柄小斧飛擲出去，比飛刀穩重，更有準頭，同時飛擲的距離，要比輕飄的飛刀遠得多，從那時起，他便在伐木的空間中，對著那些樹幹，苦練起飛斧來，在卅步之內，他的斧頭飛撒出去，能夠很準確的嵌進樹皮上劃記號的地方。由於斧頭的斤兩比飛刀重，擲出時要使用更大的力量，因而，嵌進樹身也較飛刀深得多，如果用它擲向人頭部，一斧就能把人的頭骨劈裂掉。

鬼手吳火金見過程秀啓，而程秀啓並不認得吳火金，這是吳火金肯一口答應柱仔的理由，柱仔允在事成之後，送給他一百塊番銀，這是一筆很可觀的數目，足足抵得上一個戰兵兩年的餉錢，他不願意在艋舺這種熱鬧的地方久待下去，能拿到一筆錢到大山背後去開荒，就不必提心吊膽，總怕被捉進衙門去了。

當然，從黑釘供認郭兆堂是死在程秀啓的手裏時起始，吳火金就立意要替郭兆堂報仇，他跟柱仔說過：

「講真話，柱仔，郭兆堂郭大爺，不能算是好人，可是程秀啓比起來更壞……我鬼手吳火金，也是殺人越貨的犯人，原打算洗手不幹，到蛤仔難開荒去的，這一來，我暫時走不了啦，郭大爺待我不薄，這個仇，我們是要報的，說什麼也不能讓程秀啓稱心如意。」

這一回，他算接下了柱仔安排給他的差使。

夜很深，鬼手吳火金從透著燈火的祖師廟後街，斜奔到大水塘邊去，匿伏在一棵老榕樹的背後，靜靜的等待著；大水塘邊上有條土路，土路對面有幾戶人家，吳火金算到，假如程秀啓到祖師廟來的話，一定會經過這條土路，在這種黑暗的天氣裏，他們一定會掌起燈籠照路，燈籠只要一轉過那幾戶人家，便落在他的眼裏了。

一般說來，由暗處看明處，最容易看得清楚，由明處看暗處，根本看不見什麼，只要程秀啓在，決逃不過自己的眼，最妥當的法子是等著他走過去，自己便從背後飛出斧頭去，劈中他的腦後，對方一見倒人，必會驚惶混亂，自己趁亂遁走就成了！在這樣黑暗又飄雨的時候，想捉一個人，可不是一宗容易的事情，自己絕無遁脫不掉的道理。

杜仔獲得的消息很確實，他等不上一會兒功夫，兩盞燈籠便一前一後的出現了，隨著燈籠的搖曳，顯出行走的腳步來，碎光抖著黑幢幢的人影子，遠比鬼手吳火金想像的人數要多。

燈籠光朝前挪動著，兩支鎖吶嗚嗚哇哇的吹了起來，間雜著法器的聲音，逐漸接近了，鬼手吳火金這才看出來，這是一行由僧道混成祈神還願的人群，前面走著幾個吹鼓手，高揚的鎖吶朝空豎著，一搖一擺的吹奏著，後面跟著幾個道士，哇哇啦啦的，揮舞著木劍，也不知在吼些什麼，唸些什麼！

跟在道士後面的，是幾個扛伕，抬著敬神的木盒，整隻的豬羊三牲，這才見到幾個保鏢，拎著燈籠，簇擁著穿了長袍馬褂的程秀啓，一路走了過來，在程秀啓背後，還有幾個和尙，合手唸著經文，偶爾灑些米在地上。

鬼手吳火金起先很是奇怪，心想：這又不是拜神的節日，程秀啓爲什麼要這樣隆重的到祖師廟拜神呢？後來掐指數算，才算出原來距郭兆堂被刺亡故，正好是五七之期，按照閩地傳統習俗，五七是個設祭的日子。……不過，程秀啓這個暗中謀殺郭兆堂的人，爲何又要設祭來祭他呢？也許他作了虧心的事，心裏不安，疑有厲鬼作祟，非設祭求神佑護才行罷？他兩眼盯著程秀啓，對方逐漸走過來，使他再沒有時間胡思亂想了。

程秀啓一路走了過來，森寒的細雨打在他的臉上，風也彷彿陰森森的，帶著一股鬼氣，俗說：人心虛怯，百邪入侵，這話可真在程秀啓的身上應驗；程秀啓的身子，原就生得很單薄，又上了年紀，加之吸食鴉片，沉迷酒色，更把他淘弄得軟軟虛虛的，走路都發飄打晃。他爲了爭權奪勢，暗中設計，整倒郭兆堂之後，並沒能併吞蓮花街柱仔那幫人，反而失去了漳籍各莊堡的信任，心裏又悶鬱，又疑懼，惡夢便常常纏繞著他，他總夢見郭兆堂的鬼魂，渾身染著血，披頭散髮的撲向他，並朝他嚷叫著償命，……一連串的惡夢，使他駭懼整夜，儘管他找了醫生開方熬藥，也治不了他精神耗弱的病症，想來想去，只有設供求神，希望惡夢不會再纏繞他了。

「你們在這附近察看過了？」他看著燈籠光照不亮的黑地，怯怯的問說：「確實沒見到柱仔的人？」

「沒見著，大爺。」一個保鏢說。

「你放心罷！」另一個說：「大刀朱五前幾天，扛著他的刀逼到柱仔的門口，使刀劈破柱仔家的門，柱仔都縮著頭，不敢現身，只怕他的膽子都嚇破啦，哪還敢出來找我們的麻煩？……大刀朱五，成了我們的門神啦！」

「嘿嘿，」程秀啓經他這一說，懸著的心便略略放了下來說：「不過，我們總得要小心提防著一點，不是嗎？老古人講的：防人之心不可無啊！」

「那當然，大爺。」那個保鏢說：「有我們弟兄好幾個護著大爺，柱仔的人就是來了，也傷不著你的。」

人說：路旁說話，草棵裏有人，他們邊走邊講的話，鬼手吳火金一字不漏的聽得清清楚楚，他心裏滴咕著：程秀啓！你的死期到啦！祖師爺也救不得你啦！他把小斧摘出來，掂一掂斧柄，當程秀啓走過時，他認準對方的後腦，猛可的飛出斧去。

祭神的行列鑼鼓喧天的走著，忽然間，程秀啓兩腿一軟，坐了下去，保鏢覺出情形不對，拎著燈籠一搖晃，不由暴聲喊說：

「不好，程大爺被人暗算了！」

眾人在燈籠光裏圍攏來再看，一柄小斧正斬中程秀啓的後腦，由於斧沉力猛，斧口劈破了頭殼，深嵌進去，紫紅的血汁混著花白的腦漿，一起流迸出來，程秀啓把眼翻著，嘴張著，彷彿是喊叫，但還沒喊出聲來，人就那樣的死去了。

等這一陣亂過之後，保鏢才想捉拿兇手，人還沒奔出幾步地，兩盞燈籠就都被風絞熄了，天一片墨黑，地上全是泥濘，到那裏找人去？

程秀啓遭到殺身之禍，確使祖師廟附近的居民感到驚怔，大眾廟口幫的人夤夜報了官，衙門也派出忤作來驗過屍體，誰是兇手呢？卻是一個疑問，這案子變成一宗無頭的公案，一直懸在那裏，而兇手吳火金在辦完這事的第二天，就從柱仔那兒取了一筆番銀，翻山東去，到蛤子難開荒去了。

衙門裏把命案緝兇的責任，把郭兆堂和程秀啓前後遇刺事件，都推給刑房的鄔旦去辦，鄔旦找不出兇手，便交不了差，情急之下，找胡旺來商議。

胡旺眨著眼，抹抹兩撇小鬍子說：

「這案子，鄔兄你千萬不要拿它當作普通的命案辦，那可就太傻了，臺地的情形，跟內陸大不相同，在內陸，哪一縣出命案，是一宗大事，若是不能破案，不但刑房吃不消，就連縣太爺也會丟紗帽，在這裏，民風蠻悍，各地出命案，稀鬆平常，你只要推說這是漳泉分類，械鬥殺人，把責任再轉推到泉州人身上，請縣太爺傳集泉籍士紳來衙問話，責令他們自行查究兇手，捆送衙門嚴辦，不管他們送不送人，這案子就算結了，府裏才不願窮追這件事呢！」

「好！這倒是個好主意。」鄔旦想了一想說：「不過，硬把這兩條人命栽到泉州人身上，只怕泉籍的士紳和有功名的不在少數，他們若抗告到府裏去，淡水縣這個小衙門，只怕扛不了罷？」

「這沒問題，我倒另有個辦法。」胡旺說：「我能找出一些漳籍的人出首告官，把這兩宗命案，全推在泉籍人的頭上，只要衙門裏存有狀紙在，就不能算衙門硬栽人的，責成地方總董去辦案拏人，也是順理成章的事情，無論泉籍的士紳告到哪裏去，在理字上，也站得住的。」

胡旺既然這樣慫恿，又自願幫衙門出力，找漳籍的出首告狀，嫁禍到泉籍人的頭上，鄔旦哪有不願意的？

胡鄔兩人私下商議妥當之後，胡旺立即去找人，他找的不是旁人，卻是蓮花街的杜仔那幫人，和大眾廟口程秀啓的手下；這兩幫人彼此心虛，又相到疑忌，既然有人願把這兩宗命案推到泉州人頭上，他們正求之不得，免得日夜擔心衙門緝兇了。

狀子遞上去，縣太爺把鄔旦召來問話，鄔旦當然一口咬定泉籍的人涉嫌很重，但兩宗命案都是無頭案件，只有責成泉籍地方總董和保甲嚴查。

縣太爺瞇上眼聽著，他覺得依鄔旦這種論法，正合上了他平素一直標榜的「以臺制臺」的論調，就算是硬栽泉州人罷，也能把漳泉兩地人的情緒激動起來，使雙方更進一步的陷在劍拔弩張的緊張情況裏，很容易引發械鬥。只要大械鬥一起，命案就不算是命案了。依慣例，他可以把郭兆堂和程秀啓的遇刺，歸入械鬥初期的死亡，以後再有死傷，衙門可以故作不知，甚至連死亡若干人的名單都不必列報了。

「好，」縣太爺撥妥算盤，跟鄔旦說：「你先把泉籍士紳的名單，替我開列妥當，本縣看過，再著人分頭把他們請到縣署來，由我跟他們講說。」

鄔旦開列名單時，選了又選，剔了又剔，他放開了鉅紳豪富、在省裏有人的人，只選了一些地方上的士紳，像陳隆、黃保正、李總董、張團練等七八個人，送到縣太爺那裏去過目，縣太爺名之爲「請」，實際上，就是差出捕目臧把對方傳喚到案就是了。

「你們地方上管事的泉籍士紳都在這裏。」縣太爺說：「本縣到任不久，一向以地方安寧爲重，對於流民寇匪，羅漢腳和番割（番割，意謂漢人取番女，居番地者），以及不法閒民，一向深痛惡絕，尤對分類械鬥，互相殘殺，更難容忍，……漳籍的郭兆堂和程秀啓，據聞有挑動械鬥之嫌，本縣正在收集證據，準備拏辦他，怎麼你們泉籍的人，竟然私自動手，造成命案，難道淡北地方，就沒有王法了嗎？」

「稟知縣大人，」李總董很惶惑的揖告說：「我們泉籍的居民，一向自律極嚴，各莊堡的保甲查察流民、閒民，都曾列冊報官，這程秀啓和郭兆堂兩個人，一向在漳籍人聚居的地方活動，和我們從無瓜葛，我們在地方上理事的，都有身家田產和戚族，決不會教唆殺人，干犯法紀，還請知縣大人明察。」

「李總董！」知縣板著臉，聲調沉重的說：「這不是本縣存心栽誣你們，縣署接到好幾張狀子，你們既在地方管事，就該回去嚴查，不必多說了。」

幾個泉籍的士紳懷著滿心的氣惱退了下來，鄔旦送他們出衙署時，拿話激他們說：「其實，這事我也跟知縣大人稟告過，我不相信是泉籍人士幹的，可是，那幫漳州人出首告官，硬要把一帖爛膏藥貼到你們頭上，我們也沒辦法！」

「我看，這樣下去，雙方非起衝突不可！」陳隆咬牙說：「我們一向不欺人，也不願被人欺的。」

「用不著動火，陳兄。」鄔旦說，「人常講，忍事饒人不吃虧，你們在淡北一帶，論錢財，比漳州人多，論人數，卻不及對方，打起群架來，未必能佔上風，我看，光棍不吃眼前虧，你們就忍一口氣算了罷！」

「不成！」陳隆被激得兩眼發紅說：「沒有這個事情，越是這樣，我們越不能讓步。」

「我說的是實在話，才勸你們忍氣的。」鄔旦更是打起精神，加油添醋的說：「旁的免講了，單拿對方的大刀朱五和蠻牛柱仔兩個人來說，一個是生龍，一個活虎，你們就沒有人能敵得過他們，——打架，也得先計算雙方實力，硬拿雞蛋碰石頭，何必呢？」

「嘿嘿，」李總董冷笑出聲來說：「我知道朱五和柱仔確是難纏，但若說泉州人裏，就沒人能敵得過他們，那也不一定！我們多的是苦練過拳腳的人。」

「我看，我想作調人也作不成了。」鄔旦說：「不過，我這管刑房的人，真不希望你們泉漳雙方起械鬥，你們諸位都知道的，我手下的捕快、馬快和皂吏，人數極有限，你們要是真起械鬥，我只好放手不管，……不是不管，是根本管不了啦！」

「管不了更好。」陳隆說：「我們不報案，不經官，不把事情推給淡水縣衙門，我們做的事，完全自己擔當……打死了，自己拖去埋掉，這還不成嗎？」

「無論怎麼說，我還是覺得這場架不打爲妙！」鄔旦以退爲進，又加上一句說：「打起來，你們準吃大虧！」

鄔旦採用胡旺的計謀，果真夠靈驗的，泉籍人裏這幾個領頭的紳士，真的橫下心準備打群架了。他們早已打聽到郭兆堂早在一個月前，就把漳籍的鐵匠全遷到錫口莊打製單刀，他們也如法炮製，把泉籍的鐵匠都遷到西盛，打製刀矛兵刃，一時間，各泉籍莊堡都紛紛出丁，準備和漳籍人動武了。

這時刻，待在艋舺的胡正，眼見械鬥的氣氛又火熾起來，便自動出面，邀請巨人朱五和蠻牛柱仔吃酒，一心把他們揑攏，使雙方的勢力平均。

「我是漳州人，」胡旺說：「不願眼見你們兩個人爭意氣，傷感情，如今，泉州人準備打我們，郭兆堂和程秀啓兩個頭人都先死掉了，這已經很吃虧啦，你們兩個人再鬧下去，兩虎相爭，必有一傷，日後誰來領著漳州人和對方打？」

其實，不用胡旺講這些，柱仔本來就不願意和朱五鬥，因此，他當時就接口說：

「誰不知道朱五爺力大無窮，憑我柱仔這點能耐，怎能跟朱五爺比？……他是聽了旁人的話，才誤會我的，我可從來沒有背著人，講朱五爺一個『不』字。」

「你既然這樣講，我就不生氣了！」朱五說：「當初那些話，都是程秀啓告訴我的，我原想找他去說個明白，誰知他又死了。」

「其實也不用說了，」胡旺說：「世上只有賴打的，沒有賴罵的，兩位當面說明，什麼事情都沒有了。」

兩個沒腦筋的蠻漢，怎樣也不如胡旺有心計，三言兩語就被說合了，彼此碰著杯子又拚起酒來。

柱仔喝了酒，倒是說了真話，他說：

「胡大爺，倒不是我柱仔小看自己，朱五爺和我，都是艋舺地盤的人，淡水一帶，漳籍莊堡上千，還不算上線外私墾的屯戶，我們只能當馬前卒，當不了真正領頭的人，……我們不通文墨，見不得官，也沒有號令各莊堡的德望。」

「倒是實在話，」朱五說：「要我掄刀上去打架，決沒問題，要我號令各莊堡，我可沒有那個能耐了。」

「對於這個，倒很難解決，」胡旺說：「我不是這裏生根落戶的人，等到貨物辦齊了，我就要回龍溪去了，究竟由誰當頭人，你們各莊堡得趕快集議推選，我總以爲有些莊堡對械鬥的事並不熱心，領頭的人還得在艋舺地方找，但我一時還想不起來，——誰願挑這付擔子，領著大家去對付泉州人呢？」

其實，這種事情輪不到胡旺操心，當泉籍的人在新莊、西盛那一帶準備械鬥的同時，漳籍的各莊堡的士紳，也自動到大安莊集會，推出幾位領頭的人來。頭一位是艋舺地方的知名人物莊總董，第二位是芝蘭一堡的墾首鄭勇，第三位是大安莊的保正許真貴，第四位是錫口莊的張保正，而這四個人又一致的舉出大刀朱五和蠻牛柱仔做先鋒，並且願意讓他們在每一個莊堡裏挑選廿名精壯的漢子，組成隊伍，擔任打頭陣的人。

當漳籍的人士密謀對付泉籍人士的時刻，泉籍的人士仍然領先一步，他們在西盛聚會，準備在大械鬥開始時，進攻和退守的步驟，應該事先策劃妥當，李總董攤開淡北地方的草圖，指劃說：

「我們泉籍人，在臺地的人數，遠比漳籍人多，開拓淡北一帶地方，也比漳籍人早，他們只是靠了廈門港船隻的利便，陸續湧來，如今單就淡北地區而論，他們的人數，和我們幾乎一樣了，不過，在艋舺、新莊碼頭這一帶，我們經商戶很多，好些廟宇都是我們建的，像青山宮、福安宮，霞海城隍廟、祖師廟、龍山古寺……我們不論如何，都要以護神廟爲主。」

「總董講得對。」黃保正說：「我們的人，在械鬥一起的時刻，就要先佔艋舺和大稻埕兩地，人若保不住神廟，對我們極爲不利。」

「護廟當然是很要緊的事，」陳隆說：「不過，從芝蘭一堡到滬尾之間，也有不少泉籍墾民，械鬥一起，他們被漳籍人包圍，一定會大吃苦頭，我們得準備一批人，從關渡渡河，把他們接回河南岸來。」

「的確要緊，」李總董點頭說：「我們就請陳隆帶著加蚋仔一帶的人，準備著抄他們的後路，接應滬尾一帶的泉籍墾民好了！假如還嫌人手單薄的話，我請西盛的保正和墾首帶人接應你。」

自從郭兆堂和程秀啓相繼被刺身故之後，一度鬆弛的局面，經鄔旦和胡旺的教唆挑撥，又緊張起來了。

第五章　漳泉對立

械鬥雖然還沒有真砍實殺的打開來，但風聲緊得使漳泉兩地各莊堡的人都透不過氣來；被郭兆堂逼遷到錫口莊的鐵匠們，已經日夜忙碌著打製刀矛，新舉出的漳籍人的首領莊總董，不斷巡視各漳籍的莊堡，他在錫口莊頭的空場子上，大聲疾呼的對當地居民說起當年械鬥的仇恨來，他講起乾隆年間，在土城埤頭，漳人埋下的千人塚（俗稱大墓公），說起嘉慶年間，漳人在三角湧戰敗，遺屍遍地的慘狀，他說：

「起械鬥，不太平，也沒有什麼好埋怨的，我們跟泉州人有重重疊疊的舊仇宿怨在，生是冤家，死是對頭，這一代不打，下一代還是會打的，你們想想罷，當初在擺接堡的大安寮起械鬥，我們祖先一股八百人，跟兩千泉州人對陣，我們的人敗退到陂塘莊，泉州人緊追不捨，把陂塘莊困住，八百多漳州人全被誘出去，鏖殺在小河裏，一河的水都變成紅的……這事我們能忘得了嗎？」

莊總董是很會說話的人，他的一番言語，像點火似的，把眾多的人心都點燃了，熊熊的恨火，在他們眼裏狂燒著，使他們發出大聲的呼吼來。

這時候，年輕的鐵匠賴大燧也擠在人群裏聽著，他初到臺地來不久，對臺地早年民間的情形，知道得極少，也沒有機會聽老年人講起當年在這島上所發生的事情，他只看到府城和艋舺，在表面上都很繁榮，怎會想到，這裏也跟白銅隘口的老家一樣，曾經發生過更劇烈、更悲慘的大械鬥？照這樣的情形看來，自己和二燧吃盡千辛萬苦，飄洋渡海來臺灣，想謀一塊不見鮮血的安身之地，這念頭是錯了！莊總董的話，使他深深體會出：這些悲慘事件，全是人爲的，和地域無關，若是人心不改變，抱定心腸爭私慾，記私仇，不論換到哪裏，這類的事件，仍然會層出不窮，永無了結的。

而仇恨的結越打越緊了，在錫口莊這一帶，幾乎沒有哪一個人不是磨拳擦掌，打算跟泉州人拚命的，在這種情形下，大燧感到格外的孤單。

一天晚上，他盼望已久的擺腳陸出現了，大燧根本沒料到擺腳陸會在這時候跑來看望他。

「我這麼久沒看見你的影子，你跑到那裏去了？」大燧說。

「我改行了。」擺腳陸開門見山的說：「按道理講，如今各處鬧械鬥，所有鐵匠舖日夜升火打製刀矛，毛鐵生理正是興旺的時刻，但我卻不願意賺這種血腥錢，再說，我到南邊去收買毛鐵和雜鐵，要經過泉州人的地方，他們以爲我是漳州人的探子，真會把我捉去活剝皮，我爲貪賺幾個錢，去冒那種險，我才不幹呢！」

「郭兆堂打了我兄弟，」大燧說：「二燧的傷勢，到現將還沒有全好，要不然，我們不會在這裏再待下去，寧願把這鐵舖扔掉，也不願捲進這種分類械鬥的漩渦，這種罪，我們受夠了。」

擺腳陸沉默了一會兒：

「這邊發生的事，我早就聽人講過了，不過，你們逃離這邊，也不是辦法，目前彰化、桃仔園、大圓港，各地的漳州人和泉州人，都在準備打群架，除非冒險越線到番地去，開荒埔謀生，要不然，到哪裏都脫不了受牽連，……一旦亂起來，儘管你們不參加械鬥，對方捉著你們，一樣會殺。」

「我想，我們寧願去開荒埔。」大燧說：「不知你能不能幫得上我們的忙？你要曉得，我們做鐵匠的人，想在這時候逃離鐵舖，不要說遇上泉州人，就是被漳州人捉住，一頓亂棒，也會把人砸成肉醬。」

「只有一個方法可行，」擺腳陸攤開雙手苦笑笑說：「我得再幹老行業，——下鄉去收毛鐵和雜鐵，我去見莊總董，指明要你們兄弟幫我的忙，莊總董只要肯答應，你們就走得成了。」

「這樣也不妥當。」大燧說：「你要是放走了我們，日後回來，怎樣跟莊總董交代呢！」

「不要講傻話了，」擺腳陸臉上仍然掛著淒迷的苦笑：「我既答應幫你們的忙，你想，我還會再回艋舺這一帶地方來嗎？你放心，我是飄流打浪的人，又沒有妻兒田產留在這裏，我不論到哪裏都是一樣。」

擺腳陸只是個收毛鐵的人，但他卻比一般人想得開、看得遠，據他說，這些年來，臺地墾民的磨擦和械鬥，從乾隆年間起始，經歷了幾個皇帝，此起彼落，從沒真的停息過，因爲臺地移民，多爲按地域結聚開墾的，其中分爲閩籍和粵籍，閩籍除了分爲漳州泉州之外，還有汀州人和興化人，粵籍又分惠州、潮州、嘉應州人，各地風俗不同，所信奉的神佛不同，語言也不同，遇事極易產生隔閡和摩擦，一時覓不得解決的方法，便釀成了械鬥，有時漳與泉鬥，有時頂郊與廈郊鬥，有時閩和粵鬥，有時漳粵聯合與泉人鬥，有時泉粵聯手與漳人鬥，這樣積小怨成大怨，就一直打個沒完了。

「會黨不是講團結的嗎？」大燧說：「這些年裏，他們又做了什麼呢？」

「嗨！」擺腳陸沉沉的長嘆著：「會黨是衙門的眼中釘，一旦捉住了，就是砍頭重罪，就算有活動，也不敢公開。再說：各地會黨頭目，也並不能完全脫出地域和鄉黨的關係，他們做的，還不及旁人挑撥的多，這又有什麼法子？」

擺腳陸雖然對械鬥的事，感覺有些灰心喪氣，但他仍然答應盡他的力量，幫助這兩個不願捲入漩渦的年輕人，使他們能夠離開艋舺附近，到線外的番界去開墾荒埔。他跑去見莊總董，提到他自願替漳籍人收取毛鐵的事，莊總董當然一口答應，對他說：

「擺腳陸，這些日子，我們急著趕打單刀兵器，這邊的毛鐵不夠，早些日子，就派人到處找你，也沒找得著，你究竟跑到那裏去了？」

「我到諸羅縣去啦，莊大爺。」

「到那麼遠的地方幹什麼呢？」

「收毛鐵啊！」擺腳陸說：「那邊有大批的毛鐵，走陸路沒法子運來，而且其中有些雜鐵，他們開價高了，得要找兩個鐵匠去看看貨，假如這邊能僱一條船到大員港，事情就好辦了。」

「僱船不成問題啦！」莊總董說：「只要能把毛鐵運回來就好。」

「我是生理人，莊大爺。」擺腳陸說：「船隻煩你出面去僱，船資歸我出，日後把毛鐵運回來，賣給你們，我得賺回我應得的利潤。」

「那當然，那當然，」莊總董說：「只是你得小心謹慎，不能對外透露出風聲，假如泉州人知道了，他們會想盡法子，截奪這批毛鐵的。」

由於莊總董急需使用毛鐵趕製刀矛，船隻很快便僱妥了，緊接著，擺腳陸便要找兩個鐵匠幫他去看貨，他到錫口莊，順理成章的挑選了大燧兄弟。這兩個年輕人到艋舺，前後還不到三個月的時間，就告辭了金寶山大爺，跟著擺腳陸，登上了南下的貨船。

在淡北地區，全面大械鬥爆發之前，局部的械鬥就在大燧兄弟離開後的第三天開始了。

這一回的衝突，是在滬尾到關渡一帶開始的，沿著大屯火山南麓的裾野，有著芝蘭一堡、芝蘭二堡、芝蘭三堡等許多墾屯的村落，這些村落，有漳州人、泉州人、三邑人和粵地來的客家人，他們大體上是按地域聚居的，但也有混居的，正因漳州和泉州彼此敵視，氣氛顯得過份緊張，漳州人認為淡水河以北地方，居高臨下，俯覽大稻埕，地勢極為緊要，而且又是他們的後背，他們一向認定這是漳屬地區，不容泉人佔據，否則，等械鬥一起，他們便面臨背腹受敵的困境，當然，他們可以退據大安堡、古亭莊、錫口莊等靠東面的地方，但艋舺和大稻埕是淡北的繁華地區，他們決不能退出，因此，芝蘭一堡的一股漳籍的鄉丁屯勇，便湧到關渡去，把渡口封住，不讓泉州人渡河，而居住在關渡附近的泉籍墾民，認為對方這樣做法，實在是欺人太甚了，當時便集議商討對策。

「漳州人封住了三處渡口，把渡船都鑿沉了！」泉籍墾首之一，綽號壽頭的石萬福說：「我們聚居在淡水和大雞籠一帶的泉籍墾民，在人數上，根本不能和漳州人相比，在雙方翻臉之前，我們得先跟他們講道理。」

「他們都騎到人頭上來了，還有什麼道理可講的？」年輕的墾首蘇泉說：「漳州人的人數雖多，想把我們趕走，也沒有那麼容易，我們泉籍各聯莊，在淡水河北岸，也能集得起近千人，我主張跟他們硬拚，先打通關渡，和加蚋仔一帶我們的人聯成一氣。」

「千萬不要動火！」一個年老的墾首說：「漳州人再兇，道理還是要講的，我們一面準備，一面推舉出人去，和他們講道理，道理講不通了，再動手也不晚。」

石萬福也覺得對漳州人講道理，只能試試看，沒有把握說得通，應變的準備，還是應該有的。他們推出年輕的蘇泉，率領泉籍各村落的漢子，按照五行方位，分成前後左右中五股，總共有一千人左右，除了長矛、單刀、鐵叉、纓槍等原始武器之外，他們有七枝抬槍、兩門子母砲、卅多支鳥銃和十多桶鐵砂、火藥。

石萬福本人願意到芝山岩上去，找漳籍的人講道理，他告訴蘇泉說：

「如果道理講不通，你不必等我回來，直接攻打關渡好了，只要渡口一打通，和南邊我們的人聯成一氣，事情就好辦了。」

「我看不必先動手。」年老的墾首總是想佔住一個「穩」字訣：「我們可以趁黑夜派人泅過河，和八里坌那邊我們的人聯絡，還是等你回來再說。」

當石萬福去芝蘭一堡，準備和漳籍的人講道理的時刻，對方早就已經擬妥了一套對付泉籍的方法。芝蘭一堡是漳州人最先墾拓的村堡，人煙繁密，也是艋舺附近，漳籍墾民的根據之地，他們聚合的鄉丁屯勇以及參加械鬥的漢子，在人數上，要多過淡水地區泉籍人幾倍，他們封鎖住關渡的原意，就是要切斷泉州人的退路，不讓河北岸的泉州人和河南岸的泉州人結成一氣，然後，他們便從東邊朝西壓過去，把大屯山下的泉州村摧毀，逼使他們退到滬尾海濱去鏖殺。

不用說，石萬福跑到芝蘭一堡去跟漳州人講理，所得的結果是令他失望的，芝蘭一堡的保正和幾個墾首，很明白的告訴石萬福，假如避免械鬥，只有一個方法，那就是淡水河北岸的泉籍墾民，全部在限期內遷離……而這是根本辦不到的事情，這裏的泉籍墾民，當初設莊開荒，都是向歷朝官府請准了的，地有地籍，每年按期完糧納稅，有些明鄭時代就移居淡水的泉籍老戶，都已傳衍幾代，落籍生根，他們的房產田地都在這裏，並且以此爲活，漳州人想把他們逐離這裏，他們寧死也不會退讓的。

石萬福當然不會答應這事。

他前腳剛離芝蘭一堡，漳籍人就拉出大隊人馬，準備動武了。

當時聚集在芝蘭一堡的漳人參加械鬥的，總數超過千人，一共分成七個隊，每隊三四百人，各備有各式火銃、抬槍、土炮、刀叉、棍棒、纓槍、長矛、飛鏢、板斧……形形式式的原始武器，他們實際上並沒聽莊總董的調度，決意先單獨動手。

按照一般情形，他們只要把大隊拉開，在裾野上列陣，吹螺角爲號，攻打泉籍人的村落就行了。但他們不願意就這樣的出動，一定要先舉行盛大的祭神儀式，拜祭他們的守護神開漳聖王。

這種祭神的大典，一共持續了兩晝夜，鑼鼓聲不斷的響著。在劍潭寺前的空場，他們更演戲酬神，械鬥的隊伍，所持的旗幟不是軍旗，而是神旛，祭神之後，他們才敲鑼打鼓的蜂湧而出，抬著觀音大士的神像和開漳聖王的神牌，上面罩著黃羅傘，前面燃著香火，因爲在前代人的傳說裏，開漳聖王是威靈赫赫的神祇，每逢漳泉兩地人興起械鬥，聖王的神靈，總是手執長劍，親自出陣，使對方望風披靡，根本無法抵擋；而劍潭寺所供的觀音大士，傳說是康熙年間，廈門來的雲遊僧榮華奉來的，在這裏分香禮拜，當然也會幫助漳籍的香火信徒了。

和漳籍人相對的泉籍人，當然也不甘示弱，他們也在同時祭神，抬出他們信奉的廣澤尊王和清水祖師來，在大屯山下嚴陣以待，當天黃昏時，雙方便在火山裾野上展開了械鬥。

頭一陣，雙方的漢子都帶著酒意，滾成團兒亂砍亂殺，盲目拚纏，結果，雙方的神祇都不靈，弄得兩敗俱傷，各躺下十多個人。因爲天黑下來，無法再打下去了，便鳴金收兵，守住己方佔據的地方。

壽頭石萬福非常氣憤，他主張連夜出動，攻取關渡的渡河口，蘇泉反對，他說天黑後，擺不成陣勢，佔不穩陣腳，漳州人的人數多，這邊一旦亂了陣腳，就無法收拾了，爲安全計，只有等到天亮之後再說。

大家贊同蘇泉的看法，穩妥是夠穩妥的了，但也給了對方的機會，漳籍人的大隊，趁著黑夜，爬過大屯山麓，把泉籍人的村落團團圍住了。

第二天一早，漳州人就把子母砲安置在高處，連連的發砲，但土砲的射程有限，根本射不到泉籍的村落，只能以轟隆巨響，作爲恫嚇罷了。

泉籍人的首領蘇泉很沉著，對於這種虛聲恫嚇，相應不理，他手下的五股人群，也看出形勢不對，個個都横下心打算拚命，所以，當漳州人還沒有直接進撲的時刻，他們只是屏息等待著，並沒還擊。

在芝蘭二堡附近，有水師營的營盤，那些兵勇也曉得漳泉兩屬在鬧械鬥，上面並沒有下令彈壓，他們當然不願多管閒事，反而紛紛爬到營盤背後的山腰上去看熱鬧，下注打賭，看究竟是哪一方打得贏；當時的盤口，大致是四對一，賭漳籍人勝這一仗。

大屯山腳環抱的裾野是平坦開闊的，除了已開墾的平埔之外，一眼望去，盡是稀疏的林木和沒膝的蒿草，漳籍的十隊人，便穿過那些林子，朝上進逼，晨風捲揚高挑的神旛，遠遠看上去一群一簇的人影，螞蟻似的蠕動著，倒像是作法事的。

綽號黑猴的墾首領著一隊人，希望最先攻進泉州人的莊塹，當他們走到一道石溪邊時，對方埋伏著的人響了抬槍，緊接著，一隊單刀手飛奔出來，殺喊連天的把黑猴那股人給截住了。剛開始，黑猴手下人因爲受驚混亂的關係，被對方的單刀手一陣猛砍，砍得不成陣勢，狼狽奔逃。

對方領頭的一個漢子，生得臉如黃蠟，雙睛凸露，一圈短髭，根根發黃透亮，一柄刀使得神出鬼沒，顯得異常驍勇。

黑猴是在淡水河一帶廝混熟了的，他知道這個黃臉凸目的漢子姓秦，是泉州人裏出名的武師，不要說一般墾戶敵不了他，就是練過拳腳的自己，遇上他也凶多吉少。既然黃面秦領頭陷陣，漳州這股人就更難回身穩住陣角了。

黃面秦率先踹陣，一柄刀連著砍翻對方五六個人，他這樣追過另一道石溪，大聲喊著，要把對方這股人全都鏖殺掉，這時候，斜刺裏，竄出另一股救兵來。

這是芝蘭一堡鄉丁組成的銃隊，他們端著鳥銃，剛轉出一片林子，就看見黑猴領著的這股人敗陣，沒命的朝後逃竄，把神旛也扔掉了。有一個莊漢落在後面，三柄單刀追著他，那莊漢手裏拎著一柄鐵叉，但連回身抵擋的機會都沒有，就被對方劈倒在一片蒿草叢裏了。

「開銃！開銃擋住他們！」

領隊的大聲叫嚷著，銃隊這才紛紛的開銃。

火銃的威勢把泉州的單刀手阻擋住了，使他們停在石溪的那一邊，但黃面秦帶著他的親隨，大約有五六個人追得太快，早已追過石溪，啣在漳州人的尾巴上，火銃威逼不著他們，黃面秦看準了對方領頭的墾首黑猴，和一個背上揹著一尊小小的金色神像的漢子，他一心想在這一陣裏生擄黑猴，奪取那座金色的神像，挫頓漳州人的銳氣，瓦解掉這股人的鬥志，但當銃聲大作，對方的援兵出現時，他再想退，已經來不及了。

人的心理，真是夠奇妙的，這一陣火銃，並沒有打著泉州的追兵，但卻增添了黑猴所率的這隊人的膽氣，使他們不約而同的轉回身來，挺著纓槍和長矛，揮動單刀和木棍，迎向對方的追者。

這樣一來，黃面秦和他的幾個夥伴，立刻就被漳州人圍困住了，人說，一窩螞蟻，扛得起蜈蚣，恁黃面秦的刀法有多麼純熟，身手怎樣敏捷，當對方幾百個人重重疊疊的把五六個人圍困在核心鏖殺時，人少的一方，必然要吃大虧。

黃面秦算是機警的，他一看對方蜂湧而上，人數越來越多時，便告訴他的左右，拼命的抵抗，一面作突出重圍，退回石溪那邊去的打算。

漳州的莊漢喊殺連天的圍上來，長矛像豎起針刺的刺蝟一般，無論黃面秦和他的夥伴有多驍勇，也難擋得住這許多蝟集的人群，不一會兒功夫，他的幾個親隨都被搠倒在地上，滿身都是血窟窿，黃面秦雖然手臂上負了刀傷，但他仍然砍倒逼近他的幾個人，奪路朝回逃走了。

漳州人看他逃走，怎肯輕易把他放過，端著矛、揮著刀，潑吼著追逐，像合力獵取一匹傷獸，但在這時候，黃面秦手下的單刀隊也及時奔過來接應，雙方重新在石溪心扭殺成一團，使黃面秦保住了性命。

除了黃面秦和黑猴這兩股人已經短兵相接之外，圍繞著泉州人聚居的村落，多處都起了混戰，蘇泉和石萬福爲保全村莊，拚死命的和對方週旋著。這種原始的械鬥，極爲激烈悲慘，平野上沒有什麼掩覆和遮擋，雙方捲殺到一起時，那光景就像蟻鬥一樣，彼此都無處可逃，遁無可遁，只有捨命相拚，全力搏殺，直到自己躺下爲止。

當雙方踹陣捲殺時，雙方的螺角、鑼鼓，拚命的吹著、打著，和野蠻的殺聲混成一片，在原野上震撼著，不一刻功夫，血雨便從人們的額頭、臂膀、胸膛和背脊間飛濺出來，使地面也染上斑駁的殷紅。

傷亡這樣慘重，在一陣捲殺之後，雙方都不得不暫時停頓下來，略作喘息，然後，整隊再行鏖戰。

統率黃面秦一堡的墾民的首領鄭勇，頭上紮著青布巾，執著一柄鬼頭刀，親自上陣督戰，泉籍的人，曾經三次衝向關渡那邊的渡河口，但都被對方阻擋住了。到了黃昏時，漳籍的十隊人馬，整個緊緊圍困住泉籍人聚守的村落，他們使用桐油浸過的棉絮，包紮在箭尖上，燃火射向那些村落的屋頂，引發了一場燭天的大火。

壽頭石萬福和蘇泉兩個人，眼見情況緊急，他們便挑選了十個善泳的壯漢，要他們趁著黑夜，悄悄的脫出漳州人的包圍圈，泅渡過上淡水寬闊的河面，到泉人地區去求援。

日落後，大火還沒有熄滅，而漳州人鼓躁著，不斷的進迫，那十個求援的漢子是出發了，但他們沒有一個能泅泳渡河，有幾個剛潛出村落，便對雙方捉住了，有幾個拔刀頑抗，被對方用火銃轟死，其中只有二個到達河邊，仍然被追著擄住，渾身澆上油，點火燒死。

蘇泉眼看情勢轉劣，無法收拾了，便聚合所有的漢子，保護村裏的婦孺老弱，奪路衝向西北，想沿著大屯山麓，用林莽作掩護，退向滬尾去。

他們在初臨的暗夜裏，全力衝出，把漳州人佈成的單薄防線衝破了，起更時分，他們遁入了濃密的山林，漳州人沒想到對方能夠脫出圍困，他們便進入泉州人的村落，大肆縱火，並且飽掠泉州人留下的財物，他們敲打鑼鼓，發出雷動的歡聲，藉以掩飾死亡的悲慘。

至少，在淡水河北岸裾野上的這場初戰，他們勝了。

雖說想泅泳過去求援的泉人沒能成功，但這種消息，是根本無法掩住的。在上淡水溪南岸的泉人地區，能聽得見時斷時續的殺喊聲，和隨風飄來的銃聲，入夜後，泉籍人河北岸的村落被焚，那片紅毒毒的光火，能照現出背後大屯山的山影。

這消息，很快傳到泉籍人總首領李總董的耳裏去，他當時便攏合了八里坌、港子嘴、柑園、新莊一帶數千墾民，結成一大股，由艋舺的陳隆率領著，湧到關渡對岸那一帶地方去，準備攻打芝蘭一堡。陳隆很有自信，認爲芝蘭一堡的漳人實力有限，他只要能順利渡河，便能擊敗河北岸的漳人。

但漳州的頭領鄭勇也很聰明，他早就封鎖渡口，鑿沉渡船，更在泉州人可能搶渡的地點，佈妥子母砲和抬槍，使陳隆有力無處使，只有望河興嘆。

這時候，逃離芝蘭二堡附近的泉州人，陸續抵達了滬尾鎮。有一部份老弱婦孺，沿著海岸，折向北行，到達白沙灣、石門一帶地方，大部份都和滬尾當地的粵籍墾民混居，壽頭石萬福和首領蘇泉等人，也過河經八里坌，和陳隆見面，稟明裾野上衝突的經過。

「他們存心不讓我們留在芝蘭二堡附近。」石萬福說：「不錯，北投莊、芝蘭堡那一帶，是漳州人先墾拓的，但我們墾荒也有好幾代了！他們沒理由佔我們的墾地，焚我們的莊子，而且，這回械鬥，全是由他們先動手的，這個仇，非報不可！」

「這一仗，漳州人是靠著人多取勝的，」蘇泉說：「我們明知勢單力薄，但並沒向他們低頭，我們這一仗，損失了莊子、田地，和七八十個人，漳州人死傷的比我們還多，兩方比較起來，他們並沒有佔著便宜。」

「你們先屯在滬尾再講，」陳隆說：「我想，我們屯聚在關渡對岸，對方一定有顧忌，不會出動許多人朝西壓向滬尾，而把芝蘭一堡騰空——那裏是他們的老根，等到我們的大隊合攻芝蘭一堡時，你們再回來收回墾地，重建村落好了。」

漳州人逼攻泉州人的經過情形，在陳隆的心裏發酵，他深深明白，在械鬥前，能拉聚起這樣多的一股人，非常不容易，這跟官府的班兵不一樣，這些漢子，多數都是農戶，他們平時就有許多農事，爲了地域性的怨忿，丟開農事，抄起兵刃來參加械鬥，但這種事無法拖延，三天五日之內，若還不能解決，他們就會紛紛散去，歸屯歸戶，各幹各的營生去了。

但他沒有船隻，無法把這許多人運過河去攻撲高聳的芝山岩，因此，他便打算在新莊和艋舺兩處碼頭，雇用漳州籍的商船，而這些商船的行動，受海防同知的管轄，同時，要他們冒著被槍銃火砲轟擊之險，載人去從事械鬥，船主也未必肯答允。

最後，他決定結紮大批木筏和竹筏，加上河南岸的一些漳籍的漁船，載運他的手下，直衝淡水河北岸，和漳人作一場拚鬥，洩一洩漳人先攻泉人的怨恨。

陳隆的算盤打得不錯，但這場仗卻沒能打得起來，因爲北淡水是對外的主要航道，除了內陸各埠來的官船和商船外，還經常有洋人的船隻來往，陳隆結紮船筏，準備強行渡河，對岸的漳州人架妥子母砲，打算攔頭轟擊，一時，河兩岸的情勢極爲緊張，海防衙門知道這事，便差出水師營來鎮壓，他們不管雙方械鬥的事，只管把漳人和泉人驅離河岸，並且警告雙方首領，若敢拒命，就要以豎旗造反論罪。

這樣一來，淡水地區的械鬥，在一場激戰之後，總算暫時罷手了。

而擺腳陸帶著大燧和二燧兄弟倆個人，離開錫口莊，經過新店溪朝南走，過了瓦窯折向西行，到了泉籍人居住的溪州，擺腳陸就告訴大燧兄弟，要他們當心，一路少開口，因爲，萬一被對方聽出漳州口音，加以盤詰，那，麻煩可就大了。

「這一路朝南走，漳州人的莊堡多，」擺腳陸說：「儘管我們說是不參與械鬥的生理人，但在這種時刻，他們很難相信的，……他們地方總甲董事，有權把我們捉起來，當成流民法辦，或是當成竊盜，吊在樹上打死再報官，漳州村落，一樣會用這種方法對付泉州人的。」

「講起來，全是郭兆堂、程秀啓他們那類人弄壞的。」大燧說：「沒有人領頭胡鬧，械鬥並不容易打起來；平常，大家忙著種田地，怎會找事起爭端？」

他們一路走到三角湧的外莊，正準備進山，被人發現可疑了，一股泉州的村民，在黃昏的天色裏，鐺鐺的響了鑼，抄起竹扁擔、鋤頭、鐵棒，和一些刀鐮之類的武器，拚命的追趕他們。

擺腳陸走路不太方便，根本跑不快，他氣喘吁吁的對倆兄弟說：

「情形不妙了，你看，他們一心要追趕我們，與其一起被捉去，還不如分散開來好。」

「可是你？」

「我不要緊。」擺腳陸說：「天快黑了，上了山，竹林很密，我們一分散，他們也必會分散，人手一少，就不容易找到我們了。」

大燧回頭看了看，追上山坡的人離他們不到半里遠，人數並不算多，大約只有十多個人，照眼前的情形，以十多個人來打三個空著手的，仍然綽綽有餘，情勢既這樣的緊迫，他們不得不按照擺腳陸的意思，分散開來，繼續朝山上爬。

三角湧朝東去，山脈連接綿延著，最先是些土石夾雜的小山，有些還沒成形的梯田，再朝上攀，便接著較大的荒山，山上濃生著苦竹和相思樹，更高的地方，是一片滾延的雜樹林子。

三個人分散成三個不同的方向了，大燧在靠北的這一邊，他爬得很快，他要在天黑前越過這些坡田，進入竹林，他計算過，只要能逃進竹林，對方就無法在黑夜裏找到他了。

他的計算沒有錯，但卻在中途遇著意外的事情。

那些初墾的梯田像巨大的梯子一樣，每一層田地的邊緣，都是用不規則的石塊壘砌成的，好像一道又一道四五尺高的矮牆，他必須費力的攀援上去。

照他的年紀和壯實的身子，爬這種矮牆並不難，但爬得多了，便越來越累了，當他爬過山腰的時刻，遇上一道矮牆，他橫著身子爬過時，膝蓋觸動了一塊鬆動的石頭，他的身子和石塊同時滾落，那塊幾十斤重的石頭，碰傷了他的膝蓋，傷得怎麼樣，他也弄不清楚，只覺得整條右腿都麻木得失去了知覺，人連動都不能再動了。

落山的太陽從西邊照過來，他受傷跌倒的情形，被追趕的村民看得清清楚楚，他們抱定主意，捉著一個算一個；他們不再分散了，覓路朝大燧跌倒的地方奔過去，當大燧抱著膝頭打滾時，被那些村民攫住，捆了個結實，用扁擔穿著，一路像抬野獸似的抬回外莊裏面去了。

大燧傷痛發暈，以爲這回沒有命了，誰知那些村民並沒有打他，把他抬到一幢宅子裏，一個生著白鬍子的老頭出來，衝著他問話。

「這個年紀輕輕的，」老頭說：「為什麼不做正經事，要來偷牽我們村上的牛？你說罷，你把我們村上的三條牛，牽到哪裏去了？」

「老爺，」大燧說：「我們是從三角湧那邊來，經過這裏，想到山裏去開荒的。我們沒有偷你們村上的牛，真的沒有偷你們的牛。」

「你在說謊！」一個中年漢子，用扁擔搗著地面說：「你們三個壞胚子，把我們的牛牽走了，叫我們怎麼耕田地？你要是不把牛給交回來，我們就吊死你。」

大燧這才弄明白，為什麼村裏的人會鳴鑼追趕他們三個人，原來他們把自己當成偷牛的賊仔了，他不得不忍住傷痛說：

「老阿公，你是明理的人，我叫賴大燧，原在艋舺開設『漳福號』鐵匠舖，後來艋舺的漳泉兩地人打算械鬥，硬逼我和兄弟兩個人遷到錫口莊去打製單刀，我們不願意捲進械鬥的漩渦裏去，才跟著賣毛鐵的擺腳陸跑出來的，在艋舺、廈郊的金寶山錢莊金大爺知道，我們原是在臺南府城的廈郊郊行當夥計，盧爐主也認識我們。」

「你的話是真的？」老頭說。

「句句都是實在話。」大燧說：「這裏離艋舺不遠，你們可以調查，假如不是真的，你們吊死我好了！」

「這個少年，看樣子不像是偷牛賊，」老頭轉對那些莊漢說：「你們覺得怎麼樣？」

「阿榮伯，你千萬不要聽信他。」那個執著扁擔的中年漢子說：「這世上哪會有被捉住的賊肯承認他是賊仔？他儘在編些謊話來騙人罷了，你如不信，交給我吊他起來，一頓扁擔狠打，他就肯招認啦！」

叫阿榮伯的老頭搖搖頭說：「不要，假如打錯了，不是冤枉了好人？你們又沒有認清楚，村上的三條牛是不是他偷的，阿塗，」他招呼一個矮瘦的年輕人過來說：「你看清牛是他偷的嗎？」

「我怎麼會看得清？天那麼黑，」叫阿塗的年輕人縮縮頸子說：「我是在草寮裏值更，聽見外面有動靜，才拎著鳥銃出去看看的，當時只看見三個黑黑的影子，牽著牛跑，我想開銃打他們，又怕打死了我們的牛，只好敲鑼召喚大家起來捉賊，等大家來了，賊仔已經跑掉了！」

「牛蹄印子是朝東邊的山裏去的。」中年的漢子說：「人也是三個人，天下事情，會有那麼巧？不是他們幹的，還有誰？」

「我們要是偷了你們的牛，還會到你們村子附近來？」大熾說：「來找死嗎？」

「這不是理由，」中年漢子說：「村裏還有豬啊，你們偷了牛去，又想來偷豬，可不是？」

「什麼樣的賊有這樣大的膽子，白天到這莊子附近來，又被你們看見，真是賊仔，不會這麼笨罷？」

「那你們聽見鑼聲，爲什麼要逃？」中年漢子一分不讓的追問說。

大燧覺得這個人不可理喻，咬牙說：

「我們三個人都是漳州人，艋舺鬧械鬥，聽說打得很兇，我們路過泉州人的莊子，心裏很駭怕，怕你們把我們誤認爲漳州人差出來的探子，捉著我們拷打，所以我們才朝山上逃跑的。」

「這樣罷！」阿榮伯對那中年漢子說：「再田，你先把他押下去，派人看守著，我親自去艋舺，問問錢莊的金寶山大爺，看他認不認識這個鐵匠，事情沒弄清楚，我們不會放他走的。」

大燧儘管受了委屈，但他仍然從內心裏感激阿榮伯，他想：人與人之間很容易誤解，假如不是這位阿榮伯明白事理，他落在這個叫再田的人手裏，也許早就吊到樹上挨打了。他既沒有偷牛，他就不會駭怕，他相信這事情很快就會查明白的。

叫再田的那個中年漢子，雖然對他懷有敵意，把他關到牛屋裏，但他並沒有私自動手拷他，只囑咐阿塗和另一個看守著他。第二天，阿塗送飯給他吃，再田又請了一位老婆婆，用草藥膏塗敷他的膝蓋。

這樣過了三天，阿榮伯去舺艋回來了，很快就過來，叫阿塗替大燧鬆了綁，他說：

「真是對不起，我們村上的人認錯了人啦，硬把你這位小鐵匠師傅當成偷牛的賊，又害得你傷了膝蓋，我們應該供你食住，替你治傷。」

「老阿公，你是見過金寶山大爺了？」

「當然見過了！」阿榮伯說：「我一去，金大爺就請我呷酒啦，我提起你的名，金大爺直豎拇指，說你倆兄弟都很好，郭兆堂打過你弟弟二燧，你們還是不肯參加械鬥，這真好。……」

「我們這外莊裏，有泉州人，也有幾戶客家人，他們是潮州來的，也說閩南話，我們從不起械鬥，打來打去，都是內陸來的人，多沒意思。」

「我希望我的膝蓋快點好，」大燧說：「擺腳陸和我小弟二燧，不知被你們追得跑到哪裏去了，我要去找！」

大燧說話時，再田、阿塗等五六個人都來了，再田紅著臉說：

「我們弄錯了，該由我們去把他們找回來才對！」

「算了罷，你免講了！」阿榮伯說：「你們一出去，不是把他們嚇得跑到更遠的地方去了嗎？」他轉對大燧說：「這幾天，讓你受這麼多委屈，我們太不應該了，你不用急，養傷要緊，養好了傷，再去找人罷。」

大燧發現，這座外莊裏的鄉下人真的很好，他們一旦發覺認錯了人，立即滿口道歉，並且對自己客氣起來。他們用一把靠背的椅子，扶自己坐上去，把自己抬回阿榮伯的正屋裏去，特地讓出一間屋，把木床鋪得好好的，讓自己躺著，阿榮伯的一個孫女叫美鶯，被喚來服侍他，自己從來沒有這樣享受過。

那個老阿婆，每天都來替他換敷草藥，美鶯做了雞湯捧給他吃，阿榮伯、再田兩個人，也常來陪他聊天。

「奇怪，為什麼有些地方，漳州人泉州人常常會鬧械鬥，閩南人和客家人也鬧械鬥，三邑人和安溪人也打過。」阿榮伯憂悒的說：「難道不打就不能過日子？」

「世上人，若都像阿榮伯一樣，哪裏還會起械鬥，」大燧說：「我在老家白銅隘口，就是不願參加械鬥才逃出來的，械鬥不能打開頭，一見血光，一結仇恨，人的眼紅了，事情就沒有了啦。」

「侷門不認真辦事，才是起械鬥的原因。」再田罵罵咧咧的說：「就比如爭水罷，……天鬧旱，田地都缺水，全靠一條溪的水灌溉，水頭的人築壩，把水給攔住自己用，水尾的田地得不著水，禾苗都乾枯了，這種事，火燒眉毛，是非得立即解決不可的，侷門若能認真排解，就不會起爭執了，官司一打拖好久，誰送的錢多誰有理，逼得兩邊都不願經官，非打群架不可！這不都是逼出來的？」

阿榮伯在一邊嘆息著，他對這些，顯然不願多講，偷牛的賊仔沒有捉著，而他們村上的耕牛丟失了，使他覺得心煩，在各處墾民紛紛朝東拓展，到線外開墾時，耕牛不但價錢昂貴得驚人，而且不容易買到，一般牛墟上出售的牛隻，若不是逾齡的老牛，就是初生的犢子，而開墾的山田，地又硬，碎石又多，非要使用慓健的壯牛不可，單靠人手挖掘，根本不成，他非得捉住真正偷牛的賊，把失竊的牛隻找回來不可。

大燧看出老人的煩惱來，便問說：

「牛被偷去多久？」

阿榮伯掐著指頭，數算著說：

「有八九天了！」

「也許我膝蓋好了，能幫你們一點忙。」大燧說：「沒找到擺腳陸和二燧二個人，我也不能離開這莊子，找人和找牛一樣的要緊啊！」

大燧心裏要比阿榮伯更焦急，他帶著兄弟離開家鄉，吃盡辛苦來到島上，沒想到在這裏逃散了，能不能找到擺腳陸和二燧呢？……

日子一天一天的過去，日子在焦急的人心裏，總是那樣緩慢，外莊的村民們到東方的山嶺裏尋找過，既沒有找著人，也沒有找著牛。大燧的膝傷逐漸轉好了，但他仍不能離開這座村莊，他總想著：二燧總有一天，會設法找回來的。

也許村上人覺得，誤把大燧當成偷牛的賊，衝散了他們，心裏很感歉疚罷，阿榮伯出面，請大燧在村裏留下來，不必再回到艋舺去了。

「那裏很熱鬧，但也容易鬧是非。」阿榮伯說：「還不如住在鄉下，倒落個清靜。」

「你要想昇火開鐵舖，我們願意幫忙。」再田也這樣說：「外莊逐漸朝東開墾，人也越聚越多，鐵舖打製農具，不愁沒有生理做，你覺得怎樣？」

大燧看得出，在這個近山的大村落裏，人與人之間，關係很單純，很少見到是非利害的磨擦和爭執。這裏的人，多半是泉州籍的人，他們對待自己，友善而誠懇，就像一家人一樣。不錯，在老家的白銅隘口，爹是死在泉州人的手裏，但自己並不能就此就懷恨所有的泉州人，這裏的泉州人，並不是白銅隘口那邊、曾殺害了爹的泉州人，他沒有道理記恨到阿榮伯、中年漢子和阿塗這些人頭上。

「好！」他考慮了一會，點頭說：「我就在這裏留下好了，只要人和人處得好，到那裏都是一樣的。」

「沒想到你年紀這樣輕，能說出這樣的話來，」阿榮伯讚說：「若是人人都能這樣想，這裏就不會常鬧大械鬥了！」

事實上，淡北地區自芝蘭一堡的漳泉械鬥揭開序幕之後，儘管暫時被水師營出面彈壓住了，雙方沒有再繼續拚鬥下去，但漳人和泉人雙方的怨恨，越結越深，都窩藏在心裏發酵著。

新莊、艋舺和大稻埕，在表面上仍然很繁榮，淡北地區有幾千村堡，幾十萬住民，大燧兄弟和擺腳陸的離去，根本不算什麼，在一般人眼裏，只不過是兩個鐵匠罷了。莊總董曾爲他們逃走的事震怒過，因爲擺腳陸騙他雇船南下收毛鐵，船雇妥了，他們卻跑得不見了影子。

「有一天，我要捉住他們，非剝他們的皮不可！」他咬著牙說。

不過，天地會和三合會的人，在暗中發生了很大的影響，他們由三處郊行爲主，不分漳、泉、閩、粵，聯合起來說動商戶，各做各的生理，不參與械鬥。由於艋舺、新莊碼頭一帶的商戶多，他們一帶頭，一般有家有眷的住戶也都受了感染，只有少數打鬥的，仍然在賣狠，在叫囂，相互咒著對方，但人群既無心積極的挑起械鬥，少數人也就挑動不起來了。

日子總算又平靜下來，授意刑房鄔旦和奸商胡旺出面挑動械鬥的那位縣太爺，在冬天來時，任期屆滿，被調離臺了，對於在他任內，沒能眼見臺民分類，興起全面大械鬥，他覺得有些遺憾，因爲他沒能看得成這場熱鬧，但他行篋已經裝滿，對於這種小小的不愜意，也就沒太認真，朝後就是鬧得天翻地覆，那也是後任的事，與他無關了！

在三角湧東面外莊住定了的大燧，親自進山去尋覓他的兄弟二燧和鄉友擺腳陸，十多個村民跟著他，一直走到和蛤子難分界的大山裏面，也沒有找到二燧和擺腳陸。

再田對他說：「這裏是番界，生番很兇悍，早先殺害過班兵和屯勇，我們勢單力薄，還是回去罷。」

「我真想不到，二燧和擺腳陸跑到哪裏去了？」

一想到這個，大燧的心便沉重起來，但他知道，自己無法在這裏停留，他即使自甘冒險，也不能拖累再田他們這些墾民。

回程時，他們在一處山窪裏，發現幾堆用石塊壓熄的野火的餘燼，在火堆附近，留有三個已經腐爛掉的牛的頭骨，以及幾枝斷折的番箭。

「這是我們的牛隻。」再田說：「是番人幹的。」

「番人爲什麼要盜殺這幾條牛呢？」

「我們朝山裏拓地，把他們逼到內山去了！」再田說：「番人恨我們恨得入骨，一到入冬，山裏缺糧，他們還會擾擊我們的莊子呢。」

「很難啦！」大燧憂悒的說：「有人的地方，就難得有太平。」

嘆是這樣的嘆著，他還是決定在三角湧東邊這座村莊上留居下來，同時也訂了親，對方就是阿榮伯的孫女美鶯。

第六章　西盛之虎

時光這樣的流過去，來臺的墾民不斷的增加，庚戌年間，淡水一帶漳泉分類的械鬥又起，漳人縱火焚燒滬尾附近泉人的新墾區，他們仍然由芝蘭一堡的墾首鄭勇率領著，目的是要把淡水河北岸的泉籍人全數逐回南岸去，這一場械鬥和丙午年的械鬥是同一原因，也可以說是前一場械鬥的死灰復燃。

在這場新的械鬥裏，泉籍的石萬福和蘇泉，攏合了大雞籠一帶的同鄉，奮勇反擊，激烈的拚鬥在滬尾郊外輪覆的拉鋸，居住在滬尾鎮的幾千客家人被夾在當中，左右為難，他們的人數，比不上漳州，也比不上泉州，但漳泉兩邊的人，都拚命要拉攏他們，客家人不願意幫助兩邊的任何一邊，結果，他們的房舍也被焚燒了，稼禾也被踏踐了，逼得他們只有渡過河，經八里坌朝南遷移，遷到貓裏、銅鑼那一帶比較貧脊的紅土山原去，另行設法開墾謀生。

這次械鬥，漳州人早有籌謀，在人數上佔了絕對的優勢，火器和兵刃也都強過對方，他們把泉籍的漢子八百多人圍逼到雞籠山西側的海岸邊拚命鏖殺，使海岸邊閃光的白沙染滿血漬，一片斑斑駁駁的鮮紅。

最後，血戰在淺海裏進行著，人們在齊膝的海水裏互相逐殺，藍色的海水上，浮著飄散了的、紅絨一般的血絲。當然人數較多的漳州人打勝了，那些躺在海岸上的，或是漂浮在海中的泉人屍骸，連收藏和就地掩埋的人都沒有，一恁風吹雨淋，在太陽的蒸蔚中潰爛，海岸的風帶著一股屍臭，幾里路都能聞嗅得著。

到了咸豐年間，內陸的情勢起了極大的變化，洪秀全在各地會黨的支持下，起兵於廣西金田，攻廣東，入湖南，使大江南岸地區幾乎全部變色，臺地和閩粵間的連繫，幾乎全部中斷了，這消息，很快的傳到臺地墾民的耳裏，使人心在激奮中浮盪起來。

一些民間的商船南來澎湖群島和臺灣本島南北各碼頭，像撒種似的，把洪秀全起義的情形，不斷播散到民間去，這消息使臺地的會黨勢力重新膨脹，他們覺得，洪秀全既能豎旗舉事，公然抗清，臺地民眾如能適時響應，在清廷閩粵一帶潰敗，臺地一島孤懸的時辰，成功的機會，要比當年林爽文、朱一貴他們大得多。

太平天國起事的消息，使臺灣南北滿清各衙署，陷在極大的驚恐和混亂之中。當然，他們對內陸的亂局，一時弄不清楚，只知道長毛的聲勢極大，幾乎使官兵難以抵禦，這種心理的恐懼，使衙署的官員人人自感危在旦夕，能夠自保就已經算好的了。

臺地班兵的人數有限，大多是些老弱，不用說大規模的起事，就是一般性的豎旗事件，都無能爲力，要靠閩粵兩省調兵彈壓，或是地方的屯勇協力助陣，這如今，閩粵兩地自顧不暇，地方士紳也都猶疑觀望，一旦鬧出抗清事件來，連逃都無處可逃，目前只好龜縮在衙署裏，一斂平素的威風了。

而艋舺一帶地當對外交通的樞紐，消息最多，影響也最大，淡水衙署不管事了，保甲也名存實亡了，情勢複雜，一片混亂。當地的會黨集議，討論如何響應太平天國起事，團結墾民，一致豎旗抗清。而有些短視淺見的地痞流氓，認爲漳泉分類械鬥的宿仇未了，正好趁亂大打一場，他們仍然漳歸漳，泉歸泉，成群結黨的吆喝，煽動更多好事的人群，在街上尋仇生事。

這樣一來，大批暴民操縱了局面，他們胡亂燒殺的結果，使局面更亂得不堪收拾。他們扔棄一致團結抗清的大好機會，卻使漳泉兩籍的宿怨暴發，演成了淡水、竹塹、臺中、彰化數縣的分類火併。

先是艋舺地區泉人的新首領黃阿蘭，爲了艋舺街上泉人的商號被漳人的暴民搗毀，而拉集了一支銃隊和幾百張刀，在艋舺的祖師廟前演戲酬神，打算出師向漳人報復。

泉人頭一回約齊了上千的人在一起集會，他們有的拎著燈籠，有的執著火把，在平場子上聽黃阿蘭講話。黃阿蘭很激忿的說：

「漳州人仗著人多勢眾，硬把淡水北岸我們泉籍的人打光熬光了，如今他們又煽動暴民，焚掠我們的商戶，我們求神保佑，這一架，非得打到底不可！我們也要把新莊、艋舺兩地的漳州人，全數逐出去，並且，要攻下他們的錫口莊、大安莊和芝蘭一堡，也好讓他們看看，我們不是好欺負的。」

「我們要抬著清水祖師出兵。」脾性急燥的陳隆說：「上兩回，我們在滬尾那一帶吃了大虧，這筆血仇得由我們來報，非打勝不可！」

架是決定要打了，但酬神戲照例還要演下去。

好幾個戲班子，把木臺搭在廟前的野地上，競敲著鑼鼓，盪起一片巨大的喧嘩；泉籍的漢子們，分圍在戲臺前面，忘情的看起戲來了。

月黑風亮的夜晚，會發生什麼樣的事故，黃阿蘭和陳隆也都想過，他們認爲對方決沒有那種膽量，敢來偷襲，戲一唱完，他便糾眾先攻大稻埕，直逼芝蘭一堡。

誰知漳籍的人士，對於對方的一切計算都瞭如指掌，莊總董和幾個首領集議，當時便決定在泉人酬神拜廟的時辰，即時施行偷襲。不過，由誰領人偷襲，倒是很費商量的事，有人認爲鄭勇和泉人兩度交手，經驗足，也很沉著大膽，這事由他領頭去做，最爲適當。有人主張該選巨人朱五，因爲他天生巨力，那把大刀，對方幾乎無人能敵，他一去，必會馬到成功，而莊總董覺得鄭勇是率眾的曌首，不能輕易去冒這樣的大險，萬一事情辦不成，先折了大將，那就太吃虧了。至於大刀朱五，勇力有餘，心機不足，把他放在兩邊對陣搏殺上，可以說是威力極大，若讓他領人去偷襲，那就用錯了地方了。

「蓮花街的柱子怎樣？」有人說。

「要是柱仔願意去，那是再好也沒有了！」莊總董說：「對方集聚的人槍極多，偷襲很冒險，得先把柱仔找來問他，說他自己願意才行。」

柱仔被找來了，聽說要去偷襲泉州人，柱仔拍著胸脯，說是願意打頭陣，他說：「祖師廟那一帶的地形，我最熟悉，他們不是在做戲拜神嗎？我只要帶五十個人，從廟後爬進，把他們的神給擄來，然後再跟他們對陣，對方就贏不了啦！」

「對，這倒是個好主意，」陳隆說：「擄他們的神，比偷襲他們更好，這樣一來，泉州人的氣燄就沒啦！」

「主意倒是好主意，」莊總董說：「不過，清水祖師是泉籍墾民的守護神，極爲靈驗，得罪了他們的神，對我們恐怕不利罷？」

「這有什麼要緊？」陳隆說：「我們拜的是開漳聖王，我們的神自會保護我們的。」

「這樣罷，」莊總董想了一陣說：「柱仔，你帶五十個人過去，我聚合大隊在後面佈陣接應你，明天天不亮，我們不讓對方先攻，就從四面出動，攻佔艋舺，勝了頭一陣，朝後就好辦了。」

柱仔回去點妥了四五十個人，這些人，有的是他的徒弟，有的是跟隨他在蓮花街混世的，大都是橫衝直闖的亡命之徒，他們帶著短刀，悄無聲息的摸向廟後去，柱仔帶領他們，摸到一道矮牆背後，悄聲對左右說：

「你們聽著，對方的人，也都在看戲，我們要從廟後挖洞，鑽進後大殿去，擄到他們的神，揹著就跑，等他們發現追來，我們已經跑回去了。」

這些人平常橫行閭里，魚肉商戶，顯得天不怕地不怕，但他們對於威靈赫赫的祖師金身，卻有一種莫名的畏懼，一聽說要擄神，他們的腿都嚇軟了。

「你們全是沒用的東西，」柱仔沒聽見一個人敢答話，便氣憤的說：「這主意是我出的，他們的神要真有靈，他該罰我……來兩個人幫我挖地洞，其餘的，都在這裏等著，幹這種事，人多了，反而容易出岔子。」

祖師廟後街，是由一些壟莊連結成的，當中有許多空隙，地形熟悉的柱仔，很容易趁著做戲時沒人注意，飛快的摸到廟後，躲在黑地裏，取出鐵鏟挖起地洞來。

做戲做得很熱鬧，幾個由中南部來的戲班子，爲了爭名爭采，都拿出壓箱子的本領，把鑼鼓打得震天響，唱著精彩的好戲，怎麼也沒料到柱仔他們會揀著這個時辰動手，把主意打倒他們的祖師爺頭上。

柱仔和他兩個手下，挖洞挖得很快，不到起更，他們就已經挖出一條地洞，通到廟裏的神龕下面來了，神龕前的供桌上，燃得通明的燭火搖曳著，但並沒有人看守著，柱仔伸出頭來察看了一遍，回臉招呼那兩個說：

「趁著沒人在廟裏，我們快動手罷！」

應用的繩索，都是隨身帶著的，柱仔先跳上神龕去，扳倒祖師的神像，揹到背上，神像是紫檀木雕成的，異常的沉重，也只有他這種有蠻力的人，換成旁人，還真揹不動，那兩個助手急忙用繩索把那座神像捆緊，免得臨時丟失掉。

不過，捆緊之後，問題便發生了，原來他們所挖的洞穴不夠寬大，一個人伏身爬行，可以通過，柱仔揹了神像，便無法爬過去了。

「這該怎麼辦呢？」助手著急說。

「那只有把地洞再挖大一點了。」另一個說。

「不成！」柱仔說：「我們沒有那許多時間了，我看，只有冒險從側門衝出去，立刻向北面跑，等他們發現了再追，我們伏在矮牆那邊的人就能接應得上，一面和他們扛著，莊總董的援兵也就會到了。」

「好罷！」助手咬牙說。

三個人依著柱仔的計算，拔開側門的門柵子，拔腳朝外衝，但並沒像柱仔打算的那樣順當，他們剛一出去，沒走上幾十步地，就被一個舉著燈籠的人發現了，那人扯開喉嚨，像挨殺的豬一樣的喊叫說：

「你們，快來人啦！漳州人把我們祖師爺的金身揹跑啦！」

他這樣一喊叫不要緊，所有看戲的戲都不看了，紛紛你喊我叫的抄起兵器去追人，一面追，一面問著對方朝哪邊逃的。看戲的不看戲了，臺上做戲的也不做戲，他們沒有時間換裝，連臉上的油彩都沒有時間洗，就抄著戲臺上用的兵器跳下臺來，跟著旁的人一路追趕下去。

假如這是在白天，不要說來的只是柱仔等兩三個人，就是三十人，也都死定了，但在黑夜裏，燈籠火把照不遠，人多的一方，反而引起混亂。

即使泉方的人群很混亂，仍然有一大批人，包括穿著戲裝唱戲的，一路追趕下來，柱仔平常倒是跑得極快，但他身上緊捆著一座檀木神像，又無法和助手換著揹，越跑越覺得那神像沉重不堪，腳步自然緩慢下來了。

跟隨著柱仔的那兩人，原和柱仔跑在一起的，但他們發現有一大群人，噪噪喝喝的追了下來，揹著神像的柱仔越跑越慢了，他們便自顧逃命，把柱仔扔下來不管啦！

喊聲逼近了，柱仔回頭瞧瞧，饒是他再有多麼大的膽量，也被嚇得心裏發慌。拎著燈籠，掌著火把追過來的，至少有兩三百人，其中還夾有穿著五彩古裝的，揮著刀矛，活像天兵天將一般。

神像那樣沉重，捆縛的繩索都深陷到肩肉裏去了，柱仔這才想到，把神像緊捆在自己身上，是一件最愚笨的事情，到了緊急的時辰，無法換人揹，看樣子，若是得不上接應的人手，今夜是凶多吉少啦。

追的人潑吼著，無數支火把匯成的濁重的紅光，已經隱約描出跑在前面的揹神像的身形來，那人顯然有些力竭了，越跑越慢，再有一會兒就能追上他啦！

杜仔不用再回頭，跳動的紅光已近得能描出他的影子，他跑到大水塘邊，用短刀割斷了兩根繩索，一蹤身，連人帶神像都進了水塘，從塘邊朝塘心緩緩的飄過去。

「偷神像的跳進塘裏去了！」

「神會讓他溺死的！」

追的人圍在大水塘邊，高舉燈籠火把照耀著塘面，他們只看見被繩索橫欄的神佛的金身，在水面上漂著，但看不見揹神像的人。由於那座神像的關係，泉籍的人士不願開銃，也不願放箭，只能圍堵著不讓跳塘的人脫身，一面等著陳隆來處置。

「陳大爺來了！」有人說。

陳隆帶著一支親隨的銃隊，急匆匆的趕了過來，他下令一些年輕善泳的下塘去，撈起祖師的神像，並且活捉那個盜取神像的人，逼問出他受什麼人的指使。

依陳隆的計算，這時刻，捉住一個漳州的活口最為要緊，只要有一個活證在手上，不難拷問出詳細的口供來，這樣，在理字上站得穩，可以對外坦指是對方蓄意先動手的，理直自然氣壯，至少能使泉籍的人更肯捨命。

七八個漢子下了塘，等他們撈起神像時，才發現繩索早已被利刀挑斷，揹神像的人，也已泅水逃脫，不見影子了。

「也許他已經淹死在塘裏啦！」有人說。

「這樣好了！」陳隆說：「派人守著大水塘，我們再分頭去追另外的人。」

不過，經過這樣的一耽擱，他們再去追人，卻追不到了，——伏在矮牆背後的柱仔的手下，早就跑掉啦！

柱仔雖然逃得了性命，但他兩手兩腳都被割傷，一回蓮花街，他就捉住了那兩個在危急時捨他而去的助手，按照他們黑社會的規矩，把他們給辦了。

這事沒辦成，莊總董發了火，二天一早，就率大隊，向泉籍人的地區進撲了。

民間起械鬥，跟行軍佈陣不一樣，混亂得不成章法。漳籍的人從芝蘭一堡、大安莊、古亭莊、錫口莊，分成幾股出動，撲向大稻埕和艋舺，和泉籍的人當街起了混戰。泉籍的人也從新莊、西盛那一帶湧出，直撲漳籍人聚居的村堡，你放火燒我的村堡，我也放火燒你的村堡，這一股你勝了我，那一股我又勝了你，從清晨鏖戰到黃昏時，人在高處看，有多處火舌在街市間昇起，到處都滾著黑色的濃煙，究竟是哪一邊勝了？沒有人能夠知道。

艋舺碼頭附近的幾條街都起了大火，雙方的人滾成團兒，在火光和煙霧裏廝殺，街頭的磚壁黏著人血、殘髮和碎肉，巷裏橫躺著人的屍體，有些婦女，不顧刀光劍影的廝殺，抱著親人的屍體當街嚎哭，單是新美鳳附近一帶的街道上，就躺了將近一百具慘死的人屍，在這些屍體裏面，誰是漳人？誰是泉人？根本就無法分辨了。

艋舺地區中心，有幾座香火鼎盛的泉人廟宇，像祖師廟和龍山古寺，由陳隆親率近千人保護著，對方的人也拚命的攻撲這裏，想縱火焚廟，但泉人抵死不讓，因而，這一帶也很自然變成械鬥的焦點，雙方你衝我撲，死去的不說，活著的人，把喉嚨都喊啞了。

黃昏時的拚鬥，泉人的人數集中，而漳人的人數分散，黃阿蘭和陳隆等兩三股人，把實力單薄的漳人擊退了，他們更從薄暮中鳴鼓追殺，一直把漳人趕回大安莊以東去，到夜晚休戰時，餘火仍在狂燒著。

第二天的凌晨，久經準備的泉人，幾乎全數出動了，他們有幾股是遠從桃仔園、大姑陷那一帶趕過來的，他們先在艋舺街上清除漳人，把廈郊的郊行都給搗毀了，當地的漳人站不住腳，紛紛棄宅逃離，連巨人朱五和柱仔，都帶著他們的手下，投奔芝蘭一堡去了。

陳隆佔了艋舺，到處著人搜尋漳籍碼頭幫、蓮花街口幫和大眾廟口幫、朱五、柱仔和郭兆堂等人留下的黨羽，甚至牽累到他們的親族和家人。

「我們要想佔穩艋舺，非得把對方的內應連根翦除掉不可！」他說。

事實上，漳籍的人被驅離艋舺，並沒有即時大舉反撲，但沿著枋寮街（今中和鄉）、港仔嘴（今板橋鎮）一帶漳泉接界的地方，雙方還是不停的攻伐，而這場械鬥的餘波，一直展延到桃仔園和南崁等鄉間的村落裏去了。

人，就是這樣的奇怪，一旦地域性的械鬥發生之後，他們大睜著滿佈血絲的眼，只是瞪視著對方，對於遠地傳來的消息，即使聽著，也起不了什麼樣的反應啦。

而消息經常由越洋的商船帶過來，說是太平軍已經一路北上，定鼎南京了，說是粵省的海賊搶掠了臺地渡海入廈的運糧船，使浙閩一帶起了嚴重的糧荒，過不久，又傳說天地會在閩南近海州縣起事，漳州和廈門都豎起小刀會的旗幟了。

隔海的事不說了，當月裏，臺灣縣的會黨首領李石樹起了抗清旗，旗上寫著斗大的「興漢滅滿」的字樣，他率著一批死士，趁夜奪取縣署，掩殺了知縣高鴻飛和官差衙吏數十人；緊接著，會黨首領林恭，糾聚近千人，建號天德，也攻陷了鳳山城，殺掉知縣王廷幹，打開倉庫，盡釋獄囚，李石和林恭取得連絡，分領所部圍攻府城。

這時，北路的嘉義會黨首領洪紀、張古、羅阿沙、賴棕等人，也及時豎旗響應，各督大隊進逼嘉義城。

以南路這種捨命豎旗的威勢，假如和淡北地區漳、泉兩籍的兵勢相合，執殺臺灣道徐宗幹，逼降南路海防兼理番同知鄭元杰，收復全臺，簡直易如反掌，何況南路會黨差人到淡水縣來，這人就是龍溪的好漢陳山。

陳山先由金寶山陪同，投帖拜會泉人首領黃阿蘭和陳隆，他坦直的說：

「太平軍雖說在南京城定了鼎，但沿海省份，清廷的兵勢仍強，林恭、李石和洪紀幾位冒險豎旗，如今正跟鄭元杰所率的官兵苦戰，事成或是事敗，就看北地是不是能立加援手了！……南北遙隔千里，兄弟來一趟很不容易。無論如何，請給我一個回話罷。」

「真的，黃大爺和陳大爺。」金寶山說：「這些日子，外間的變化太大了，如今正是千載難逢的機會，豎旗抗清，收復全臺，一舉可成，而我們泉漳分類，反目成仇，只管互相拚鬥，打勝了，死的也是八閩同鄉，又有什麼意思呢？我是廈郊人，我可沒主張過械鬥。」

兩人所說的話，都夠袒胸露腑的，黃阿蘭首先猶疑起來。

「陳大爺，你走了這麼遠的路到淡水縣來，我們很感動，」他說：「你講的道理，也是句句有理，但在淡北地方，漳泉兩地人連年起械鬥，從乾隆年間起始，一直鬥到如今，雙方宿怨越結越深，欲罷不能，在這種時刻，再好的道理，也沒人能夠聽得進耳裏去，你說動了泉方，也不一定能說得動漳方，我和陳隆兄，只是被人舉出來，領頭打架的，論起講和，我也沒有那麼大的權限，這不是我不肯答應，我是無法答應。」

事情弄得很僵，陳隆便插口說：

「我看這樣罷，陳山兄和金大爺，你們都是漳州籍的人，你們不妨先去芝蘭一堡和大安寮，跟對方領頭的幾個人談一談，如果他們願意止兵言和，這事就要好辦一點了！我們的力量不夠，也許能找到地方上更有臉面的大紳士，出面試行調解。」

「也對！」金寶山點頭說：「這倒是個辦法，陳山兄，我這就帶你到芝蘭一堡和大安寮去罷。」

兩個告辭出來，行經前幾天雙方激烈火併過的艋舺街道，街道雖然經人草草清理過，但被火燒過的殘牆斷木，仍然呈現出怵目的焦黑顏色，沿街的土壤和磚塊上，仍留著沒經沖洗的血跡。

金寶山對陳山說起這次械鬥，雖然是旋起旋停，但業已死傷近千的人了，陳山問起他一向關心懸念的大燧兄弟，金寶山說：

「講起來我很慚愧，他們先被郭兆堂逼到錫口莊，重新砌爐昇火，要他們打製械鬥用的兵器，後來，二燧得罪了郭兆堂，被吊打成傷，他們倆兄弟，始終不願捲進械鬥的漩渦，由賣毛鐵的擺腳陸，帶著他們跑掉了！」

「他們走後有沒有消息呢？」

「有啊！」金寶山說：「前些日子，三角湧東邊外莊上，來了一位墾首阿榮伯的，來問我認不認識賴大燧這個人，他們錯以爲大燧兄弟偷牽了他們的牛，把傷了腿的大燧捉住了，我跟他詳細解釋，送他回去了，那之後，再沒聽著他的消息。我想，他也許仍住在那座外莊上。」

「三角湧離這裏不遠，」陳山說：「只要有時間，我會設法打聽的。」

陳山想到大燧兄弟倆的遭遇，心裏便很難過，這些年來，自己和王銅，以及黃位、林俊等一幫有志的朋友，協助賴火叔爲會黨盡力，無論經多少奔波，受多少勞碌，也都沒有臨陣退縮，爲自己打算過，而那兩個年輕人，想找一塊安身之地，在家鄉的州縣找不著，如今，一樣找不著，這就太使人痛心了，認真想想，這世上怎會有這許多目光短淺，只是勇於私鬥的人？

陳山到了芝蘭一堡，墾首鄭勇很隆重的款待了他，同時把莊總董、許保正、張保正、朱五和柱仔這干首領，都約來和莊總董商談。

莊總董分析了當前的情勢，希望淡水地區漳泉兩屬的人解兵言和，合力豎旗舉事，他說：

「諸位想想，淡水、竹塹一帶地方，雖說開拓較晚，但地沃土肥，來開墾的人極多，如今已有四五十萬戶人家，百十萬住民，你們只要一豎旗，臺地的班兵首尾不能相顧，南路兩支義軍，就有攻開府城的希望了。」

在這些首領人物裏面，莊總董要比較有遠見，他首先贊同陳山所說的話，主張立時和泉籍的人謀和，但鄭勇和大刀朱五堅決反對。鄭勇說：

「前幾回械鬥，我們都是打勝了的，按理講，對方應該賠償我們在械鬥時一切的損失，按照現銀計價，即使要和，他們該先向我們求和，決沒有打勝的一方，還低聲下氣，找對方去求和的道理。」

「豎旗舉事，可不是簡單的事情。」杜仔也說：「弄得不好，就要問斬的，我們幫著南路的林恭、李石，日後事成了，他們南面為王，我們有什麼好處？……替別人跑龍套，敲邊鼓，這事幹起來沒有意思。」

「以後的事情，不必放在今天說，」莊總董說：「中間既有人說和，我們並沒找對方去求和，這並不丟失我們漳籍人的面子，國家大事，我們也不能攏總丟開不管，我這話對不對呢？」

像大刀朱五和杜仔這種粗蠻的人，話隨意出口，只是為了要顯出他們的勇敢，其實並沒認真考慮過，莊總董一開口談起道理來，杜仔便不再說了。

「泉州人那方面的意思怎樣呢？」莊總董問說。

「初步談過了，」金寶山說：「黃阿蘭和陳隆，也並沒堅持一定要打下去，但也沒有即時答應。……這種事，我們只能在當中做個穿針引線的，要講和，也得你們自己當面去談，只要雙方都有意，總能談得成的。」

陳山明知事情很難辦，但仍僕僕風塵的兩面奔波著。

在北地有學養的鉅紳裏面，要以竹塹的進士鄭用錫的名望高，聲譽隆，也最得漳泉兩籍的地方人士信仰和尊敬，陳山曾親赴竹塹，求見鄭進士公，說明南路豎旗起事的情形，希望淡北地區響應，在這之前，必得調解漳泉兩籍的械鬥不可。

鄭用錫默默的聽著，他對於豎旗舉事的事，並不像陳山那樣樂觀，他對於像朱一貴、林爽文那一類型的起事，認爲只是游民與暴民的烏合，除了挑動兵災，牽累百姓外，很難長期立得住腳，他說：

「按理說，讀書人該出來擔擔子，但大家都獨善其身，把很多機會都延誤了。這次林恭和李石舉事，一樣是無謀妄動，不用多久，就會覆沒，唉！這只能說是運數罷了！至於漳泉械鬥，冤冤相報，循環不已，人數加上天數，想止兵言和，也並不容易，不過，我願意盡力試行勸解，使他們能對南路起事，有些幫助，這只是我一廂情願的想法，事情能不能辦得很順利，那就難講了！」

「只要鄭老爺答應勸和，我們業已萬分感謝了！」陳山說：「我也知道，會黨裏面，多是有勇無謀的草民百姓，眼光不夠遠，氣度欠寬宏，起事失敗了，不要緊，恕我斗膽直言，——那總要比獨善其身要好一點罷？只要抗滿興漢沒有錯，日後總會有人出來灑血拋頭的。」

陳山告辭後，鄭進士公果然擔當起調解械鬥糾紛的擔子來了。

他發柬邀約艋舺漳泉兩方的士紳，分別深談，又著了一篇勸和論，要書坊刻印了萬份，廣爲散發，籲請雙方止戈息爭。

這對一個讀書人來說，已經算是盡了很大的力，影響不能說是沒有，但並不能阻止雙方好鬥者的喧囂，他們主張：要和，對方必須道歉、請罪，負責鉅額的賠償，條件越提越多，弄得根本無法和解，最後，仍然決定繼續打下去。

以最具影響力的鉅紳出面調停，最後仍無法止鬥，陳山對淡北地區起兵響應南路的希望幻沒了。在那個月裏，天起異象，晴空出現主兵凶的旱虹，大屯山發出嗡嗡的山鳴，共歷三天三夜之久。

不到半個月的工夫，由府城北上的船隻帶來消息，說是：南路海防同知鄭元杰，業已舉兵收復鳳山城，林恭敗退東港，轉退水底寮山區，這之後，消息越傳越壞，說是林恭被執，解群戮殺，總兵恒裕統軍北上，解嘉義之圍，追捕黨眾，李石以下數百人都被殺害了。於是，這一場臺地民眾響應太平軍的起事，就這樣悲慘的結束了。

八月裏，大熱的天氣，艋舺一帶的居民，並沒有爲南路起事失敗有過什麼樣的關心，因械鬥而生的火種沒曾熄滅，又從他們心裏旺燃起來。

泉籍的人在艋舺做道場，接著，淡北起了一場極大的暴風雨，引起海水倒灌，把芝蘭一堡山腳，裾野邊緣的漳籍居民若干戶都漂沒了。

做道場和暴風雨，原本是毫不相干的兩回事，但被一些好事的人輾轉鬨傳，硬指這場風雨是泉籍人求來害人的，於是，漳籍的人群又鳴鑼糾眾起來，向泉籍人聚居的地方攻撲焚掠，見人殺人，遇物毀物。這一回，泉籍人士得到三邑人的幫助和部份粵籍人的同情，也結起大隊，處處抵抗，同時向漳籍人的居地反撲。

這一回，械鬥的地區更爲擴大了，火焰燬掉了新莊的縣署、海山堡潭底公館、大加蚋堡的八里新庄，由柱仔率領的一股人，爲了報復前一次偷揹神像，被人發現追逐，差一點投塘溺斃的仇，趁機進逼艋舺，縱火把祖師廟焚燒了。

械鬥，在混亂中延續下去，雞籠、三貂、桃仔園、楊梅各地，漳泉雙方也都擄人紮厝，白刃相加。由於各衙署都無法管事，地方保甲也都捲進了械鬥的漩渦，平常防匪防盜的鄉丁屯勇，一變而爲械鬥的主力，一時槍銃齊出，硝彈橫飛，單是遭戰火焚燬的村堡，就有十多座，雙方的死傷慘重，那更不必說了。

在漳州人這方面，鄭勇所率的芝蘭一堡這股人，收容了大刀朱五和蠻牛柱仔兩名驍將，因此，他在漳籍各首領中，地位昇高，逐漸有取代莊總董之勢；而泉州人摸清對方的底細，陳隆所率的精銳，專找鄭勇拚殺。

在陳隆的陣裏，聞名的西盛之虎出現了，他帶著三百多刀手組成的單刀隊，個個勇猛如虎，陳隆吩咐他們，不論如何，一定要設法活捉火焚祖師廟的蠻牛柱仔，押回來，在祖師廟活刖謝罪，他說：

「清水祖師分香來臺，多年香火不絕，我們怎能眼看這座古廟，在我們手上被對方毀掉？……祖師有靈，該顯出神通來，讓我們把那燬廟的元兇柱仔活捉到，刖了祭神，要不然，我們心裏不會安穩的。」

「陳大爺，」西盛之虎說：「除了活捉柱仔，我還想到：他們能燬我們的廟，我們一樣能燬他們的廟，讓雙方的神也鬥鬥法，倒看那邊的神強？」

「對！」有人附和說：「這樣，也能消滅對方的氣燄，還他一個公道。」

陳隆本人，原是篤信祖師的人，神廟被燬，在他認爲比他本身遭禍更爲要緊，在極度氣憤之中，乃採納了西盛之虎的主張，下令手下儘量報復，凡是漳人建立的廟宇，得著機會就縱火把它焚燒掉。同時，他關照西盛之虎，儘快的把柱仔活捉回來。

西盛之虎想要在各股人的混戰中找到柱仔並不容易，同樣的，鄭勇把他信賴的一張王牌——巨人朱五，緊緊握在手上，準備隨時打出去應付西盛之虎，這樣的互相追逐，經過幾次械鬥，他們都沒能碰上頭。

很顯然的，柱仔本人在火焚祖師廟，爲漳人立了大功之後，他便明白泉州人一定恨他入骨，一旦捉住他，非活活刖殺他不可。祖師雖然是對方膜拜的神，但他侮瀆神明之後，焚不住心虛情怯，他老婆雙刀郭阿嬌是個很聰明的女人，便替他拿主意，教他不要再像平常一樣，橫衝直撞的打頭陣，她說：

「柱仔，你可千萬要當心，不要自恃勇力，以爲對方沒有人擋得住你，一旦遇著西盛之虎，你就危險了！」

「妳放心！」柱仔安慰阿嬌說：「那個矮冬瓜，比起我們這邊的巨人朱五又如何？這幾年，光聽著有人在傳講他，其實，他根本沒有露過面──他要真有本事，早就該露面了。」

「話不是這樣講，柱仔。」郭阿嬌說：「俗說：人會失足，馬會失蹄，你聽我的話，自己當心些。你得差人出去打聽，看西盛之虎帶領的那股單刀隊在哪裏，你就設法避開他。」

柱仔倒是有自知之明，曉得他不及他妻子阿嬌聰明，所以，上一回才會叫人把神像緊捆在自己背上，中途被人發覺追趕，連換手都沒辦法，若不是急中生智，用刀挑斷繩索，投塘泅泳逃生，這條性命，早已丟在泉州人的手上了；他沒有道理再不聽阿嬌的話了。

械鬥的情形，雖然激烈而混亂，但差人出去打聽對方的消息，還是很容易。西盛之虎所屬的那股單刀隊，正在攻撲中寮和瓦窯（今中和鄉）一線，所以，柱仔便潛回他的老窩──艋舺蓮花街一帶來了。

上一回，陳隆率人佔據艋舺時，曾經搜捕蓮花街口柱仔這幫人，殺了他不少的黨羽和親族，把郭兆堂和柱仔的家全都搗毀了，這一回，柱仔夫妻倆帶人回來，一心要報復，郭阿嬌又出主意說：

「我們不妨另想法子，不必成群結黨的去攻打八里新莊（今萬華火車站附近）和西盛，我們要在這裏設埋伏，誘殺對方的頭目。」

「妳有什麼樣的法子呢？」柱仔說。

郭阿嬌指著蓮花街一帶殘破無人的街屋說：

「你看，這一帶因爲常常拚鬥，商戶和住民都逃難別處去了，我們就埋伏在這裏，不遠的新美鳳閣，兩邊都沒有損毀，他們入夜後，照樣做生理，有些泉籍的人，常到這邊來飲酒買醉，我們一個一個的暗中對付他們，沒有不成功的。」

「對了！」柱仔說：「這真是個好主意。」

柱仔手下共有五十多個人，都是年輕力壯、身手靈活的漢子，雙刀郭阿嬌左右，還有五六個年輕女子，都是跟隨她練習武術的，他們利用斷巷殘牆做掩護，分別匿居下來，等著機會下手。

對方並不知道柱仔已經帶著人潛回他的蓮花街老巢，那些泉州籍械鬥頭目們，總以爲他們實際上已控有了艋舺，白天四出掠焚後，晚上收兵回來，亂鬨鬨的四出尋樂，有的分攤掠得的錢財物品，有的集眾聚賭，也有的喝了酒，到新美鳳閣來遛躂，艋舺阿鳳雖攀不上，旁的姑娘仍多得很。

甚至泉方的兩大首領——黃阿蘭和陳隆，也常在艋舺阿鳳的宅子裏竟日盤桓，並把那裏當成發號施令的地方，艋舺阿鳳心裏很不願意，也就半真半假的吐露出她潛藏的心意來。

「我說，兩位大爺，你們能不能放開新美鳳閣啊？……你們盤紮在這裏，對方早晚會把這裏搗毀掉的。」

「我不信，」陳隆笑說：「有妳艋舺阿鳳在這裏，對方會搗毀新美鳳閣？大刀朱五、蠻牛柱仔那些傢伙，跟妳都有很厚的交情……」

「快別這樣講了，」艋舺阿鳳說：「我們吃這行飯，就得笑臉迎人，能得罪什麼人呢？什麼人我們都得罪不起，只有拿好話求你們，放我們一條生路罷了！」

「嘿嘿，」黃阿蘭說：「怪不得艋舺各處都毀掉了，新美鳳閣分毫沒動，妳阿鳳這張嘴，抵過百軍萬馬呢，妳說說看，漳泉分類起械鬥，妳到底站在哪一邊？」

「我麼？」艋舺阿鳳恣意的笑了起來：「我兩邊都不站，只站在我自己這一邊。」

「這話怎麼講呢？」

「我既是漳州人，又是泉州人，」艋舺阿鳳說：「不願見到兩邊的人起拚鬥，一死就是幾百上千的人。兩位大爺沒想，械鬥一打開頭，就沒有完的，不但自己丟性命，日後，兒孫也一樣會遭橫禍，我眼看兩邊打成這樣，又說不上話，心裏只有著急罷了！」

「嗯，是這樣的？」陳隆微有感觸，嘆口氣說：「可是，我們也不能隨便受人欺侮呀！八芝蘭山腳下的墾地，泉人也有份，他們把我們村堡燒了，土地佔了，把泉籍墾戶逼到北海邊還不足，又把我們的人逐到海裏去鏖殺，那些事情不講了，火毀祖師廟，該是妳親眼見著的，我何嘗願意起械鬥？情勢逼人，不打也不行呀。」

「陳大爺，這可不是爭理的事，」艋舺阿鳳說：「若是講起道理來，漳州人一樣有一肚子委屈，一番振振有詞的道理，兩位都看得見，械鬥把人心都打變了，人殺人，像死雞死狗一樣，不論這邊或是那邊，見了錢財就搶，這樣下去，好人都變成強盜啦……滿街亂民，無風起浪，尋私仇、報私怨的也有，姦殺民女的也有，賭博火併的也有，你們做首領的人，管得了麼？雙方爭理爭下去，只有打，打下去，大家都活不成了！」

陳隆和黃阿蘭想想，阿鳳說的話，不但句句都有道理，而且比會黨的陳山和金寶山等人講得更爲透徹，他們從沒想到，一個風塵裏的姑娘，會有這樣的見識！苦就苦在雙方當初沒有想透，如今都陷了進來，好像陷身泥沼，拔不出腳來了。

「械鬥歸械鬥，」陳隆想起什麼來，對黃阿蘭說：「我們總得想個妥當的法子，收拾殘局，不能讓部下變成游民和亂民，大肆洗劫焚掠了，……我們怎樣對著漳州人，漳州人就會怎樣對待我們，這樣下去，正像阿鳳所說的那樣，根本不是辦法。」

黃阿蘭和陳隆的告誡，顯然沒有什麼用處，那些從各鄉莊保甲來的墾民，在混亂的殺戮裏激發出一種野性來，使他們不願再回到墾拓區去耕田種地；冒險、貪婪混和的慾望，令他們願意拚命的鏖殺、擄掠、歛聚起番銀，投向酒色，恣意而放縱的打發夜晚。這樣一來，雙刀郭阿嬌替柱仔所出的那個主意，——利用夜暗，分別誘殺泉方的械鬥頭目，很容易的便生了效了。

主意是郭阿嬌出的，誘殺對方的方法，也是郭阿嬌想出來的。她教柱仔和手下的人，儘量不必動刀，免得留下血跡，引人注目，暴露他們的形藏，她要那些殺手，每人攜帶根麻索，匿在黑暗的街尾或是巷角，只要瞧見有落單的，便冷不防的搶出來，用麻索自身後反套住他們的頸子，轉身就跑，接應的人上來，衝著那人腦殼敲上一棍，把他打昏之後，抬著扔進淡水河去。

雙刀郭阿嬌想出的這個方法，行起來真是輕便，不到三天，柱仔他們就弄掉了對方七個人，全都扔下河餵魚去了。怪的是，泉籍的人，一直沒有注意到他們的人被對方狙殺了，總以爲這些失蹤的人，也許是喝酒喝醉了，也許是竄到那個角落裏賭錢去了，決不會無緣無故失蹤的。……但等到那些屍體，在河岸邊起了水，有人傳報到陳隆的耳朵裏，陳隆這才動了疑念。

「你說奇不奇怪？黃大爺。」他對黃阿蘭說：「若說我們是酒醉失腳落水的罷？屍首的頸子上都有勒痕，頭骨也受過鈍物的重擊，可見都是被謀害的！……若說是被人謀害的罷？他們沒離艋舺，到處是我們的人，誰有那麼大的膽子，連著謀害我們手下的頭目？除非是漳州人派了什麼人過來動的手。」

「你估得不錯。」黃阿蘭說：「但對方究竟派了什麼人過來暗襲我們？這還得要查清楚。」

「嗯，我這已經想起一個人來了！」陳隆恨聲的說：「那就是他！……蓮花街的柱仔！」

黃阿蘭認真想了一想，搖頭說：

「我看不會是他，——柱仔人都叫他蠻牛，他決沒有那樣聰明，會不聲不響的幹這種事情。」

「那可不一定。」陳隆說：「你忘了？蠻牛柱仔，有個聰明的老婆啊！」

陳隆一提起雙刀郭阿嬌來，黃阿蘭就醒悟了，當初程秀啓和柱仔交惡，唆使大刀朱五找柱仔的麻煩，不就是由她說和的嗎？她不但心思細密，頭腦靈活，而且一身武功，不在蠻牛柱仔之下，這種事，她丈夫做不出，十有八九，是她拿的主意。

「假如這事是她支使柱仔幹的，我們怎麼樣捉拿那對夫妻呢？」他對陳隆說。

「我想，我們只有把西盛之虎給調回來，而把他的單刀隊仍放在瓦窯一帶，這樣，對方才摸不清虛實。」陳隆分析說：「事實上，要想活捉柱仔夫妻倆個，非要西盛之虎親自動手不行，柱仔的老婆既然很聰明，一聽西盛之虎來了，她就會教唆她的丈夫逃走，或是請巨人朱五來這邊，爲他們助陣，那樣一來，西盛之虎以一敵三，一定會吃大虧的，唯有暗中行事，使柱仔和他的老婆猝不及防，才有捉住他們的希望。」

兩人商議妥當之後，當夜就著專人到瓦窯那一線去，把西盛之虎暗暗的請了回來，當面把若干人離奇失蹤，一個一個的浮屍河上的情形說了一遍，要西盛之虎設法捉拿柱仔夫妻兩個。

「在漳州方面，除了耍大刀的朱五我沒有會過，」西盛之虎說：「旁人沒有什麼能贏我手上的大鐵錘，不要說是蠻牛柱仔，就連柱仔的師傅，林口的鄭木谷那老頭，也不是我的對手，……不過，我聽說柱仔的老婆又美又聰明，主意很多，這些日子，我到處找柱仔那股人，也到處撲空，他老婆一定叫他躲著我，我真不知道怎樣才能找到他呢！」

「我想，他倆夫妻極可能潛回蓮花街老巢來了！」黃阿蘭說：「假如我們派出大股的人，去搜查那個地方，也許能捉住柱仔手下的一些人，但那樣打草驚蛇，也會使柱仔夫妻趁機遁走，你得想個法子，誘柱仔出面，即使不能將他夫妻倆人一齊捉住，能捉住一個也好。」

「黃大爺，聽你這樣講，我忽然想起一個辦法來了！」西盛之虎說：「除非我自己出面，單獨走夜路，用自己作餌來釣魚，要不然，是誘不出柱仔來的。」

「這是個好辦法！」陳隆說：「我想，我們不動聲色，只說那些人是失足落水，免得驚動了他們，只要柱仔一出面，我們就盡起埋伏去襲殺他，有你在，柱仔就很難脫逃了。」

「好！」西盛之虎說：「我們就這樣幹！」

西盛之虎是有心機的矮人，他只糾眾了六七個跟他練武的徒弟，事先佈置在新美鳳閣附近，到了夜晚，他換上一身黑色的緊身衣服，把一對鐵錘捌在腰裏，在新美鳳閣前後的暗街黑巷裏走動，藉以誘引對方的人。

果然，食髓知味的柱仔和他那些手下，並沒防著陳隆會及時耍出這一招，把西盛之虎調回來對付他們。這一天，雙刀郭阿嬌正巧回八芝蘭去了，蠻勇的柱仔仍然領人出動，他嫌捕到的太小，一心想捕殺泉方勇猛知兵的首領陳隆。

他們伏在暗巷裏，天黑後不久，柱仔的左右就發現有個穿黑色衫褲的矮子，在新美鳳閣前面徘徊了。

「怎麼樣？柱爺。」一個說：「這傢伙，是自己送死來了。」

柱仔要是有腦筋的，當時就該想一想：泉方業已有六七個人坑在自己手上，而且在河裏也找到幾具浮屍，他們一定有了防備，對這個人的身份和來意沒摸清楚，決不能輕率的動手。

但柱仔太大意輕敵，認為對方只有一個人，只要用麻索套住他的頸子，還不是很容易就把他結果掉？他朝左右呶呶嘴說：

「去三個人，幹掉他！」

三個被柱仔以爲是得力的人手差出去，他們分頭竄到對方身後的黑地伏著，第一個人在對方走過他伏身的地方之後，雙手抖一抖套索，一個箭步飛竄出來，舉手把套索反兜住對方的頸子，想把對方揹起來就跑，——依照他往常的經驗，他只要奔跑出四五十步地，對方的頸子被套索緊緊絞住，不能透氣，非暈厥不可，那時再在他腦殼上敲上兩棒，對方就一命嗚呼，等著下河餵魚了。

由於手法純熟，距離切近，這一套索倒是套得很準，不過，當那個人想揹起對方奔跑時，立刻覺得情形有些異樣了。他一挺腰，沒能揹得動，再挺腰，還是沒能揹得動，對方抓住套索一抖，他反而仰臉躺下了，他想發聲喊叫，招呼同夥的趕來救援他，他剛剛一張口，還沒來得及吐氣出聲，胸脯上便被對方狠狠的踹了一腳，這一腳踹得很重，使他覺得好像當胸被一塊巨石擊中，只吐出一聲短促的悶哼，血便從他的嘴角流溢出來。

「哼！」那穿黑衫褲的矮子說：「就憑這點本領，也想來興風作浪？太不自量了罷！」

他的話還沒講完，背後響起急速的破空聲，一根木棍劃了一個圓弧朝他的後腦猛擊過來，原來第二個漢子，是跟第一個漢子事先聯絡了的，第一個動手套人，第二個趕上來用木棍敲打對方的頭殼，當他照往常的方法趕上來，發現他的夥伴被人踩在地上，而對方正好背對著自己，當然揮棒就打，認爲這一黑棍，定可把對方打倒了。

一棍下去，對方並沒有避讓，卻像飛滾的陀螺似的，在原地移身換步，擰轉過身來，舉起他的胳膊，朝木棒迎架過來，喀吧一聲，那支木棒斷折了，揮棒的人被震破了虎口，蹭蹬的朝後退了兩三步，一屁股跌坐到地上。

但他的身手還算很靈活，滾身站了起來，叫說：「夥計們，快上，這傢伙太厲害了！」

他一出聲吆喝，黑地裏一鬨湧上五六個，從四面八方把對方圍逼住了。

「大家亮傢伙，殺！決不能讓他逃掉！」原先的那個扔掉斷折的半截木棒，從腰裏拔出短刀說。

一剎時，短刀和單刀都亮了出來。

「你們以爲我會逃走？」對方站在原地，很沉著的吐話說：「告訴你們，我不會逃走的。」

「你是誰？」原先發話的那個說：「報個姓名出來，你死後，我們也好送你一塊墓碑，免得做無名之鬼，沒人來替你收屍。」

「嘿嘿，你們的算盤倒打得如意！」對方笑說：「老子是從閻羅王那裏來，替泉州被害的來討債的，今晚上，要你們都死，有種，你們一起上罷！」

「上！」

爲頭的仗著人多勢眾，發出一聲吆喝，四面的人就揮刀湧了上來，對方單手從腰裏拔出一支有海碗大小的短柄鐵錘來，人在原地沒有動，等著對方的單刀砍劈過來，他只要抖手舉錘朝刀刃上一磕，鐺！的一聲，對方的單刀便像斷了線的風箏，脫手飛出去了。

前後不到盞茶的時辰，湧上來的五六個人，就躺下了四個，有的被對方用鐵錘打碎了頭，有的被對方用腿橫掃中，筋斷骨折，滿地打滾哀呼。

這時候，在附近等著消息的蓮花幫首領——蠻牛柱仔，也聽出前面出了岔子了，但他仍然沒想出對方會是泉州第一條好漢西盛之虎，以爲不過是一個練過拳腳的壯漢，只要他親自出馬，一定能收拾得了他。

「走！你們跟我上去接應去！」他對他左右的十多個手下說：「對方愈是厲害，我們愈不能讓他走掉。」

西盛之虎收拾了先湧上來的幾個，拔腳朝西走，還沒走出幾十步地，柱仔便帶著人把他攔住了。

「替我站住！」柱仔說：「這是什麼地方，容得你在這裏撒野，今晚你傷了我的人，就要把命留下。」

「什麼人講話，有這樣大的口氣？」對方停下身說：「我才放平你們四五個，就要抵命？你這些天來，連害泉州六七個人，又該怎麼講？今夜，我們把帳結算結算也好，我沒殺夠數，還該向你找零呢！」

「嘿，在我蓮花街柱仔面前講這話，你算是死定了！」柱仔冷哼一聲，緊一緊手裏的鋼刀說：「你們的祖師廟，我都敢燒，何況你這樣的人？」

「好，我總算找到你了，柱仔！」西盛之虎說：「我是替祖師爺討債來的，人說：冤有頭，債有主，你當著我的面，招供在先，到時候，該不會賴帳罷？」

對方在被許多人攔住時，這樣的冷靜沉著，毫無驚懼，使得柱仔提高了戒心，他說：「你究竟是誰？說明白了，我柱仔不含糊你。」

那人冷笑一聲，雙手拔出兩柄鐵錘來，用力一合，使兩柄鐵錘碰擊出一陣火花來：「不必要我通名報姓，我手上這兩柄傢伙，你總聽人講過罷，你火焚祖師廟，泉州人恨不得把你剝了皮，下鍋煮了分肉吃，我領者單刀隊，四處找你都沒有找著，想不到，今夜被我碰上了，你乖乖的拿命來罷！」

「西盛之虎！」柱仔心裏一凜，脫口叫說：「你就是西盛之虎？」

「不錯，」對方說：「你若不出面，我就不願通名報姓了，我曉得你是存心躲著我的。」

面對著鼎鼎大名的西盛之虎，柱仔實在有些膽怯，但他從沒有跟西盛之虎交過手，心裏也有些不認輸的味道。他看對方的個子，要比自己矮了半個頭，只是身材要比自己更壯實一點，拿對方和巨人朱五相比，顯然這個西盛之虎的氣勢，遠不如朱五那樣懾人，今夜既然雙方遇上了，自己帶著十多個手下人，無論如何也不能不動手就認輸，即使硬起頭皮，也要和對方拚一拚了。西盛之虎的鐵錘再厲害，只不過是一個人，自己這邊卻有十多個人，實在打不贏他，自己總還有逃跑的機會。

打定主意，他便把鋼刀當胸一橫說：

「姓王的矮冬瓜，你把你自己看高了，沒有用的，你能勝得了我手裏這口刀，再誇口也不晚，我柱仔這多年來，在艋舺還沒有遇過敵手，今夜，我倒要試試你這兩柄鐵錘，有多少斤兩？」

「可惜你老婆——那個專出壞主意的郭阿嬌不在這裏，」西盛之虎說：「把你夫婦倆分開來，害得她死前還要作幾天寡婦，對她不太好，對我，也太麻煩了！」

蠻牛柱仔被他連著用話一激，火氣上湧，掄著刀大叫一聲，就奔上去了。

「你們替我圍上！」他叫說。

柱仔儘管叫嚷得很響，但他手下那些流氓，一聽見西盛之虎的名頭，個個心裏都懼怕起來，只是遠遠的圍著對方旋轉，沒有敢真的撲上來，掄刀砍殺。這樣一來，柱仔這邊的人雖然很多，但都幫不上柱仔什麼忙，還只落他一個人，和對方單獨拚鬥。

不過，柱仔畢竟是有功夫的行家，他把他的一套刀法旋展開來，刀刀挾著一股勁風，直攻西盛之虎的要害，柱仔一面攻，一面儘量避免自己的單刀和對方手裏的鐵錘硬碰，因爲就兵刃來說，單刀輕便靈活，可砍、可劈、可削，算是輕兵刃當中最便捷的，而錘鐵份量沉重，一般使錘的人，多具有天生的大力，力氣和兵器配合，更見威勢，這種重兵器擅硬攻，利急戰，三錘能把對方擊倒，那是最好，如果對方採用遊鬥的方法，避免硬碰硬折，把時間拖宕下去，使錘的人所耗的力氣，就要比用刀的人大得多，也吃虧得多了。

杜仔雖然蠻勇如牛，這一點腦筋還是有的。

但西盛之虎的力氣太大了，兩柄鐵錘在他手裡，一點也顯不出有沉重的斤兩，加上他頭腦靈活，錘法怪異，使杜仔空舞者那柄單刀，無法近身砍殺他。杜仔不耐，存心照著對方頂門直劈一刀，想試試對方的鐵錘究竟有多麼重？西盛之虎當然不會客氣，振錘一錘朝上撩出去，鐺鎯一聲響，把杜仔的單刀直盪開去，震得杜仔一條右臂都隱隱的發麻。

果然厲害！杜仔心裏想：這個傢伙，也只有巨人朱五才能敵得過他，今夜自己和他動手，想取勝他，實在很難，這樣打下去，如果對方有大股人前來接應，自己可就脫身不了啦！

杜仔一面打，一面往後退，急欲尋求脫身的機會，但西盛之虎那兩柄鐵錘，緊緊的逼著他，使他很難脫身逃遁。杜仔感覺對方力量越打越強，像一隻癲虎般的猛悍，有一次，自己手上的單刀差點被他的右錘磕飛，虎口也被震裂了，鮮血染著刀柄，濕濕黏黏的。

「你們趕快退罷！」杜仔說。

事實上，杜仔手下的那些傢伙，還沒等杜仔開口，早已拔腳逃走了，黑地裏，只留下杜仔一個人了。他苦撐了約有一頓飯的時辰，終於在左肩胛上捱了西盛之虎一錘，儘管他跳躍靈活，那一錘只是擦過，但已經把他打得跌坐下來，西盛之虎飛起一腳，踢飛他手裏的單刀，跨前一步，用鐵錘逼著他說：

「你這毀廟的傢伙，今夜你走不了啦！」

杜仔還是掙扎著想逃，但他的肩膀帶了傷，一條臂膀拖垂下來，根本無法動彈了，難道祖師爺這樣的有靈？讓自己今夜落在西盛了虎的手上？

這時候，四周人聲喧嚷，隔著殘牆，看得見火把搖曳的光亮，杜仔以爲是手下人跑回去約人來應援的，但他立時就發覺自己是想錯了，——那都是西盛之虎的手下，事先埋伏在左近的。

「毀廟的柱仔被捉住啦，來人把他捆上！」

隨著西盛之虎的一聲吆喝，左右竄上來三四個人，把柱仔撥翻在地，連手帶腳都捆上了，用一根木棍穿著繩結，像抬豬一般的，一直抬回新美鳳閣，對他們的首領陳隆交差去了。

陳隆打出西盛之虎這張王牌去捉拿蠻牛柱仔，可沒想到西盛之虎這出去的頭一天晚上，立刻就把對方捉了回來。

當柱仔被抬到陳隆面前放下時，陳隆驚異得發呆，過後，他拍著西盛之虎的肩膀，誇讚說：

「王兄，你真不愧是一隻老虎，——用老虎去捉蠻牛，那還不成功的？」

「你太誇獎了，陳大爺。」西盛之虎說：「蠻牛柱仔算是犯了祖師，走了壞運，我捉住他，倒是很費一番力氣呢。你看該怎樣處置他，人是交給你了！」

「我讓他多活幾天，」陳隆說：「等到這一陣亂過去，我要響鑼召聚泉州人，集在祖師廟前的廣場上，把他渾身澆上桐油，慢慢的當成蠟燭燒了祭神。」

「柱仔雖然被捉住了，但他老婆郭阿嬌還漏了網，」黃阿蘭說：「這還得麻煩王兄，能把她也捉住才好。」

「我聽說她回八芝蘭去了！」西盛之虎說：「日後有機會，我當然會捉她的。」

「阿嬌這個女人，神通廣大。」陳隆想起什麼來說：「她要是知道她丈夫柱仔被捉，她一定會慫恿巨人朱五，帶人過來搗亂的。」

一聽到巨人朱五，黃阿蘭皺起眉毛來了。

「我說王兄，」他對西盛之虎說：「這個朱五，可比蠻牛要厲害得多了，他跟你一直沒碰過面，沒交過手，究竟誰強誰弱？這話沒人敢講，萬一你要遇上他，你千萬要小心才好。」

「我不知聽多少人講過大刀朱五的事。」西盛之虎笑笑說：「在我看來，他只是一個身材高大，有一身蠻力的酒鬼罷了！我要遇著他，決不會讓他佔半分便宜的。」

西盛之虎在新美鳳閣，當著陳隆和黃阿蘭的面，大拍胸脯誇下了海口，同樣的，在八芝蘭的山堡裏，大刀朱五卻也當著墾首鄭勇和雙刀郭阿嬌的面，大拍胸脯，擔保他能把西盛之虎那個矮冬瓜劈成兩半。

對漳州人來說，蠻牛柱仔在艋舺被對方捉去，是一宗上下震動的大事。在幾次械鬥裏面，柱仔率著他手下那股人衝鋒陷陣，極爲勇猛，而且兩次冒險，終能火燬祖師廟，減低了對方的氣燄，但他這次遇上了剋星，被西盛之虎錘傷肩臼，捆著抬了回去，十有八九保不住性命了。

柱仔被擒的消息傳回八芝蘭，郭阿嬌哭成了淚人，跑來央求鄭勇，趕快設法再攻艋舺，把她丈夫從虎口裏搭救出來，再晚一步，柱仔的性命就難保了。

「西盛之虎終於露面了！」鄭勇神色緊張的說：「他的本領如何，我們都沒親眼見過，但從他和柱仔交手的情形來看，我們這邊，除了大刀朱五一個人之外，旁人都不是他的對手。」

「那就煩鄭大爺作主，把朱五兄請來罷！」郭阿嬌說：「救人如救火，這是晚不得的。」

鄭勇當時著人去把大刀朱五請來了。

朱五聽說柱仔被對方捉去的事，勒起拳頭發狠說：

「哼！西盛之虎，那個矮冬瓜，也太猖狂了！這時候，我領人打頭陣，到處尋找他，都沒有碰到，假如他真有不得了的本事，爲什麼要避著我？」

鄭勇看到大刀朱五顯得很激動，便拿話挑動他說：

「我有個方法，能把西盛之虎逼出來。」

「什麼方法呢？鄭大爺。」朱五說。

「西盛之虎住在西盛，不用講，西盛地方是他的老巢。」鄭勇設計說：「只要你帶著人，先攻艋舺，再直撲西盛，一路焚掠過去，爲了保護他的老巢，西盛之虎非出來不可。」

「嗯，這個主意好極了！」大刀朱五拍著他的腦殼說：「我這個人，論起打架來，倒很能打，就是這腦殼不靈，不會拿主意。」

「朱五兄，你要是肯幫忙，我願意跟你一起去，設法把柱仔搭救出來。」郭阿嬌說：

「本來，這宗事情就是我的事情，我總不能在這裏坐等消息呀！」

「好罷！」朱五說：「妳把妳的手下齊集了，到八芝蘭山下我住的地方去找我，看在妳的份上，這個忙，我也非幫不可。」

「朱五兄，你這樣幫忙去搭救柱仔，我不知怎樣謝你？」

「妳用不著先謝我，」朱五望著她說：「我們能不能來得及把柱仔救出來，還很難說呢！」

「總要趕快才好。」阿嬌憂急的說。

大刀朱五答應她儘量的快，他當夜下山，點集了一股人，夥同郭阿嬌所率的柱仔手下，以及跟隨她的娘子軍，總計有四五百人，從八芝蘭拉向大稻埕。

這時候，在大稻埕和艋舺之間，泉州人築有木柵把守著，陳隆爲了預防漳州人的攻擊，把抬槍、火銃，都聚集在這一火線上，他們在各處進路的要點上，壘有沙包和石塊，並且利用街屋，作爲守衛的據點，這一來，使大刀朱五和郭阿嬌都沒有法子照原來的計劃行事了。

朱五領著人朝上衝撲過去，但對方開銃頑抗，乒乒乓乓幾陣排槍，便把朱五的手下打得頭焦額爛，不敢再衝了。

不論大刀朱五有多大的本領，遇上佔據高壘的槍銃，他一時也無法施展出來，漳州人的撲擊遇著阻滯，朱五便親自出面罵陣，大肆恫嚇說：

「你們替我聽著，我姓朱的可不是好惹的人，你們今天阻攔我，明天讓我捉住，我就要把你們一個個劈成兩個半邊，剖你們像剖豬一樣。」

他不露面還好，他這一露面，立刻就被對方認出來，飛快的傳報到陳隆那裏去，說是朱五領著人撲打艋舺，想把被捉住的蠻牛柱仔搭救回去。陳隆也知道大刀朱五的厲害，當然不願見到柱仔真被他救走，於是，他轉和黃阿蘭商議，索性一不做二不休，把柱仔給提前處置掉。

第二天早上，泉籍居民都聽見鍠鍠敲響的鑼聲，嗚鑼的人喊著，要大家每戶都出人，到祖師廟前的廣場上會合，聽陳隆講話，同時去觀看處決燬廟的兇手——蠻牛柱仔。這樣一吆喝，泉籍民眾爭著朝祖師廟前湧匯，不到一頓飯工夫，廣場四周就匯聚了好幾千人。

「祖師爺這真是顯了靈了！」有人說：「他終讓蠻牛柱仔得了應得的報應。」

「可不是嗎？」有人附和說：「若論柱仔的身法，和西盛之虎比起來，差也差不了太多，但那天夜晚，像神差鬼使似的，西盛之虎沒費太多力氣，就把他給活捉了！……祖師爺這是存心要用他祭廟的。」

在許多人議論紛紛的時候，陳隆帶著一股人過來了。銃聲還在北街那一帶響著，陳隆站到被火焚燬的大廟臺級上，舉手壓下群眾的私語聲，很沉重的喊說：

「列為鄉親鄉友，祖師爺是我們的守護神，從家鄉分香來臺，這座廟，是我們先人集費興建的，這石階所用的青麻石，都是從家鄉山裏開鑿出來，經橫洋大船辛苦載運到臺地來的，對方慫恿蓮花街口幫的地痞——蠻牛柱仔，先想偷偷揹走祖師爺的神像，被人發覺，沒有偷走，他經過那次教訓，竟然還不死心，第二次領人攻陷艋舺，喪心病狂，舉火把我們的廟給燒了，……如今神讓這個惡人落在我們手裏，我今天請列位來，就是要當眾處置這個人，用他來活活的祭廟，也讓大家親眼看看這個惡漢的下場！」

「對，陳大爺，我們要殺死他！」

「我們不能讓他被大刀朱五救走！」

「我們用他做活燭！燒他，——連他老婆郭阿嬌，也一起捉來燒！」

四周的人群，洶滔滔的呼吼起來。

這時候，蠻牛柱仔被人用鐵鍊鎖著，一路牽到場子裏來了。柱仔的雙手和雙腳，一共被拴上四條有拇指粗細的鐵鍊，分別由四個壯漢牽著，他身後還有四個漢子，兩個用單刀交架在他後頸上，兩個用長矛的矛尖緊抵住他的後背，隨時防範他反抗或是逃走，一步一個叮噹，緩緩的走到曠場的中間來。

四周的群眾，發出震耳欲聾的呼吼、詛咒和叫罵聲，有人向他吐口水，有人用碎磚塊和碎瓦片投擲他，有些憤怒的民眾想衝上來毆打他，但都被陳隆的親隨鄉勇擋了回去。

柱仔看看這種光景，知道他的死期到了，渾身的肌肉緊張得僵硬起來，走動時，發出不自然的痙攣，他的臉色灰敗如土，兩隻眼珠，由於過度恐懼而凸露出來，緊緊的咬著他打顫的牙齒。

陳隆走到他的面前，指著他，對人群嚷說：

「這個人，就是縱火燬廟的人犯柱仔！不管日後還有多少械鬥，不管我們是勝？是敗？但我們有口氣，在世上為人，我們就不能任人燬去我們的神廟！誰敢燬它，我們就要他像這個人得著同樣的下場！」他轉朝蠻牛柱仔說：「對著這座被燬的廟，你替我跪下！」

柱仔略一遲疑，但還是緩緩的跪下了。

「你還有什麼話好講？」陳隆說。

「我已經落到了你們的手上，還有什麼話好說的？」柱仔橫下心說：「殺剮聽便，只求你們快點，少讓我受那種活罪就好了！」

「恐怕沒有那麼便宜。」陳隆冷哼一聲說：「縱火燬廟，實在罪大惡極，你沒看看四周的人嗎？我只要喊一聲，他們就會圍過來，一人一口，生啖了你！」

「依你，該把我怎麼樣呢？」

「我要把你澆成活燭，點了祭神！」

陳隆朝手下打了一個招呼，當時就有人拎了一桶桐油來，直澆在柱仔的身上，柱仔知道死期已至，本能的反抗起來，但那四個壯漢，分拖著四條巨大的鐵鍊子，綳得緊緊的，使柱仔的掙扎歸於徒然。有人點著一支火把，用它點燃了柱仔的頭，火燄立時在他身上騰揚起來，柱仔的頭上都是火燄，他在火燄裏發出一聲長長的慘叫，接著便沒有聲音了。

火燄在捲騰著，發出滋滋的燒裂人肉的聲音，附近的人，都能隨風嗅出人體被燒焦的氣味，牽鐵索的漢子鬆了鐵索，柱仔開始帶著火燄奔跑，但也只奔跑了幾步地，便摔倒在廟前石階下面。

這時，陳隆向著那座廟跪了下來，其餘的人，也都跟著跪拜，陳隆大聲祝禱說：

「祖師爺神靈在天，被燬神廟，我們一定把它重建起來，使它香火不絕，我們要傳告子孫，永遠護得這座廟，不讓任何人來摧毀它……。」

用蠻牛柱仔來祭神，至少算是平息了泉人神廟被燬的怨氣。柱仔的屍首被燒成黑炭，陳隆叫人把他裝在一口薄木的棺材裏，運到大稻埕，扔棄在街上，由於棺蓋上貼有「燬廟惡人柱仔遺屍」字樣，這具棺材又被人抬送給大刀朱五，這時，雙刀郭阿嬌才曉得她已經做了寡婦了。

「他們殺了我丈夫，我能就這樣算了嗎？」她哭說：「我要報仇！朱五兄，我要報仇！」

「仇，當然要報的，」朱五說：「不過，柱仔已經死了，妳傷心嚎哭也沒有什麼用，只有慢慢找機會，再和西盛之虎、陳隆他們算帳！」

大刀朱五和郭阿嬌，受了這種挫折，又無法突破艋舺北端的泉人防線，便領著他們的兩股人，轉向東南方，經崁頂，涉新店溪，去攻瓦窯一帶地方。那一帶村堡稀疏，人煙稀少，泉人雖也有聯莊組織，但都抗不住大刀朱五的攻擊，剛建起的新厝，又被對方焚燒掉了，他們沒有辦法，只有向三角湧東面的外莊那邊退避。

朱五殺得性起，一路追趕下去，在三角湧東北角的山上紮營，這一來，阿榮伯的那座村莊，一向平安無事的地方，也面臨著極大的威脅了。

「你在艋舺，該知道大刀朱五這個人罷？」阿榮伯把大燧找來問說：「聽講從瓦窯那邊，越山追人的，就是這個朱五呢。」

「我知道。」大燧點頭說：「我在艋舺，常常看見他，扛著大刀，神氣活現的在街上走，他是艋舺碼頭上的一霸，一柄大刀，有六七十斤重，沒人能敵得過他。」

「我早就說過，世上若沒有這些兇橫的人，在雙方的人群裏挑動，械鬥並不容易打起來的。」阿榮伯說：「我們外莊，只能聚得起廿多個人，平時防宵小，還可以應付，若說跟大刀朱五對陣，那是不行的，看樣子，我們只有離開莊子，帶著老小，避到東邊的山裏去了。」

「阿公，你先不必急，朱五他們離這裏還隔著幾座山，我們只要準備著，等他逼近了再講。」大燧安慰老人說：「也許他們追不著人，會退回去的。」

外莊的人，緊張忙碌的準備著，朱五還沒有來，但瓦窯一帶，被追逐的泉籍逃難人，卻一批又一批的跑到外莊來了，他們餘悸猶存的形容大刀朱五和郭阿嬌，好像兩匹瘋獸，到哪裏燒哪裏，走一處殺一處，他們都會武術，一般人根本敵不過他們。

「不過，他們如今被西盛之虎的那支單刀隊，從斜裏橫過來擋住了，可惜的是西盛之虎不在隊裏，還不知能不能把他們擋住呢？」

「聽講那使雙刀的女人，是艋舺蓮花幫首蠻牛柱仔的老婆，她丈夫，早些時火燬祖師廟，被西盛之虎捉住，交給我們的頭領陳隆，陳隆把他澆上桐油，燒了祭神了，他們是替死去的蠻牛柱仔報仇來了！」另一個困惑的說：「他們報仇，不去找陳隆，反而到東邊來找我們，我們實在弄不清這是什麼道理？」

「這位陳隆陳大爺，也是入了魔啦！」阿榮伯聽了這話，雙手合十，口宣佛號說：「阿彌陀佛！祖師爺若真有靈，會喜歡用人當做燭，活活燒死了祭祂嗎？起了械鬥，雙方殺來殺去，其實都是沒有道理可講的。」

正如阿榮伯所說的那樣，根本沒有道理可講，逃到外莊的難民，愈聚愈多了，其中有不少是被刀砍殺，被長矛刺戳成傷的，用破布草草包紮著，布面染著殷紅，他們驚恐的帶來消息。

說是大刀朱五，夥同一個頭纏黑帕的女賊，一路追殺泉籍民眾，離這莊堡，只相隔兩座山頭了！

這消息，使外莊的百姓混亂起來，拎著收拾好了的包袱，就打算棄家去躲避了，但阿榮伯鳴鑼把他們聚合起來，很激動的說：

「我們外莊的丁勇不多，當然打不贏對方，但我們也不能這樣畏惡，把田地房產一起扔開，你們在這裏等著，我要去跟那個姓朱的說道理去，我情願被他砍掉了頭，也不能讓這裏的人受委屈！」

「不成呀，阿榮伯，」另一個老頭兒說：「亂子很快就會過去的，他們燒了我們的房屋，但總毀不了我們的田地，我們躲一躲，讓一讓，也不算什麼，只要大家能夠平安，也就很好了！」

「朱五那個傢伙，殺人殺紅了眼，什麼事情都幹得出來！」再田說：「阿榮伯，你不要再固執了，你去，只是白白的去送命！」

再田、大燧夫妻倆和阿塗他們，拚命的勸慰阿榮伯，要他不必去找大刀朱五，大燧說：「這裏逃難來的人，也有年輕力壯的，我們的人合上他們的人，也能擋他們一陣，要退避，讓婦孺老弱先退避好了！我們斷後，這樣，外莊的損失，就不會太慘了。」

一向不願意捲進械鬥漩渦的大燧，爲保全這個泉籍人聚居的莊子，居然和再田倆人分別領頭，拉聚起許多人來，防守莊堡了。

外莊接近山野地，在土牛紅線之外很遠（土牛、紅線，用以分墾界和番界），平素爲番人突襲，四周都掘有深壕，堆有圩牆，牆前密種刺竹，如果據險扼守，對方再強悍，一時也不容易攻得開。

不過，當大燧他們正預先佈置，防守這座莊堡時，天氣卻幫了他們極大的忙，忽然落起暴雨來了。這場暴雨的雨勢極大，使平地成河，兩山間的峽谷裏，更是急流滾滾，構成了天然的障礙，使大刀朱五無法涉渡，不久，有人傳來消息，說對方業已退回瓦窯去了。

接著那場暴雨之後，天氣轉劣，霪雨連綿，多日不絕，外莊附近一帶地方，雖然免除了一場劫難，但以整個艋舺地區來說，械鬥從沒有真正停止過。這一連串的殺伐，使一般漳籍泉籍居民，形同冰炭；械鬥也改變了兩籍人的居住形態，往常的散居戶多半遷移了，他們紛紛遷往同鄉聚居之處，亂起時好有個照應，而漳人和泉人交界的地方，也多形成無人的曠野，變爲濺血決鬥的地方。

地域性相爭所產生的積怨，非但使他們停止了互相來往，斷絕了婚媾，也使他們互相怨訾，動不動就行拚殺，這些大大小小的衝突，大械鬥之後的餘波，一直波盪到蛤子難一帶的深山裏去。

這一回械鬥，雙方沒有分出勝敗來，也可以說是兩敗俱傷，漳州人毀了對方的祖師廟，說他們應該是得勝的一方，而泉州人把燬廟的柱仔捉住，當眾燒死，祭廟謝神，說是祖師爺顯了威靈，他們四處籌集款項，要重建神廟，認爲他們才是勝方。

但這自誇得勝的兩方，都已無力打下去了，雙方死傷是那樣的慘重，河裏漂著腐屍，山野堆著白骨，年輕力壯的墾民，有的已葬身溝壑，有的傷重成殘，人在郊野上行走，到處可看到新墳新土，用泥塊壓著褪了色的紙箔，這就是雙方唯一得到的戰果。

天地會的首領陳山，終於摸到三角湧的外莊來，找到了失散經年的大燧，在這裏，大燧有一棟新蓋的土牆茅屋，開設了一個小小的鐵舖子，所不同的是：鐵舖裏多了一個年輕的女主人美鶯。

大燧真沒想到，陳山會突然找到這裏來，他見著對方時，驚怔得半晌說不出話來。過後，他把陳山拉到屋裏，要美鶯殺雞沽酒，來接待這位稀來的遠客。他問陳山說：

「陳山兄，你怎麼會知道我在這裏？」

「是金寶山金大爺告訴我的。」陳山說：「沒想到，你竟在這裏安家落戶了。」

大燧把別後的情形，說了一個梗概。

陳山說：「至於你和你兄弟失散的事，金寶山大爺也跟我說起過，我想，只要他不出什麼意外，日後，你們總有見面的日子。我這一回到北部來，原打算說和漳泉兩方，響應南部的林恭、李石起事，請出竹塹的進士公，發散了勸和的單子，結果也沒有和得成；轉眼之間，南部義師兵敗了，我苦心籌謀，又成了泡影啦！」

大燧聽著，一臉憂悒沉重的神色，彷彿在他年輕的心裏，籠著一層撥不開的雲霧。他想過：人生不過幾十年光景，一代一代的人，轉眼就過去了，活著的時候，又想這，又想那，滿心都是揹不完的東西，有些人把仇恨硬揹在肩膀上，造成一片流血的混亂，而且欲罷不能，這算是什麼呢？假如分類械鬥不能停止，還談什麼豎旗舉事，反滿抗清，爭取漢族的自由？

他在憂悒中，問起他一向記罣著的王銅來。

「你見到過王銅大哥，或是得著他的消息麼？」

陳山點點頭說：

「我知道，他去年在水沙連那邊，後來到南部去，說動林恭舉旗，攻打府城時，他在林恭的幕裏，林恭舉事沒成，被官兵捉住殺了，但沒見王銅被殺的消息，假如他脫走了，我想，他會遁到北部來的。」

「關於北部的械鬥，打成這種樣子，真是太慘了！」大燧說：「你跟王銅大哥兩個人，還得盡力勸解才好。」

「那當然，」陳山說：「無論如何，我們還是要從中設法調解的。至於能不能調解成功，誰都沒有把握，何況，如今王銅仍然下落不明呢。」

大燧留陳山在外莊多住幾天，又要找阿榮伯他們陪客，但陳山謝卻了，他說：

「只要我有時間，我仍會來看你們夫妻的，如今，我急著要到艋舺去，探聽王銅的下落，不能在這裏久留了！……我沒有你這樣的好命，能找個安靜的地方立下身來，好好的安頓自己，這又能怨誰呢？」

在漫天的風雨裏，陳山跋涉泥濘，獨自走了！大燧夫妻倆送他到村口，望著如霧的細雨逐漸遮斷了他的背影，大燧的兩眼不禁潮濕起來，他想到一條船橫洋渡海的人，想到他和二燧當初所懷的熱望和夢幻，但下船後的經歷，也像眼前的天氣一樣，多風多雨，二燧如今下落不明，王銅大哥也不知生死，哪一天才能重逢呢？……一代一代的人，也許都有著太多的悲歡離合，太多的等待，和太多的酸辛，若是能等到老年，眼見風平浪靜，那還算是有福氣的，自己這一生，看樣子，恐怕連那種福氣都沒有了，說是自己的命運坎坷麼？自己總算還找到落腳的地方，能和美鶯共守；像陳山和王銅，一心的熱血，但卻變成了東逃西躲、無家可歸的流民，他們的命運，不是比自己更淒慘麼？而像械鬥紛爭之類流血混亂，說來都是滿清朝廷的昏憒無能所造成的，他總算澈悟出會黨誓死抗清的緣由來了！

第七章　女追男，隔層紙

艋舺地區的械鬥，從咸豐四年火燬祖師廟起，一直起起落落的延續下去，從大規模的鳴鑼聚眾的對陣，到這一戶和那一戶對殺，這一村和那一堡約鬥，幾乎是無日無之。在文山堡以東的深坑和石碇，漳泉分類約鬥，雙方出動幾百人，隔著亂石滾滾的山溪，鳴鑼擂鼓的攻殺，結果兩敗俱傷，遺下一百多具屍骸，兩族的老弱，出來把這些屍骸收拾了，合葬在一棵老榕樹下的大坑裏，夜晚，兩族中都有人作夢，夢見冤魂啼哭，說是慘遭橫禍的凶死鬼，陰司不收，陽世不管，他們飄蕩無歸，日夜忍受風雨，請兩族能夠集資，給他們蓋一個能遮風擋雨的地方……。

這兩族的人，不忍心使孤魂無依，就在他們埋骨的地方，蓋了一座小廟，叫做有應公祠，並且立碑爲記。

由於這一類約鬥很多，因而，很多偏僻的地方也產生了這一類的傳聞，這至少說明了一點，那就是長時期流血械鬥，反覆搏殺的結果，使得活著的人，由憤怒、仇恨，轉爲悲惻和不忍，雙方雖然沒能得和解，但在艋舺外圍村落裏的居民，對於這種永無了結的械鬥，已經深爲厭倦了。

到了咸豐九年，經過一段養息之後，雙方地域性的、宗教性的岐見，觸發了舊創，產生了新的裂痕，一度瀕於息止的爭端，復又旺熾起來。

漳泉兩籍的首領人物，還是原先的那批人，早先多場械鬥一直沒有分出勝敗來，誰也不服輸，總想找個機會，打出一個決定性的結果來，尤其是漳方的大刀朱五和泉方的西盛之虎，在屢次的衝突中，都沒有正面相對，巨人朱五在八芝蘭公開辱罵西盛之虎是沒膽的老鼠，西盛之虎也在艋舺當眾大拍胸脯，說是一定要把巨人朱五除掉，這雖不是爭端重起的主因，但卻是導火線之一。

自從蠻牛柱仔死後，艋舺一帶變成泉方的勢力範圍，漳方只能在大稻埕以東以北地區活動，一部份漳籍的商民，留在艋舺碼頭區做生意，也處處受制於泉方，這樣一來，大刀朱五和雙刀郭阿嬌這兩股人，事實上是被對方趕離了老巢，拔除了根鬚，流落在八芝蘭，無法回去了。

郭阿嬌是個極有心計的女人，她死了丈夫，做了寡婦，對於捉她丈夫的西盛之虎，燒死她丈夫的陳隆，懷恨已極，時時刻刻都在想著報復；但她明白，能替她報仇的人，只有大刀朱五一個人，光靠她自己，帶著蠻牛柱仔的一幫手下，根本不是西盛之虎的對手。

想使巨人朱五言聽計從，她早想好了一個辦法，那就是設法勾引朱五，把自己嫁給他。

人說：女追男，隔層紙，男追女，隔重山，年輕的寡婦郭阿嬌，人原就長得很出色，又懂得賣弄風情，只要略略表露，大刀朱五就掉進陷人坑裏去了。

大刀朱五請鄭勇出面謀合，跟郭阿嬌拜了堂，成了婚，他被阿嬌籠絡得牢牢的，在新婚的那段日子，連刀也懶得練，徒弟也懶得去管。而這時候，泉方的黃阿蘭得勢，在地位上壓倒了他們的勇將陳隆。

黃阿蘭是艋舺殷實的商戶，他在作法上和陳隆迥然不同，陳隆是剛強猛勇的直性漢子，具有北方人的氣味，而黃阿蘭參與械鬥，是爲商業上的利益作想，一旦控制了艋舺，他當然要維護泉籍商戶的利益。

大刀朱五娶了郭阿嬌，使原先盤據艋舺的蓮花幫和碼頭幫合而爲一，郭阿嬌得了朱五的幫助，到大安莊、錫口莊一帶去遊說漳籍各壟首，打算奪回新莊碼頭和艋舺碼頭，因爲那裏是土產和稻米輸出的咽喉之地。

郭阿嬌說得很能打動人，她說：

「沒有人願意被對方扼住頸子的，對方常年扼住我們，使人連氣都透不過來了！諸位當真願意忍下去嗎？一旦廈郊關閉了，我們都會受窮挨餓了！」

那些壟首們，一向在生意上不和對方打交道，他們清楚，廈郊郊行要是不能維持，漳籍人的商業就無法拓展了，當時就有林姓的鉅紳出面支持郭阿嬌，主張滅除黃阿蘭，收回艋舺碼頭。

漳籍人士的圖謀，黃阿蘭打聽得很清楚，他立即聚合泉籍的殷商多戶，籌集了大量的番銀，以作招兵買馬抗禦漳州人之用，他仍然把率領鄉勇的事情，托給陳隆。

經過多次械鬥，陳隆懂得如何用兵，但他自己的兩個兒子和一個姪兒，都已死在亂戰當中，第二個兒子，連屍骸也沒有找到，這種打擊，使他有一段時間顯得精神錯亂，終天躲在新美鳳閣阿鳳的宅子裏，以酒澆愁。

「我要報仇！」他這樣捏起拳頭喊著，忽然又頹喪起來，喃喃的朝空問著：「我該找誰報仇呢？」

「我說，陳大爺，械鬥就不該再打下去了，」阿鳳乘機勸說：「殺你兒子和姪兒的人，也許已經又被你手下殺了，泉州人要找漳州人報仇，漳州人又要找泉州人報仇，這樣打下去，除非兩邊的人全死光，要不然，就不會完的，能言和，就是救人啊！」

「道理我不是不懂，」陳隆沉重的說：「上一回，會黨的陳山兒到這裏來，苦心說服鄭進士公出面，印發勸和論，哪句話不是道理？但雙方的人要打下去，又有什麼辦法？……我是被推舉作頭領的人，我能縮頭，躲在一邊不管事嗎？」

阿鳳嘆了一口氣，沉默起來。她到艋舺之後，這裏就不斷的起紛爭，與械鬥，十多年來，艋舺一地，就起過十次以上的大火，沒有一條街不曾被火燒過，沒有一條街不曾橫屍流血，事後雖略加整理粉飾，但轉眼之間，第二次械鬥又把它燬得面目全非……燒掉的廟宇和街屋都能重建起來，而烙在人記憶裏的傷痛，卻是很難抹去的了……新美鳳閣是漳、泉二籍人在械鬥和仇恨中，暫時尋樂的地方，所以才能保留下來，使她和閣裏其他的姐妹們，在火裏看火，血中看血。陳隆說的是事實，由宗教、生活利益而起的械鬥，極難調解，許多讀書人的道理，都無法解除民間宿怨，陳隆和黃阿蘭等人，早已身陷其中，當然沒有法子自解困境了。

「當初起械鬥，連我也沒想到會落到如今這一步，」陳隆咬著牙說：「現在，想退身也來不及了，只有把這條命賣掉，和鄭勇、朱五那些人一拚，……要死，大家一起死，讓下一代人好活。」

他這樣一會兒頹喪，一會兒激忿，更使艋舺阿鳳說不上話去。

艋舺阿鳳經過十多年眼見的多次械鬥，年紀也一天天大了，對於笑臉迎人的這一行，也久已厭倦了，一天，她收拾一些細軟，搭一艘南下的商船，到府城去了，新美鳳閣飛掉了這隻鳳鳥，光景便大不如前了。

而終天抱著酒壺的陳隆，並沒認真推敲艋舺阿鳳離去的原因，阿鳳走後，他正式佔用了這座宅子，封住原有的門戶，朝西另開大門，變成艋舺地區泉籍人的地方團練公所，他仍決心和漳州人拚到死爲止。

這一回，黃阿蘭把對敵的擔子，仍壓到他的肩膀上，他當時就答應一肩挑起來了。

陳隆屢次對漳州人用兵，都採「猛」、「穩」二字訣，動的時刻，能迅速集中各股人，重擊對方的險要，守的時刻，能用深溝高壘、抬槍火砲，佔住咽喉之地，阻擋對方突破，所以才能控制艋舺地區達數年之久。

當郭阿嬌四處遊說，各地漳州人紛起響應，要奪取艋舺時，陳隆早已準備妥當。他按照五行方位，紅黃藍白黑五色，把手下所統的人分成五股，每股約兩千多人，分由他手下所謂泉州五虎將領著，那是西盛之虎和他的四個出色的徒弟：小刀子游火金，黑棒許一棍、鐵叉余老六，和黃阿蘭的姪子強弩手黃勝揚。

陳隆早已想出，漳州人所居的地勢高，又展成扇形，他們分由瓦窯、龍泉、古亭、大安、加蚋仔各莊堡聚合，向艋舺一地撲擊，使己方很難抵禦，唯一破它的方法，是要在對方沒動之前，己方先行發動，逕攻對方的首腦之處——八芝蘭山岩的堅堡。

「鄭勇和大刀朱五勾結得很深。」他對那五虎將說：「我們若不能擊破他，漳州人是不會認輸的。我們要是從大稻埕方面向北打，很不容易直撲到八芝蘭山腳，必須要出奇兵才行。」

「陳大爺講得對，」鐵叉余老六說：「我們可以從關渡那邊搶過河去，直攻八芝蘭的山堡，鄭勇不會料到，我們會逕攻他的側背，我們也在八芝蘭放它一把火，把鄭勇的老巢燒掉再說。」

「這辦法當然是好辦法，」小刀子游火金說：「不過，我以為我們在攻打芝蘭山堡之前，不妨差出一股人去，佯攻大安、古亭、龍泉、瓦窯各地，淆亂漳州人的耳目，等鄭勇率人出來，救援那些莊堡時，我們再趁虛進撲八芝蘭，這樣更容易成功。」

陳隆點點頭，沉思了一陣，最後決定採用小刀游火金的辦法。他差遣黑棒許一棍，率人先攻艋舺東南一帶地方，而把另外四股大隊，由新莊集結，等到鄭勇把他的人槍拉離八芝蘭山堡，陳隆就趁黑搶渡，進逼那座山堡。依照陳隆的預計，鄭勇不會留下太多的人去守八芝蘭，他用近萬人攻撲那座山堡，足可一舉擊潰對方留守的人。

泉方對這一次械鬥的計算很精密，進備也很週到，這和早年盲目砍殺，在根本性質上有了極大的改變，實在說，這已經不是一般的地域性的械鬥，而是用兵開仗了。陳隆和他手下五虎將的計算和準備，都在暗中決定，悄悄進行的，漳方根本沒有料算到。

秋九月裏，黑棒許一棍領的人首先出動了，他最先撲進大安寮，大肆縱火，把漳州人逐向龍泉、枋寮一帶去，這攻撲，像鐵鏟一樣，把漳人攔腰鏟成兩半，有一部份漳州人逃往八芝蘭去，懇求鄭勇出援，他們說：

「鄭大爺，這一回，可是泉方先動手的，我們的人，還沒有來得及聚合，就被他們衝散啦。」

「他們來勢兇猛，放火燒街，半邊天都燒成了紅的！……我們的宅子和財物，全完啦！」

「我知道了，」鄭勇說：「他們打來，我們打去，我要帶人去攻艋舺，也放火燒他們的房子。」

鄭勇在八芝蘭山堡的大隊還沒有出動，許一棍已經把漳人居住的東南半壁蹂躪了；幾天之內，他放火燒了枋寮街、港仔嘴街、瓦窯莊等地，使大火接天，日夜不息，漳人的鄉丁屯勇，這才忙亂的聚結成股，拚命抵禦入侵來的泉人，勉強守住枋橋和樹林這一線。

消息不斷的傳回八芝蘭山堡來，鄭勇召聚了大刀朱五、郭阿嬌和黑猴等人商議，他說：「泉州人不敢逕攻八芝蘭，他們這回想先發制人，把我們的人給分開兩半，如今，除了枋橋林老爺那邊，還勉強抵住，其餘的地方，都被大火燬光了，我的意思是直攻艋舺，不知你們覺得怎樣？」

「那當然好！」郭阿嬌首先贊成說：「枋橋的林老爺到廈門去了，他手下的鄉丁屯勇，也只能守護枋橋一地，至於大安寮一帶的散股，一時聚合不起來，我們若不及早出動，各地就全保不住了。」

「我們從大稻埕南攻艋舺，」黑猴說：「出一出積在心裏多年的怨氣！」

「我和阿嬌，原就計算奪回艋舺的，」大刀朱五說：「我的手下和徒弟們，都靠碼頭吃飯，我空有一把大刀和一身本領，但連碼頭都沒保住，讓對方逼到八芝蘭來，投靠你鄭大爺，我還有不想回去的嗎？」

「好！」鄭勇說：「既然諸位都贊成，我們就先經大稻埕，去攻艋舺好了！」

爲了向泉州人亮威風，鄭勇率同他的大隊起程時，號砲齊鳴，擂鼓動天，各色旗幡夾雜著，迤邐有幾里路長，抬槍隊、火銃隊、單刀隊、長矛隊，一隊隊井然有序的排開，太陽照著那些兵刃，發出使人眩目的光采，他們越過雞籠河上的木橋，一路斜奔大稻埕而來。

鄭勇是個野心勃勃的首領，他滿心想藉此一戰，把泉方壓倒，使他能總領漳籍的墾民，他不知道他這樣一亮威，正使泉方得著方便，當鄭勇的大隊剛抵大稻埕時，陳隆便率眾渡河，陳兵在大屯山麓的火山裾野上了。

頭一天，陳隆就縱火燒了八芝蘭在平地上的市街。

燭天的火光把鄭勇的夢給撕裂了，他這才想到，中了泉方的誘敵之計，泉州人攻逼八芝蘭，使他不敢放手去攻艋舺，立即領人朝回奔，去護守山堡。

泉方的人一見鄭勇後撤，黑棒許一棍便領著人一路尾追過去，這樣一來，戰火便延及大稻埕北端的保安宮一帶，當時泉方縱火焚掠，滿街都是紅火和煙霧，情形極爲混亂，許一棍手下有一股人，追殺漳籍的散勇，在深夜時分，衝進保安宮去，正打算舉火，誰知宮裏有一群乞丐住著，這些乞丐半夜裏聽著喧嚷聲，拎著討乞棍紛紛朝外竄避，泉方的人看不清楚，以為那些討乞棍都是槍銃，有一個驚慌的叫喊說：

「快逃呀！廟裏有火槍埋伏啊！」

他這樣放聲一叫喚，其餘的跟著起了驚惶，奪路亂竄，便把保安宮保留了下來。

鄭勇和大刀朱五、郭阿嬌、黑猴等人，領著手下，連夜撤回八芝蘭，但平地的市街已被大火焚燬了，他們只有攀登芝蘭岩，守住山堡。

泉方的五股大隊在山下匯合了，沿著雞籠河與淡水河，三面圍困住鄭勇，雙方緊張的對峙著。在屢次大小械鬥中，以這一次規模最大，泉州人圍困了芝山岩，這消息傳開去，新莊、西盛一帶的泉州人，更紛紛趕來助戰，使山下泉州人在人數上，超過鄭勇的手下三倍之多。

陳隆親自出來，指名叫陣，要鄭勇承認他是掀起大械鬥的禍首，並且把大刀朱五和郭阿嬌縛送出來，交給泉方處置，要不然，泉方便發炮攻山，山堡一破，便要把守堡的全數殺光。

鄭勇也是個勇猛好鬥的人，他雖然在這一回用兵上，中了陳隆的計謀，被泉方團團的圍住了，但芝山岩地形險要，使鄭勇有恃無恐，他對大刀朱五夫妻倆和黑猴等人的善戰，也非常信賴，當然不會肯向陳隆低頭，因此，他出面回話說：

「你們不要仗著人多勢眾，就想恫嚇我，有膽的，儘管來攻好了！」

陳隆急於要滅除鄭勇，在山下架起子母砲多尊，發砲攻山，打得煙漫沙揚，碎石四迸，但鄭勇分扼要點，不理不睬。小刀子游火金在一天裏兩次率人攀攻，都被漳方用飛石打退了回來。

在這樣的僵持中，淡水的地方官衙，根本閉門不管，他們無力管事倒還罷了，有些嗜賭的差役，竟然拿漳泉雙方械鬥的勝負當成賭注，下注賭哪一方贏的。

「這一回，西盛之虎和大刀朱五兩個人都在陣中，他們一定會碰面交手，」艋舺縣丞署的一個捕目說：「這才有好戲看呢！我賭大刀朱五贏，誰敢下注？」

「我不相信！」另一個衙役說：「大刀朱五娶了郭阿嬌，早被吸成空架子了，我出五塊番銀，賭西盛之虎贏！他的鐵錘，必會勝過對方的大刀！」

而在這次規模最大、爲禍最慘烈的一次械鬥中，最關切、最緊張的，莫過於會黨了。

當地會黨的秘密首領、除了金寶山、陳山以外，還有讀書的秀才、稟生、貢生、富商和鉅紳多人，他們在金寶山的私宅裏聚會，商議著：用什麼方法來消弭這一場慘烈的械鬥？

「如今，雙方都陷進去了，而且越陷越深，」金寶山憂心忡忡的說：「早先，我們不是沒奔走過，盡過力，但雙方的頭領都像中了魔，一句講和的話都聽不進去，仇恨是一片撥不開的霧，迷了人眼，蒙住人心了，我們還能有什麼好法子呢？」

「諸位都聽過艋舺阿鳳搬去府城的事罷？」陳山說：「像阿鳳那樣爲娼作妓的人，都苦心勸說過漳、泉雙方領頭的人，她是灰心絕望了，才搬離艋舺的，可見人心溺陷到什麼程度！」

「容我講句老實話，」一個泉籍的老秀才說：「不管是漳州人也好，泉州人也好，一般商戶和墾民，都是忠厚老實的人居多，誰願意把田地的事丟開不管，生理經紀扔在一面不問，砍砍殺殺打這個架，這只因太多人沒讀書識字，頭腦簡單，行事莽撞，把臺地民間的元氣都耗盡了，會有什麼樣的結果？日後滿州朝廷，真會把我們連人帶地都賣給外國！……那時刻，真是活不如死了。」

「諸位若是沒有辦法，兄弟倒想引介一個朋友來和諸位見面，」陳山說：「那便是一直亡命的王銅兄，他是府城方面早先的會黨首領，因案被株連，捉進官去刺面放逐的，在龍溪，他助過賴火，來臺後匿居水沙連，策動了林恭、李石等人舉旗抗清，如今林李兩案牽上了他，他已經到艋舺來了。」

「對！王銅兄是鼎鼎有名的人物，我聽說他的武術功夫也很出色，他來了，也許會給我們帶來一個新的機會，或是拿出一個有效的主意。」

在庭的幾個人，都急著要見王銅，陳山便去把王銅領來了。

這個幾乎和大刀朱五同樣高大粗壯的漢子，多年來爲了逃避衙門的緝捕，一直埋首亡命，從沒有露過面，如今，他看來更凝重更蒼老得多了。他原先刺了字的額，整片面皮都已被他自己揭掉，變成一塊巨大的褐色疤痕，他陰鬱的濃眉下面，那雙炯炯有神的大眼，仍然發著一股照人的光采。

「按理講，兄弟早該到淡北來拜望諸位的，」他進門抱拳說：「但兄弟是官衙緝捕的流犯，艋舺人煙繁密，清廷爪牙眾多，實在不便停留，若不是內陸亂起，兄弟只怕連今天的機會都沒有了。」

「王銅兄不必客氣，我們都是自家人。」姓潘的稟生說：「說來慚愧，淡北地區，連年械鬥火併，漳泉分類，自相殘殺，我們沒能及時勸阻，才弄成今天這樣局面，還望王銅兄協力幫忙，使艋舺百姓少受劫難。」

王銅落座後，嘆了一口氣說：

「兄弟跟陳山兄共事這許多年，陳山最知道我，辦起事來，能力極爲有限，以淡北械鬥，打到這樣火熾的程度來講，恐怕不是少數人用普通方法勸解得了的，兄弟前幾天到三角湧外莊去看一個年輕的朋友，那位朋友是漳州人，爲了不願被捲進家鄉械鬥的漩渦，才飄洋過海到臺地來的，……說來金大爺認識，他就是漳福鐵舖的鐵匠賴大燧，如今他在三角湧外莊落籍，娶的是泉籍的女人。我覺得，大燧弟兄倆那樣的固執，決不願捲入械鬥，他那種精神，真使我感動，我想，要調停械鬥，光憑嘴上說道理，那是不成的，非得有人爲它捨命不可……。」

王銅這樣一說，使在座的一些人都沉默下來，認真的思索著。

過了一陣，金寶山說：

「王銅兄，淡北有幾十萬墾民，在這些年裏，死在械鬥裏的人，至少有萬人了，而且是年輕力壯的居多，我們不是不願捨命，而是不知道如何捨法才能有用？」

「當然，金大爺你講的是事實，」王銅說：「兄弟這次北來，就是要想出一個法子，把械鬥給止住……。」

會黨方面，正在苦心積慮的商量著怎樣消弭械鬥，但八芝蘭山麓下面，漳泉雙方，也正殺得不可開交，鄭勇被圍心急，著黑猴帶一股人趁夜突圍，到錫口莊去請援，黑猴剛下山，就遇上了強弩手黃盛揚，一陣弓弩把對方擋了回去，黑猴右肩上也中了一箭。

大刀朱五自恃勇力，帶著他手下一股人衝下山來，在山腳列陣應戰，鐵叉余老六不信邪，領人掩殺過去，一陣混戰之後，余老六的鐵叉被朱五的大刀震飛，朱五趕上去又是一刀，斬下余老六的一條胳膊。

「你們全不是我的對手，」朱五喊叫說：「快滾回去，把西盛之虎叫喚出來，我要親手剝掉他那張虎皮！」

朱五狂悖誇大，終於把西盛之虎引出陣來了。

那是烈日炎炎的正午，裾野上流沙紛揚，大刀朱五赤著胳膊，穿著一條黑裩褲，腳登一雙多耳麻鞋，上身筋球滾動，皮膚上流著汗，黏著沙粒，顯出一股褐銅色的光澤；西盛之虎穿著白色短衫，衣袖高捲，露出海碗粗的臂膀，他盤起辮子，額上横勒著白巾，下身穿著大紅裩褲，赤著腳板，手裏拎著兩柄沉重的鐵錘，遙遙相對的站立著。

在漳泉雙方多次械鬥中，這兩個各霸一方的人物，還是頭一次對陣，因而，雙方列陣的人，千萬隻眼睛，都注視在他們的身上。陳隆和鄭勇，當然都希望己方能贏得這一陣，雙方都下令爲己方出鬥的人擂鼓助威，鼓聲密密的響著，四野都捲盪起巨大的迴聲。

大刀朱五雖是狂悖誇大，目中無人習慣了，但他看到西盛之虎那一身強健靈活的筋肉，和那兩柄烏黑漆亮，看來沉甸甸的鐵錘，也不禁集意寧神，收斂了狂態，緊了一緊手裏那柄大砍刀，一步一步的迎了上來。

西盛之虎一向沉著，他絲毫沒被朱五那種巨大的身形震懾住，當大刀朱五朝前邁步時，他晃一晃手裏的鐵錘，也赤著腳迎了上去。小風貼地吹刮，他們每一移步，腳下便騰起一陣扭絞如蛇的沙煙。

正午的太陽，照著這一高一矮的人，也映出他們腳邊變了形的影子，時辰緊張得像扯滿了弓弦，看來雙方一觸即發了。

「姓王的！」大刀朱五說：「我一直在指名找你，找了這些年，這一回總算碰上了，人說：兩雄不併立，今天，你我兩個人，總有一個要倒下去的。」

「你先該謝我，」西盛之虎說：「若不是我毀了柱仔，你哪能娶著郭阿嬌那種風騷的寡婦？我們不妨把話講在明處，——你要倒下去，那寡婦歸我！」

「不要逞你的口舌，」大刀朱五怒說：「你有多大本領，在錘上使出來罷！」

說著，他立穩腳步，舒臂舉刀，賣一個盤花蓋頂，亮霍霍的大刀帶著一陣風，朝西盛之虎當頭砍了下來，西盛之虎一點也不含糊，單壁掄起右手錘，發力上撩，錘頭和刀口相擊，發出金屬的亢鳴，硬把朱五的大刀封盪開去。

經過這一回合，倆人都覺得對方不是易與之輩，一個刀重，一個錘沉，算是遇上了真正的敵手啦。

大砍刀和鐵錘都算是重兵刃，一般沒有巨力的人，不會挑選這種兵器，因爲它們本身沉重，不像單刀和三尺劍那樣輕靈便捷，講究身形技巧，這種重兵刃一旦施展起來，都是大開大闔，硬封硬擋，彼此鬥功夫鬥氣力，便更顯出虎虎的威勢來。

大刀朱五一心想壓倒西盛之虎，他施盡渾身解數，把一柄刀舞得像潑風一般，幻成千張萬張刀形，往西盛之虎砍去，而西盛之虎蓄意要拚殺對方，也把兩柄鐵錘舞成一座黑色的錘山，刀和錘相擊，迸出的叮噹聲不絕於耳。

他們腳下的沙煙不斷騰起，渾渾沌沌的裹住了兩個人的身形，使列陣觀望的人，只看到兩個人像走馬燈一般的旋風疾轉著，誰也預測不出誰能取勝對方來？

他們拚鬥著，這兩個人，彷彿都有用不完的氣力，一面酣鬥著，一面還不斷的發出殺喊的聲音，時辰在緊張的焦灼中耗過去，他們仍然打得難解難分，汗水浸濕了他們的衣衫和肌膚，不斷黏上飛沙，使兩個人的髮上、臉額上、身體上，都黏泥帶沙，變成了泥人。

拚鬥延續了幾個時辰，足足鬥有四五百回合，還是分不出勝敗來。倆人的力氣都耗得差不多了，彼此吁喘著，一個刀法鬆散了，一個連錘都掄不動了，但兩人心裏那股氣，仍在梗著，迫使他們用慢動作繼續鏖鬥下去。

朱五的臉孔被一股恨意扭歪著，他的辮髮也拖散在肩胛上，西盛之虎露出一口野性的牙齒，白沫凝聚在他嘴角旁邊，這時候，陳隆和鄭勇都恐怕己方的第一號猛將有失，便揮動旗幟，促使鄉丁屯勇掩殺上去，各把西盛之虎和大刀朱五護住，這樣在平野上反覆衝殺，混戰到傍晚才鳴金收兵，雙方的損傷同樣慘重，但彼此都沒有進展。

經過這一戰，大刀朱五才算認識了西盛之虎，他回到寨棚裏，呆呆的想著什麼事，郭阿嬌擺上飯來，他粒米都沒入喉。郭阿嬌猜出他的心事，問說：

「你還在想著和西盛之虎拚鬥的事？」

「就是哪！」大刀朱五說：「我渾身的本領都施盡了，我的七十二路刀法，遇上他就失了靈，那個很難纏的矮鬼，我真不知用什麼方法取勝他？」

「你和西盛之虎交手，我和鄭大爺在山頂都看得很清楚。」郭阿嬌說：「他的錘法很精，力道威猛，腳下也很靈活，你若想硬碰硬的勝他，確是很難。」

「除掉那樣，還有什麼辦法呢？」大刀朱五說：「我一直撐持下去，想用耐力取勝他，誰知那矮鬼的耐力，看來比我還強，真的，若不是鄭大爺揮旗掩殺，一定要把西盛之虎殺死。」

在泉州人那邊，西盛之虎也覺得大刀朱五刀法精絕，自己用盡力量，也很難取勝他，陳隆勸他說：

「不要緊，我們如今正把八芝蘭山堡圍住了，他大刀朱五不過是勇莽匹夫，他有再大的本領，也難獨力撐持，我們還會用抬槍火炮把他擊倒。」

「不不不，陳大爺，」西盛之虎說：「無論如何，你要答應，把朱五那傢伙交給我，我非親手殺他不可，假如我本領不濟，不能取勝他，寧願死在他的手上。」

這兩個人交手後，只休息了一天，第二天傍晚，大刀朱五又帶人下山列陣，大刀朱五總覺得：他要是不把西盛之虎除掉，極失他的顏面；西盛之虎呢？也抱著同樣的想法，寧願拚到同歸於盡的程度，也不願和朱五同活在世上。

倆人仍然在原先鏖戰的沙地上見面，黃昏像一把火，把西天燒得通紅，閃光的、彎曲的淡水河面，也漾著像血染般的波光。這一回，大刀朱五不知從郭阿嬌那裏，得到什麼樣神秘的好主意，神態上顯得很穩沉，西盛之虎仍然像平常一樣的不說話，只是等著動手。

大刀朱五說：

「姓王的，我們今天見面，兩個人當中，總要倒下去一個，我們是不死不散了！你有什麼遺言，最好先交代給陳隆。」

「這個事情，不用你來操心，」西盛之虎說：「我早就把棺材打好了，等著你來把我放進去，——今天，就看你的手段了。」

兩人把話說絕了，便又動起手來，這一回，漳泉雙方都沒有再揮兵掩殺，他們等待這兩人拚出一個結果來。

兩人的拚鬥，看上去比前次還要激烈，在黃昏的澄色光彩裏，旋轉的人影弄起塵沙，直捲到半空去，好像是一陣突起的旋風，刀和錘的碰擊，擊迸出無數火花，在渾沌中閃著光，低叱聲和呼吼聲，迸出一股恨意的烈焰，像早年大屯山火山爆炸似的，震撼著人心，緊張逼使雙方連助陣的鼓聲都停息了。一片寂默中，只有朱五和西盛之虎兩個人在捨死拚鬥著。

時辰逐漸耗過去，薄暮的紫霧從河面上朝四下擴散，兩人酣鬥不已，雙方只有燃起火把來，讓他們繼續的挑燈夜戰。

鬥至入夜後，情勢有了很明顯的變化，大刀朱五逐漸現出後力不繼的模樣，刀法鬆浮散亂，腳步不穩，被西盛之虎的兩柄鐵錘逼得連連後退，而西盛之虎人矮，氣聚功凝，越戰越勇，眼見對方就要落敗了，哪肯放他逃生？潑吼一聲，把兩柄鐵錘一緊，靈活跨步，截住對方，斷了他的歸路。

大刀朱五仍然被逼後退，不過，這一回方向有了變動，他不再是一步一步的退向八芝蘭山腳，而是退向雞籠河的河岸邊來了。

西盛之虎得理不讓人，雙錘盤舞著，錘錘擊向大刀朱五的要害，大刀朱五勉力封架了幾錘，拖著刀，轉身就退，西盛之虎掄錘便追，沿著河岸的沙地追了幾十步，大刀朱五忽然停步轉身，把刀柄一抖一綽，那張雪亮的刀頭閃了一個光花，直朝西盛之虎的下三路掃過去。

西盛之虎光顧著追人，沒料到大刀朱五會出此奇招，當他掄錘去磕刀時，刀光業已閃了過去，把他的兩條腿斜著削斷了。

大刀朱五一刀得逞，削掉了西盛之虎的雙腿，以爲郭阿嬌教他的拖刀計，使他勝定了這一仗了，誰知就在他暗自得意的時刻，西盛之虎在跌仆的一剎間，飛擲出他的鐵錘，正擲在大刀朱五的面門上，那個大叫一聲，扔開他染血的大刀，用雙手回捂住臉，花白的腦漿混和著鮮血，從他的指縫間朝外湧，他便也緩緩的倒了下去。

這悲慘的結果，是雙方都沒能料想得到的，兩個不可一世的人，在一剎間都倒下去了。

雙方列陣的人爲了搶人，都大喊著朝河邊奔去！重又形成混亂的鏖殺，由於泉州的人多，漳方很吃了些虧，但他們總算還把大刀朱五的屍首拖了回來。

這一仗，陳隆雖折損了西盛之虎，但他覺得西盛之虎能在死前飛錘擊斃巨人朱五，業已除了泉方的大敵，這正是攻撲八芝蘭堡的時機了。

趁著漳人敗退的時辰，陳隆斷然下令分四路攻山，小刀子游火金攻東面，鐵叉余老六攻西面，陳隆自率一股攻南面，黑棒許一棍攻東南角，強弩手黃盛揚帶著他的一股人在後策應。

山上的火把和山下的火把，將芝山岩一角映得通明，黑煙隨風飛揚著，使空中瀰漫著嗆人的油煙氣味。山堡的外側插有多道鹿砦，背後更依著山勢，壘有石牆，攻山的人縱火燃燒那些鹿砦，雙方便互相以抬槍和火銃對擊，一時槍銃聲大作，更撞出了山鳴谷應的迴音，不多久，山坡的樹林也著了火，燒得一片通紅，泉州人業已突破了石牆，但漳州人很快又堵了缺口，混戰在各處進行著。

泉方攻山的人數眾多，而漳方佔著地利，他們用飛石和滾石為武器，擊傷了不少泉人，同時，漳人早在山坡險要處挖妥了陷坑，內豎羊角尖樁，尤其是東麓，這種陷坑挖得特別多，小刀子游火金那股人裏，誤踏陷坑被刺傷的，就有幾十人之多。

陳隆自己親率的一股人攻南面，只登上了小坡，再朝後山仰攻就受了挫折，攻不上去了。終於，在三更過後，他下令鳴角撤退回來。

「他們佔著地利，我們硬攻，總是破不了山堡。」陳隆對他手下那四個頭領說：「我們非要另想辦法不可，這樣硬攻，我們的傷亡損耗太大了。」

「其實，我們只要死死的困住他們就行了。」游火金說：「鄭勇經營這座山堡，確很堅固，但山上存糧有限，我們只要再多圍它十天半個月，硬餓，也會把他們給餓倒——他們不是鐵打的人。」

「光圍住鄭勇這一股，也不是好辦法。」許一棍搖頭說：「要知道漳州人在錫口莊、大安莊、中寮、瓦窯那一帶，還有許多人，他們一旦聚合起來，趁虛去攻艋舺，斷了我們的歸路，我們豈不是背腹受敵，進退兩難嗎？」

「這倒是值得顧慮的事情。」陳隆說。

一向很自信的陳隆，也被許一棍這幾句話說動搖了，真的，他原打算三天五日，儘快的吞沒鄭勇，藉以震攝其它地區的漳人，使他們認輸了事的，誰知山堡難攻，遷延時日，他們的大隊整個拉出，陳兵在八芝蘭山下，艋舺和新莊西盛那一帶異常空虛，假如東南面的漳人在這時整隊突襲艋舺，他真會不知所措了。

他背著手，踱來踱去，最後皺著眉決定說：

「一棍兄，這樣好了！你帶著人先回艋舺部署，我率大隊暫時不動，你回去關照黃大爺，要多注意東面漳州人的動靜，有消息，立即傳告我，只要鄭勇這股不脫圍，其它地方的漳州人，恐怕不敢輕舉妄動的。」

他的算盤打得很如意，但事實不然，枋寮的漳籍鉅紳林大爺，在廈門得到泉人縱火擾鄉的消息，搭船趕回，並帶回相當多的槍銃武器。由於他的財勢和號召力，很快便把艋舺東面和南面的漳州零星散股縮聚起來，變成萬人以上的大隊，從側面威迫艋舺了。

在中秋的連番風雨中，陳隆率著他的四股大隊，從淡水河北岸匆匆後撤，去保護艋舺，使八芝蘭山堡鄭勇那股人得以解圍，當陳隆所部剛進入艋舺時，鉅紳林大爺所率的漳人，就以新銳的槍銃火器，銳不可當的朝艋舺進撲了。

據守八芝蘭的鄭勇、郭阿嬌、黑猴等人，心懷怨忿，一見有生力軍助陣，哪會輕易放過機會？立即點齊他的人槍，越河南下，經保安宮、大稻埕，一路追逼下來。

這樣一來，原先怒燃在八芝蘭山下的戰火，又重新南移到屢遭蹂躪的艋舺地區來了。雙方出動近萬的人，在這個地狹人稠的商業地區混戰，情形的慘烈，是可以想見的。整條街在大火中變成了廢墟，一般商民百姓，東躲也不是，西藏也不是，漳人遇著泉人也沒命，泉人遇著漳人也沒命，雙方的仇恨盲目的高漲著，它像不可遏阻的海嘯一樣，衝毀了理性的堤防，任性衝擊著、吞捲著，把無數人的生命財產，甚至他們自己的生命，都吞捲進去了。

當雙方激戰不已時，由頂郊、廈郊商行及會黨合組的勸和團，企圖出面調停，但雙方都不認帳，反而把冒險奔走的金寶山大爺砍殺在亂軍當中。

連手執勸和單的勸和團的人，也被衝得七零八落，根本無法勸阻這種兇猛的失卻人性的械鬥。

在這一戰裏，漳州人顯然佔盡優勢，他們打得陳隆站不住腳，節節朝南敗退，林大爺和鄭勇兩股人匯合，襲破了艋舺，一逕朝南追擊，連破泉人的根據新莊西盛各地，一直追到樹林和大姑陷之北。

在這樣的燒殺焚掠中，人站在高處，能看得見遠遠近近有幾十處火頭，推湧著滾滾的黑煙，一直迤邐到天邊去。有多少人的家宅被毀？多少個村落被夷平？多少座庄堡在轉眼間變成廢墟？沒有人有閒去關心這些，無數扯直了的喉管，只顧著像噴煙一般的，吐瀉著內心鬱積的仇恨，只顧吼出一長串非人的、怪異的殺聲……。

這是歷年械鬥中，規模最大、為患最烈的一次，它的餘波，北漾大雞籠，南及臺中的梧棲港，使數百里地面上，處處烽煙。

燒過去了，殺過去了，暫時獲勝的漳人撤回到樹林、瓦窯那一線去了，雙方在喘息中處理傷亡。無數喇叭，流瀉哀淒的、低沉的曲調，日日夜夜都聽得曠野新墳邊，以及火燒的殘牆背後，有人切切低泣，彷彿把破碎了的心，隨著那種使人腸斷的泣聲，一塊一塊的吐出來。

風是腥臭的，地是血染的，村和堡的餘火未盡，家屬們只知悼念死者，不知到何處去招魂，而雙方領頭的餘忿不息的說：

「過了農忙季，聚人再打！非分出高低來不可！」

第八章　歲月山河

不管淡北地方的械鬥怎樣激烈，迤邐千里的大山，卻總是以亙古之姿，對人們顯示出自然的寧靜與安詳。

在整個地理形勢上，海島雖不算遼闊，但和數量有限、在海岸邊緣從事墾拓的人們相比，海島就很夠遼闊了。插天的高峰，千年的古木，會用歷史的眼，去看這些紛爭，像看一群群逐鬥的螻蟻。

從中部接近大山的墾屯市鎮——水沙連再向東去，荒涼的自然風貌，便那樣的直逼人的心胸，在那裏，整個山嶺被原始的洪水劈開，隔著嵐霧，影影綽綽的對峙著，大濁水溪的上游——陳友蘭溪的風貌，也是原始莽獷的，傳說清將陳友蘭曾領軍平番，沿著這條無名的溪川追敵，後來的墾者，便用他的名字來稱呼這條溪，以紀念這位使後來者得以安居的人物。

不論傳說如何，自然的風貌卻毫無改變，長風在沒遮攔的開闊的溪心呼號著，無數大小不一的圓形漂石，一層疊壓著一層，向無盡的遠處舖展開去，作成了歷史的象徵，而無數青巍巍的巨峰在雲霧中人立著，構成一種蒼茫雄渾的氣象。

郡大山是這一帶山群中的君主，它是一座龐然的剛陽山脈，向著陳友蘭溪的一面，山勢像斧劈一般的險峻，崢陵的黑岩層，輪廓分明的水線，崩山時所留下的積石，構成野性的山的顏面，寸草不生，是它的特色，陳友蘭溪繞著那座雲封霧擁的大山奔流著，這裏是若干年來被恐懼傳說渲染成的黑闇番境了。

這天清晨，有兩個揹著揹物架的人，穿著破舊的衣裳，走在陳友蘭溪南岸的小徑上，前面的一個，腳步有些顛躓，約莫有五十開外的年紀了，後面一個還不到卅歲，精瘦結實，兩眼炯炯有光，他們揹著煙草、布疋和酒，以及一些粗陶的器皿。

「我們歇歇罷，陸大叔。」年輕的那個說：「你的腳不方便，天黑前，能趕到內茅埔就行了。」

「嗨，日子過得真快，二燧，」擺腳陸喘息著，感慨的說：「我們進山來，晃眼好多年了，昨天在水沙連，聽商客說：艋舺還在鬧械鬥，越打越厲害，到處都燒火，死了成千上萬的人，我們沒有眼見，也不知怎麼了？」

二燧把揹架卸下來，靠著樹幹上，取下斗笠搧涼，聽了這話，輕輕的搖搖頭說：

「這些年，我除了想阿兄大燧，旁的事，我都不再去想它了！……我們改不了旁人，只能過自己的日子，多看石頭少見人，我們在番地，不是活得很好嗎？」

「可惜在水沙連沒找到王錮兄，」擺腳陸說：「聽說他到鳳山那邊去，說人舉旗也沒有成事，……假如他去艋舺，我們可以託他探聽大燧消息的。」

「哪一天再能回艋舺，我不敢說了。」二燧說：「平地住戶恨番人，更恨番割，好像我們是專替番人作奸細的，事實上，世間沒道理的事還多得很呢！」

「人與人，其實和山與山一樣。」擺腳陸說：「人就是人，山就是山，分什麼這裏人，那裏人，平地人和番人，造出許多仇恨來，這全是自找煩惱，我們和布農人在一起這麼多年，處得像一家人一樣，有什麼不對呢？」

「你的道理很對，但誰肯聽呢？」

「我還是要回艋舺去，」擺腳陸說：「我要把這話講給那些勇狠好鬥的人聽，這不是空話，你就是例子，你娶了布農族的妻子，也生了孩子，這不是假的。……我活了這把年紀了，再也不怕什麼危險了，人有理，要在活著的時候講明白，不是嗎？」

他說著，抬起頭，微微瞇著眼，去看對面的郡大山，這座巍峨的山，不但落在他的眼裏，也彷彿生長在他的心上。這裏是布農族的移居地，早先，他們生活在平野、臺地和縱谷間，隨著後來者墾拓的進展，他們被逼遷到高山地帶來。這裏也曾有過族與族之間的殺伐，鄒族、泰雅魯族和布農族之間，不斷因攘奪而紛爭，而郡大山始終默立著，山才是永遠的，他這樣的看著山，他心裏有了山，便不再覺得疑難駭懼了。

二燧也在看著山，這裏不再是陌生的地方了，他早在四年前，就娶了布農族的女子塔耶爲妻，他們在內茅埔之北的番社結茅居住，和布農人打成一片，這裏已成了他的家了。

「你真的想回艋舺，跟那些人說道理？陸大叔。」二叔有些困惑。

「當然是真的，」擺腳陸說：「我老死在山裏，也是死，一個人想通了某些事情，忽然會覺得，世上沒有什麼事好害怕的了。我決定明年春天下山去，要是能夠在艋舺那邊找到大燧，我會把你在這邊的情形告訴他的。」

他們歇了一會，談說了一會，又揹起揹物架來，繼續朝山的深處走。

綠蔭蔭的林子，細葉的樟腦和闊葉的油桐夾雜著，隔葉透進林裏的天光，也是碧色的，那些似有還無的淡淡葉影搖曳著；在二燧的眼裏，每片葉影，都彷彿是一場遠夢。白銅隘的老鐵舖，粗糙的石壁，陰黯的光線，閃著紅紅綠綠幻光的爐火，擊鐵時飛迸的火花，是許多遠夢的背景，沒有什麼光能燭洞時間，照亮人的未來。他離開那座火煅的老鐵舖，跟大燧一道兒出門謀生時，並沒有想到日後生活得多麼好，只要能平安過日子，就夠了。

如今，自己生活在叢山裏，到處都是待墾的土地，到處都有獐鹿之類的獵物，憑他的雙手和塔耶的勤勞，足可以維持一家的生活。唯一使他懸念的，只是和他在三角湧外莊被人追逐時失散的大燧，一天沒得著他的消息，他就無法安得下心來。

他和擺腳陸回到內茅埔番社去，做完了交易，他回到家裏，和塔耶談起一些他平常很少談的事，他講起繁盛的艋舺和發生在那裏的可怕的械鬥，講起和他失散的哥哥大燧，塔耶聽著，他平板的臉上，幾乎是茫然的，沒有什麼樣的表情。她逼視著他，她略顯深凹的大眼的黑瞳仁一動不動，像兩口深黑井，映出他的影子，這就是一個山地女人給他的愛情。

「你要回艋舺那地方去麼？」她說。

「不。」他說：「擺腳陸講他要回去，明年春天，他要走，他會替我去找大燧的。我只要知道大燧在什麼地方，我就放心了。」

但沒有等到春天，擺腳陸就染病死了，布農族的人把他埋葬在內茅埔南邊的樟樹林子裏，二燧得信趕了去，只能見到一座用石頭堆成的墳墓。

「我非要自己回到艋舺去不可了！」他這樣自言自語的說。

咸豐十一年的春天，英國垂涎於這個海島的豐沃，向清廷提出開埠通商的要求，清廷爲酬謝英人協助抵抗太平天國在東南地帶的侵襲，允將滬尾及新莊艋舺碼頭闢爲正式的國際通商碼頭，並且派員來臺考察設立海關事宜。

當時，新莊和艋舺兩地，街道是殘破的，到處留著火燒的遺跡，連年的械鬥，使很多戶人家家破人亡，錢財住宅，蕩然無存。在殘破的街巷裏，團聚著一群一群的乞丐，揹著曲污乞囊，用哀戚的聲音，向過往的行人乞討。也有許多在械鬥中受過重傷的人，折了胳膊的、斷了腿的，淪落到乞丐群裏去，乞討時，向人顯示他身上的疤痕。

「老爺，想當時打架，我從沒退縮過呀！」

而械鬥時的英雄好漢，一點也不算什麼了！乞丐就是乞丐，空向人伸出雙手，討不著一握光榮。

這種殘破的街景，和曠野間無數新墳襯映起來，多少使人生出一些朦朧的憬悟，那就是左一次右一次的械鬥，除了使雙方人亡家破、仇恨加深外，究竟還得到了什麼？一般住戶和墾民有這樣的感覺，對於一向反對械鬥的會黨來說，這種感觸自然更深了。

由於農事忙碌的關係，大械鬥算是暫時停息下來了，漳泉雙方的首領，都明白械鬥是最勞民傷財的事情，無論如何，把墾民聚合起來，成千上萬的人，都要攜帶乾糧果腹的，各莊堡若不按時種植，取得當季的稻米收成，仗就無法再打下去了。

會黨裏的人，因爲前次調停無效，金寶山金大爺反被戳死在亂軍陣裏，陳山、王銅、潘生和李廩生等人集議，把會黨設在艋舺的總壇，南遷到桃仔園去；潘、李兩位讀書人，運筆爲文，以他們親眼所見大械鬥的悲慘景況，編成一些容易散播的民謠、唱曲，暗暗的傳播出去，同時，他們仍然採用鄭進士公當初採用過的方法，——大量印發勸和單子，力勸漳、泉兩方解兵言和，保存淡北地區臺民的一點元氣。

王銅和陳山兩人，爲這宗事情，日夕不停的奔走著。王銅覺得，事情一天比一天更有希望，因爲陳了艋舺本身之外，經過慘劫的鄉下各庄堡的態度，不再那樣頑硬了，在三角湧西面，漳籍的村落和泉籍的村落，有單獨講和的，由於兩村都被火燬，他們便合建一個兩籍共居的新村堡，並且合砌一座有應分（即土地廟）廟。

新店溪北岸的文山堡，也傳出了很感人的故事，在那裏，漳人供奉的一座神像，械鬥時被泉人擄去，泉人因爲洩忿，將那座神像挖眼削鼻，並潑以穢物，械鬥停息後，漳人裏面有些信徒，向對方懇求出價購回，出價出至番銀廿元，但泉人仍然不肯售出；最後，泉人當中有一位年老的墾首蔡老爹，說是這神明曾經托夢給他，要泉人將祂歸還給漳人。

蔡老爹對大群的泉人，說了這樣的話：

「人分漳、泉，難道天上的神明也分漳、泉?這不是以人欲去犯天?我們若想澤嗣修福，就該把神像修補好了，焚香禱告，向祂謝罪，然後把祂請上神兜，送還給對方，重新建廟安頓祂。」

泉人覺得蔡老爹的話極有道理，當時就同意了。當他們召請匠人，把神像修補妥當，群相拜祭，並且通知對方來接神時，漳人感動得流淚，紛紛設宴款待送神的泉人，單只這一件事，就化解了雙方的仇恨，使文山地區安靜如昔了。

王銅、陳山以及許多會黨裏的朋友，都留神從各處探聽這些消息，說給李、潘兩廩生聽，讓他們寫在勸和的單子裏，分送到各村堡去。

「依我看，解兵言和的時機已經到了！」王銅說：「淡北械鬥，前後拖延了十九年，打了七八次，如今，各庄堡年輕力壯的漢子，十去其三，至少死傷了兩三萬人，雙方卻什麼也沒得到，再打下去會怎樣？他們想得到的！」

「如今，鄉下各庄堡都紛紛停鬥了。」陳山說：「就是新莊艋舺那裏爲首的人，還堅持要打下去，也沒有太多人肯聽他們了，……他們若想再聚合上萬的人，根本不可能。」

「儘管這樣，我們最好還是出面去說動他們，能夠不再拼鬥，那當然更好，」潘稟生說：「多興一次械鬥，就多添若干死傷，人命是無價的啊！」

「這事讓我去做好了！」陳山挺身自任說：「不管能成，不能成，我總要盡力去試試。」

陳山去艋舺奔走這宗勸和的事，態度非常認真，他首先拜訪了黃阿蘭和陳隆等一干泉籍的首領，說艋舺就要正式開埠了，這些年的械鬥，使許多內陸來船望之生畏，不敢駛進滬尾港，紛紛轉赴府城和笨港，已使艋舺的生理逐漸蕭條，再打下去，淡北地區就要毀掉了。

「我們倒不是不願和，」黃阿蘭說：「只要條件合適，漳方肯賠償我們的損失，我們可以和解的。」

「對，條件一定要提！」陳隆說：「這和泉方的面子有關，如果我們不提條件就講和，那就等於是向對方低了頭，這事，我是寧死也不幹的。」

「兩位要明白，你們在械鬥裏有損失，對方在械鬥裏一樣有損失，你們要對方賠償，對方也會要你們賠償，這樣賠來賠去，還不是等於不賠償一樣？」陳山說：「再說，雙方打了十多年，死了的人命怎麼賠法？能吹一口仙氣，讓他們一個個再活回來？」

泉籍一些在座的首領聽了這話，都啞然無聲，一時說不出話來，只有陳隆心裏的怨火沒息，他說：

「陳山兄，你是漳州人，你不必先來說動我們，你若真有調解勸和的心，你就先去說服你的那些同鄉去好了！他們若肯聽你的話，不提任何條件，願意先和，我們跟著就和，這總成罷？」

「我覺得這樣很好，」陳山說：「那我就去一趟枋寮，找林大爺和鄭勇，先跟他們講妥再過來好了！」

陳山離開艋舺到枋寮的林家新厝去，那位鉅紳剛剛打了一場勝仗，滿心不把泉州人放在眼裏，在態度上，比陳隆更爲頑硬，他說：

「陳山兄，謝謝你們這一番勸和的好意，但我早已決定了，除非泉人把黃阿蘭和陳隆縛送過來，聽憑我們處置，我決不跟他們講和。」

枋寮這方面不肯講和，鄭勇當然也不肯講和，他要替大刀朱五復仇，自然要和枋寮的漳人互通聲氣，一致去對付泉人了。

陳山兩面奔跑了好多趟，由於兩方所提的條件很苛刻，使對方根本無法接受，結果仍得不著要領，他只好回到桃仔園去，把勸說的經過，告訴會黨裏的各頭領，他估計說：

「看樣子，一過了農忙季，在艋舺的漳泉雙方，還是會聚合人槍再起械鬥的，我已把話說盡了，雙方領頭的人還是不肯聽。」

「我不信那幾個爲頭的人，爲了鬧意氣，就能興得起大風，作得起大浪來！」王銅說：「我們勸和單子撒遍了鄉下的莊堡，不容那幾個人再把它破壞掉，我看，這一回，非在械鬥之前，把它止住不可。」

「王銅兄，你能有什麼樣的法子，把這場械鬥給止住呢？」潘廩生說。

「我早就想過了！」王銅說：「等我到三角湧外庄，把大燧夫妻倆請來再說。」

放開會黨對於謀和的準備不講，艋舺地區的另一次械鬥又在醞釀著，這好像天上翻滾的黑雲在醞釀一場暴雨一樣，不過，這一回的械鬥勢成強弩之末，雙方首領遣人四出糾聚人槍，艋舺以外的地方都不再熱心出動支持了，他們雙方能聚結到的，也只有平素跟他們混的人，或由他們出資僱用的鄉丁屯勇，這在規模和氣勢上，都無法和早先比較了。

在秋季多變的天氣來臨時，枋寮方面的林大爺率人先動了，他和鄭勇兩股人配和，冒著大雨和遍地泥濘，夾攻艋舺。

泉方的統領陳隆，一見漳洲人來勢兇猛，不願正面硬撞，立即帶著所有人槍，退守新莊的西盛，林鄭兩股人在艋舺會合後，又轉攻西盛和新莊，陳隆使用誘敵深入的方法退守大姑陷，在溪岸西側的高坡上設伏，打算以有利的地形和漳人決戰，一舉殺死漳方首領，擊潰漳州僅有的人槍。

戰事便在大姑陷一帶進行著。

這回械鬥，雙方都沒有再濫燒濫殺，林鄭陳黃四個首領都明白，淡北地區的民戶，對於連年不息的械鬥，都已聽厭了，也看厭了，他們每戶人家，都有成丁的男人死傷在械鬥裏，留下的婦孺老弱，再也無法參與械鬥啦！……他們本身對於械鬥，也很厭倦，但隱藏在內心裏的鬱勃的怒火不熄，使他們彼此都產生了生是冤家、死是對頭的感覺。林鄭兩人一心要鏖殺陳黃，使械鬥結束，陳黃兩人也一心要埋葬林鄭，好就此罷兵，而大姑陷郊外的曠野，是最適合放手決戰的地方。

大雨不停的落著，大嵙崁溪心裏濁流滾滾，沖擊著漂石，激起騰濺的浪花，雙方隔著溪，以抬槍、火銃、子母砲互相轟擊，過不多久，雙方的桶裝火藥淋雨受了潮，銃戰便結束了。

漳方林鄭兩股約有兩千多人，便打算越溪進迫泉方據守的高坡，泉方黃阿蘭和陳隆統率的人，在人數上並不次於漳方，當然不甘示弱，便也扼住溪岸的要點，並遣人出去拒敵，雙方就在溪心裏用刀矛戮砍，扭殺成一團。

怪的是雙方盤踞的林野，顯示出早就有人來過，有些勸和的單子，張貼在樹幹上，有些用石塊壓住，更有一些挺立在小徑旁的樹木，樹皮被人用刀刮去，白白的無皮樹身上，被刻上了若干字跡，例如：「苦海無邊，回頭是岸」，或是：「同爲八閩人，同是一條根，何仇與何恨？自斷手足情！」……這些勸和的言語，在無形當中，使雙方參與的人，一心怒火都逐漸冷卻下來了。

這天黃昏時分，大雨初停，山崗仍有霧雰圍繞著，泉方的黃阿蘭和陳隆，仍然擂鼓結陣，要聚合全力和對方拚個你死我活，漳方的林大爺和鄭勇，也隔溪列陣，打算捨命迎戰，雙方逐漸朝一片水淺石露、地勢坦平的溪心進逼，長矛的矛尖，像雨後新筍的筍尖一般，彼此相對著。

但在雙方就要短兵相接，流血拚殺的時刻，忽然從下游的林叢裏轉出另一股人來。雙方都有些驚疑，以爲這股人是對方預先佈置的伏兵，但很快他們就看出來，這股人可不是來打架的，最先走著的是一些舉旛的人，背後跟著許多老弱婦孺，有嚎哭出聲的，有幽幽飲泣的，有披麻戴孝的，在淒慘的行列背後，走著幾十個披袈裟的僧侶，他們敲擊著法器，唸著悲切切的經咒，僧侶的背後，走著穿黑衣的會黨，全都空著手，沒帶任何武器，其中有個臉額上有疤痕的大高個子，胳膊彎裏，抱著一個幼小的孩童。

有些人士，是雙方首領都認識的，泉籍的廩生李起濤、漳籍的廩生潘水清、常在艋舺奔波的陳山，……還有好幾個會黨裏的頭領都走在一起，他們明明看見漳泉兩股人在溪心的兩邊，劍拔弩張的對峙著，但他們仍然溯溪而上，對直走了過來。

「會黨裏的人總是不死心，他們又要來勸說調停了！」林大爺吹動鬍梢，很不耐煩的說：「他們何必要冒這個險，硬來多管閒事呢？」

「沒有辦法再打了，且聽他們怎麼講罷。」鄭勇說。

鄭勇講的是事實，這群會黨所找來的人裏，有漳州人，也有泉州人，尤其是各座廟宇裏的僧侶，在墾民眼裏，都有著不可侵犯的地位，他們不帶武器，一直走到兩股對峙的人群當中，漳泉兩方械鬥的人群，很自然的就被分隔開了，他們並沒有退開，只是呆呆的觀望著。

「我們是來講和的。」那個高大的，手抱著幼兒的漢子，站在溪心的漂石上面，大聲喊說：「我們特意把僧侶請來，唸經超度這些年來漳、泉兩方因械鬥而死的亡魂，盼他們早日升天。雙方領頭的大爺，你們能不能發發慈悲，不要讓械鬥再打下去了。」

「你們要打，就先把我們都殺死罷！」一個鬍子花白的老人說：「我們活著，眼看到處起火，到處流血，真還不如死了安穩。」

「講和不是這樣講的呀！」泉方首領黃阿蘭站出來說：「都是漳州人要打，我們才不得不打的，要不然，他們為什麼要追到這裏？」

「不要這樣推卸，」鄭勇也跳出來，紅著眼叫說：「你們忘記圍困八芝蘭山堡的事了嗎？你們沒在大安庄、錫口庄那一帶焚掠過？」

「大家都不必說得那麼堂皇！」陳隆說：「白沙灣海本是泉州人的血染紅的，你們火燬祖師廟，把新莊整條街燒得片瓦無存，這又該怎麼說呢？」

「陳山兄，你們最好帶著人讓開！」林大爺說：「讓我收拾他們。」

「諸位能否心平氣和一點，聽小弟王銅來講幾句話，」王銅說：「八閩志士，我們的祖先，當初追隨國姓，渡海來臺，大家原都是好兄弟，不分彼此，漳泉世代通婚，除了論地域，還有什麼好分的？……你們看這個孩子，他是漳福號的鐵匠賴大燧的兒子，他父親是漳州人，母親是泉州人，漳州和泉州，在這孩子身上，是怎樣分法？他的骨髓是漳，血肉爲泉，你們要是堅持漳泉分類，就先把這孩子身體分開好了！」

「我是漳州鐵匠賴大燧，」大燧緊接著揚聲喊說：「我爹在十多年前，家鄉白銅隘口的械鬥中，被泉方用火燒死的，我該找誰去報仇呢？……我跟我兄弟二燧渡海來臺，原就是躲避械鬥，想在海外立腳生根，安穩過日子的，來淡北這些年，沒有那一年不起械鬥，但我跑到三角湧外莊，泉州的阿榮公收留了我，讓我娶了他的孫女，漳州和泉州的人爲什麼不能相處呢？」

鄭勇和陳隆兩方面的人，被王銅和大燧這樣一說，滿心怒火逐漸消滅，緩緩的冷卻了，只有那幾個首領，仍對會黨直接干預他們的械鬥，表示不滿。

但王銅抱著那個幼兒，大踏步的走出去，對那些人喊說：

「諸位，你們手上不是有刀有劍麼？假如械鬥再延十九年，這孩子會長大的，是漳州人殺他？還是泉州人殺他？如果到那時，他死在械鬥裏，不如讓他今天死在你們手上，誰堅持要打，誰就先殺這個孩子好了！」

一陣黑雲剛飄過嶺脊，另一陣黑雲帶著濃濃的雨意，又朝溪上壓了過來；僧侶們不說什麼，他們在無水的沙石灘上，繞成一個圓圈，擊著鐃鈸、唸誦著安靈的經文。

王銅把那幼兒抱到漳方首領林大爺和鄭勇的面前，那孩子年紀還小，不懂得成人世界裏的械鬥和殺戮的可怕，他以好奇的神情，骨碌碌的轉動他漆黑灼亮的眼珠，看著那些列陣的人群，看著刀的山、劍的林，和長矛飄動的纓穗，他既是漳州人，又是泉州人，他是在雙方殺戮的時辰出生的，而他不知道上一代人的仇恨，他只是一個幼小的孩童。

「怎麼了呢？兩位大爺。」王銅說：「已經死在械鬥裏的人，都是無辜的，我是在這裏，爲無辜請命啊！」

鄭勇望著那孩子，無可奈何的搖搖頭，嘆了一口氣，忽然他咬一咬牙，高高舉起他手裏的單刀，奮力一擲，扔進溪水裏去，他說：

「我願意和解了！」

王銅點點頭，把孩子抱到泉方的陣前，陳隆首先丟下刀，伸手接過那孩子，在這沉默的一剎那，兩點刷刷的鞭打下來，漳泉雙方幾千人，都不約而同的把刀劍插進溪心的砂石，表示他們決心罷戰解兵，不再時興分類械鬥了。裹著霧雰的雨點，像是天上刷下來的鞭子，打著人的臉、背和全身。

那些平常血性衝動、盲目好戰的漢子，都面呈愧色，一動不動的站在雨裏，讓無邊無際的冷雨，沖洗他們燒過怒火、懷過仇恨的心靈……。

從乾隆年間起始，一直綿延至咸豐十一年，淡北地區的血腥械鬥，終於在會黨苦心勸解下，解兵言和了，雙方都不再堅持賠償，不再提出刁難對方的條件，和解書是由潘李兩位廩生在艋舺起草的，雙方的首領，各莊堡的士紳，都在上面畫了押。

只要人還活著，自會改變歷劫的土地的面貌，火燬的各廟宇，可以重建起來，殘破了的市街，可以整頓如新，而且比當初更爲整齊，但歷史的蹉跎，是永遠也無法彌補的。如果在當年，臺地墾民同心協力，一致響應定鼎金陵的太平天國，接合閩粵志士，舉旗抗清，也許會席捲東南，北逐撻虜，重寫一部全新的歷史，但他們被囚於地域觀念、現實利益，自相殘殺，直至民窮財盡，元氣大傷爲止。時間不能停留，當他們解兵言和的時辰，太平天國的起事，業已功敗垂成。

誰又能責怨這些呢？潘廩生說得好：

「一般人究竟是一般人，不是大聖大哲，誰能看得到這麼遠？就連讀書進學的人，也極少有人能預測將來的，誰知若干年後，這島又會變成什麼樣子？」

「要想看得透，看得遠，只有多從『史』上下功夫了。」李廩生說：「早先發生過的事，對還是錯，總能分辨出，下一代人要是能不再犯上一代人的錯，朝後的日子，總要比如今好過一點的。」

「自己爭氣，當然也很要緊，」王銅語重心長的說：「但清廷昏庸積弱，臺地雖是海疆重衛，但也是洋人處心積慮、日夕想染指謀奪的地方，朝後去，什麼樣的變化都會來，我們不能不想到這一點。」

會黨裏的朋友，都點頭承認滿族朝廷，並沒把孤懸的海島的開發當成要政，對臺島拱衛南疆的重要地位，也缺少足夠的認識，這樣拖延下去，終有一天，臺地墾民和他們所擁有的土地，都會被清廷出賣掉的。

最後，大燧說話了，他說：

「不管日後怎麼樣，只要大家一條心，我相信，無論什麼樣的難關，都闖得過去的，沒有什麼事，會比自相殘殺更慘了。」

在無盡的時間轉輪中，歷史進行著，太多驚濤駭浪衝擊著這個島嶼，從慘痛歷史教訓中醒來的人們，承當了一切的浪濤和風雨。這不是一個人的故事，而是一群人的故事，在無數墾民裏面，有明鄭軍的後世，有放逐邊荒的流犯，有閩東山區的樵夫和農戶，有粵省的漁民……太多行業的人自不同的年代逐次移居，匯聚成早期開拓的社會，誰也不是什麼樣的英雄，什麼樣的好漢，而他們結成整體，便創造了開拓的歷史，無論是高亢或是低沉的曲調，歷史就是道路，像莽林中曲折的獵徑，使後來者追念前人的足跡。

清末棄臺，使臺地墾民失國亡家，淪入日人之手，五十年黑暗歲月，也使他們以生命和碧血，迸出民族抗暴的火花，前一代的人們都入葬山崗了，但繼起的生命不會忘卻這些，若干廟宇還存在著，若干傳言還在人嘴裏流轉傳佈著。

光復後，把過去所發生過的事，都添修在史冊裏，而這只是一個源頭，歷史的長河，會永遠不斷的向未來流淌下去的，每一個人，都是這長河中的浪花水沫，人的行爲是史的縱線，人的聲音，也就是史的聲音。

由於新的暴力的凌迫，造成民族少見的流遷，數百萬從內陸各省播遷而來的人，投入了社會，廿年來，使這島的面貌有了極大的改變，它在急速上升的繁榮之中，……生命的河，越流越加壯闊了。

繁忙裏的人們，在夜間時分，總會舉眼去看天頂的流星，亮灼灼的流星的雨，歷史的雨，劃出一道道短促而急速的光弧，那正是一代代生命進行的象徵。

可有人想過傳說？想像傳說中的一張張的人臉麼？

第九章　流星如雨

每年的七月十五，俗稱鬼節的日子，在臺北萬華的龍山寺裏，總舉行著傳統的齋化孤魂的宗教儀式，這裏是當年艋舺的中心，也正是械鬥爭奪最激烈的地方，如今，一片繁榮的燈海朝四處展延，人群像多彩的熱帶魚群，吐著笑聲的泡沫，來往穿梭著。

早昇的圓月，明明朗朗的映照龍山寺的庭院和廟前臺階上，離舉行儀式的時辰還早，業已有一大群男男女女湧進這座古寺，等著看熱鬧了。

兩個外省籍的中年的先生，一胖一瘦，最早來到這座廟裏，坐在廟前石級上，對著月亮談天。談著談著，也不知怎麼的，話題便扯到艋舺當年械鬥的事情上面來了。

「其實，民間鬧械鬥的事，說來很普遍，咱們北方不也是常起械鬥麼？」瘦的那個說：「不過，械鬥的規模沒有那麼大，糾合的人數，也沒有那麼多罷了！」

「地域觀念實在沒有什麼道理，但中國人一向很講究這個。」胖的一個說：「當然，各地的民風民俗、生活習慣、宗教信仰和語言的不同，也容易產生隔閡，……我相信，時間會消化這些的。」

天上沒有雲，圓月在無波無浪的碧海裏梭移著，倆人還在低低的談論著什麼，但四周鼎沸的人聲和笑語，掩蓋了他們談論的聲音。

這樣過了一會兒，有一群人挑著野趣的燈籠來了，他們是來上盂蘭盆會的。燈籠是頭號的白紗燈籠，紗上寫著「中元普渡」的字樣，高高的挑在一丈多長，用彩紙纏成的細竹枝上，行走時，隨著竹枝的盪動，那些燈籠便搖曳出一地細碎的火花，也抖亂了人的影子。緊跟著，又有十多個人，揹著帶木柄的煤氣風燈來了，隨後是樂社和好幾班鑼鼓，他們都靠著牆，膝地而坐的等待著。

「齋化孤魂，倒是一宗人情味極濃的事情。」瘦的那個說：「按照古老的說法，凡是過鐵遭兇的鬼魂，陰司不收，他們只有長年飄泊，我想，雖然事情隔一百多年了，那些死在大械鬥裏的亡魂，也該飄泊無依，使人追念的罷？歷史沒有什麼可評可怨的，它就是那樣了！」

月亮在天上，燈籠在地上，月光和燈光相融相映，夜顯得透明而美麗，一個梳著辮子，結著黃色蝴蝶結的小女孩，約莫六七歲的樣子，在石階前的地上，滾著一隻由單車鋼圈改成的鐵環，嘿唧嘿唧的，繞著圈子奔跑著，瘦的一個拉住她問說：

「嘿，小妹妹，妳是哪兒人？」

「臺灣人。」小女孩歪起頭，笑著。

「漳州還是泉州呢？」胖的一個說。

小女孩困惑的眨了兩次眼，終於搖搖頭說：

「不知道。」

她的辮子擺盪著，兩隻黃蝴蝶便也飛舞起來。

「怎麼樣？」胖的一個說：「時間會消化這些的，當年漳泉分類的事，如今都已經不存在了，如今的本省和外省，再過五十年會怎樣？……除了自由與暴力永不相容之外，民族本身是不會割裂的。」

「人生太短暫了，」瘦的一個輕輕的感喟著：「我常常經過鄉間的一些小鎮市，鎮後的山坡就是公墓，一代一代的人都埋在那裏，看上去，很和諧，也很安靜，咱們不必把調子定得太高，我覺得，一個人活在世上，能夠多付出一點，不要重蹈歷史的錯誤，已經很難得了！」

「看啊！」小女孩拎起她的鐵環，指著廟外說：「水燈來了！水燈來了！」

兩個人停住談話，抬臉朝外看，有更多信佛的人群，紛紛湧進廟來，他們手裏，都捧著一盞一盞的水燈，有的水燈紮成荷花的形狀，不論各型各式的燈，底下都釘有一塊便於漂浮的木板，燈上寫有奉獻的人名或是店號，這樣的燈，都點燃起來，排列在一邊，幾百盞燈，影影綽綽的，亮出一種神秘、哀感，帶著幽趣的輝煌。

寺裏的僧侶披上袈裟，開始作法事了，他們敲擊著法器，或是手捧著香燭，魚貫走出殿堂來，民間的樂班，也開始敲打鑼鼓，吹奏嗩吶，樂聲和誦經聲和應著，僧侶們誦著金鋼經、大悲咒，在院中繞行，煤氣風燈先行，爲他們照路出街，樂班子、挑燈籠的，以及無數手捧水燈的人，依次跟隨著，更多看熱鬧的，隔出一段路，緩緩走在後面，按照一般習慣，空出的那一段，是留給孤魂跟隨著去領齋的。

這長長的行列，穿經繁燈如錦的大街，進入比較黝黯的小巷，再沿著古老的堤防，走到寬闊的淡水河邊去，在僧侶們不停的撒米誦咒聲裏，一盞一盞的水燈放下河去了，淡黃色的，隔著薄紙而輝亮的燭火，水蓮一般的，在籠著淡霧的河面上開放著，逐漸的漂遠了。

那些在古遠的開拓歷史中逝去的幽靈們，也該有所歸息，獲得安寧了罷？未來的風將吹向何處呢？在流星如雨的夏日，凡是活在這片土地上的人們，都將有一番靈明自覺的。當我們活過去，我們的生命便也將化爲傳言，當然，誰都希望在後世人的心裏，那傳言是美的。

別忘記，每一顆流星，都是一張曾經活過的人臉。

國家圖書館出版品預行編目資料

流星雨／司馬中原著.— 初版 —
臺北市：風雲時代，2008.02
面；　公分

ISBN 978-986-146-464-0 (平裝)

857.7　　　　97011020

流星雨

作　　者：司馬中原
出 版 者：風雲時代出版股份有限公司
出 版 所：風雲時代出版股份有限公司
地　　址：105台北市民生東路五段178號7樓之3
網　　址：http：//www.books.com.tw
信　　箱：h7560949@ms15.hinet.net
服務專線：(02)27560949
郵撥帳號：12043291
執行主編：朱墨菲
美術編輯：許芳瑜

法律顧問：永然法律事務所　李永然律師
北辰著作權事務所　蕭雄淋律師
版權授權：司馬中原
初版日期：2008年8月

ISBN：978-986-146-464-0

總 經 銷：成信文化事業股份有限公司
地　　址：台北縣新店市中正路四維巷二弄2號4樓
電　　話：(02)2219-2080

行政院新聞局局版台業字第3595號
營利事業統一編號22759935

定 價：250元